《都柏林人》人际意义研究

韩淑英 著

吉林大学出版社

图书在版编目（CIP）数据

《都柏林人》人际意义研究 / 韩淑英著．—长春：
吉林大学出版社，2018.4
ISBN 978-7-5692-2142-8

Ⅰ．①都… Ⅱ．①韩… Ⅲ．①长篇小说－小说研究－
爱尔兰－现代 Ⅳ．① I562.074

中国版本图书馆 CIP 数据核字（2018）第 091911 号

书　　名：《都柏林人》人际意义研究
　　　　　《DUBOLINREN》RENJI YIYI YANJIU

作　　者：韩淑英　著
策划编辑：朱　进
责任编辑：朱　进
责任校对：王亭懿
装帧设计：贺　迪
出版发行：吉林大学出版社
社　　址：长春市人民大街 4059 号
邮政编码：130021
发行电话：0431-89580028/29/21
网　　址：http://www.jlup.com.cn
电子邮箱：jdcbs@jlu.edu.cn
印　　刷：北京市金星印务有限公司
开　　本：787mm×1092mm　　1/16
印　　张：14
字　　数：210 千字
版　　次：2018 年 6 月第 1 版
印　　次：2018 年 6 月第 1 次
书　　号：ISBN 978-7-5692-2142-8
定　　价：50.00 元

前　言

　　詹姆斯·乔伊斯（James Joyce，1882～1941）是爱尔兰都柏林小说家，是现代文学的巨擘，在世界文坛上享有盛名。《都柏林人》是乔伊斯早期的一部短篇小说集，是乔伊斯抱着为爱尔兰写的一部"道德史"。该小说集主要写的是二十世纪初期发生在都柏林的普通人和普通生活的故事，从童年期、青春期、成年期和社会生活四个方面描述了都柏林这个瘫痪的城市。该小说集虽然出版于一个世纪之前，但至今仍受到广大学者的青睐，这与乔伊斯这个伟大的艺术家息息相关，他以其平常之处见突兀的艺术实践，再次永久地改变了读者对都柏林的看法。

　　乔伊斯在创作主题、艺术形式、文学技巧和语言风格上独树一帜，几乎涵盖 20 世纪所有的小说艺术。他一贯遵循叙述形式与内容相统一的艺术原则，通过大胆实践创造出与现代小说内容相适应的艺术形式。在结构上，乔伊斯一改传统小说戏剧化的特征，淡化小说情节，但是运用"完整、和谐和辐射"的美学思想，使小说在背景、结构、语体和技巧上达到内在统一。背景的统一性是指《都柏林人》的十五篇小说都是以都柏林为背景，深刻揭示这个城市的社会现实和人生百态。相同的背景在一定程度上缩短了作品与读者之间的距离，增加了作品内在的统一性。在结构上，《都柏林人》是由十五个短篇组成，却体现了作者的巧妙设计和精心编排，使全书井然有序、首尾呼应，形成一个和谐的整体。在语体上，作者采用的是一种处心积虑的刻薄的语体，增加作品内在的和谐与统一。在技巧上，乔伊斯虽然在《都柏林人》中还没有使用意识流手法，但却将创作视线转向了人物的精神世界，使用了一种独特的创作技巧——"精神顿悟"来展现人物错综复杂的思想感情。另外，内心独白这一技巧的广泛运用,再现人物思想、感情以及那些稍纵即逝、难以名状的直觉、灵感和顿悟。

自从 1956 年以来,许多学者从不同角度对《都柏林人》进行了大量研究,但多数聚焦于其文体方面的研究,主要集中在其主题思想、象征手法、创作艺术等。本书关注《都柏林人》的人际意义,旨在从语言学方面进行研究,对该小说集中人际意义实现方式的项目进行功能分析,探讨其在整部小说集中如何帮助实现人际功能。

本书研究的语料主要基于与《都柏林人》的创作主题、写实艺术、叙事技巧等有关的语言形式,当然还涉及人物、作者与读者之间不同的人际关系。因此,系统功能语言学中的人际意义,特别是语气和情态将是一个较好的、动态的语言学工具,结合话语和视角理论与评价理论的介入,分析《都柏林人》中作者的创作意图以及人物、作者与读者之间的人际关系,不仅是对小说集文学意义阐释的完善,而且会丰富人际意义的研究。

《〈都柏林人〉人际意义研究》由引言、文献综述、语气的人际意义、情态的人际意义、引语的人际意义、视角的人际意义和结论、参考文献构成,主要采用了文献研究法、定性研究法、定量研究法,还采用了定性和定量相结合的研究法。本书研究有助于进一步丰富功能语言学的人际意义理论、换一个角度重新解读《都柏林人》,显示功能语言学对小说集文学意义的强大阐释力,也有助于语言学与文学课程教学,可以帮助学生根据语法和话语意义的关系,更好地理解和欣赏文学语篇。

本书得以完成,离不开导师庄智象教授的教诲和激励。庄教授渊博的知识、严谨的学术风范、丰富的阅历和高尚的人格,不断给予我信心和勇气。本书能够出版还应该感谢吉林大学出版社的大力支持。

本书观点明确,条理清晰,论据充分,论述详实,适合于本科生、研究生研究乔伊斯的作品,也适合于对《都柏林人》这部短篇小说集感兴趣的读者朋友。但由于作者水平有限,恳请各位专家学者提出宝贵意见。

摘　要

　　本研究以系统功能语言学的人际意义为理论基础,对詹姆斯·乔伊斯的短篇小说集《都柏林人》的人际意义进行研究。话语和视角理论与 Martin 评价理论的介入相结合充当了系统功能语言学的补充工具,进一步深化、完善对小说集文学意义的阐释。本研究主要采用了定性和定量研究法,旨在从功能语言学的人际意义角度,探讨《都柏林人》最具有代表性的四个实现人际意义的项目(语气、情态、引语和视角)对构筑小说集人际意义的贡献。

　　本文共分七章,其具体结构与主要内容如下:

　　第一章为引言。首先介绍本文的研究背景,指出在系统功能语言学对人际意义研究的影响和李战子在此基础上对人际意义扩展模型的启发下,我们可以从一个新的角度,即功能语言学的人际意义角度来研究《都柏林人》,然后简要阐述本研究内容、目的、意义、方法及研究框架。

　　第二章为文献综述。简述系统功能语法要旨及人际功能理论,主要是对人际意义和《都柏林人》进行批评性文献综述,分别从系统功能语法领域和系统功能语法之外的其他领域进行述评。最后是该文献综述对本研究的启示及本章小结。

　　第三章分析语气的人际意义。以两种语料(叙述语言和人物对话)为此部分分析的目标语料,通过语气中的语气成分和语气系统选择两种形式来分析语气的人际意义。叙述语言中的语气成分分析突出了宗教瘫痪、情感瘫痪、政治瘫痪和心理瘫痪,这也是贯穿整部小说集瘫痪主题的具体体现。人物对话中语气系统选择的分析对塑造人物起到了重要作用,不仅揭示了各色人物间的权势关系和不同的性格特征,而且突出了小说集的瘫痪主题。

第四章阐释情态的人际意义。语料来自《都柏林人》中一篇反映社会生活的小说——《纪念日,在委员会办公室》,分析老管家杰克、奥康纳先生、海因斯先生和汉基先生四个主要人物在对话中使用的情态助动词、情态附加语和情态隐喻。研究发现,情态选择符合故事情节发展和主人公的性格特征和态度,突出小说的政治瘫痪主题。

第五章探究引语的人际意义。依据功能语言学的人际意义理论,结合话语理论和评理理论的介入,剖析直接引语、自由直接引语、间接引语和自由间接引语在《都柏林人》中所体现的人际意义。通过分析发现,作者通过使用不同的引语形式用以调节叙述者和作者、读者三者之间的叙事距离,体现人物、作者与读者之间不同的人际关系,实现语篇的人际功能。

第六章解读视角的人际意义。主要以功能语言学的人际意义为理论基础,辅以视角理论和评价理论的介入,考察第一人称视角、第二人称视角和视角转换在《都柏林人》中的人际意义。分析表明,作者采用不同的视角可以体现叙事者与事件或人物之间的不同叙事距离,揭示作者/叙述者对叙事的介入程度及对人物和事件主观或客观的态度与评价,强调叙述者和受述者之间的角色关系,实现视角的人际功能。

第七章为结论。主要对整个研究进行总结,并在整理成果的同时,分析本研究的长处和所存在的不足。指出本研究可以说是一个有意义的创新性尝试,为我们探索其他短篇小说的人际意义研究打开了广阔的研究空间。

对《都柏林人》人际意义研究有以下意义。首先,不但进一步丰富了系统功能语言学的人际意义理论,而且为其他短篇小说的人际意义分析提供参考;其次,换一个角度重新解读这部经典小说集,彰显系统功能语言学对短篇小说文学意义的强大阐释力;最后,有助于语言学与文学课程教学。这种研究可以帮助学生把握语法和话语意义的关系,从而更好地理解和欣赏文学语篇。

关键词:《都柏林人》;人际意义;语气;情态;引语;视角

Abstract

Based on interpersonal meaning in Systemic Functional Linguistics (SFL), this dissertation analyzes Dubliners—the collection of short stories by James Joyce, the famous Irish writer. The theories of discourse and point of view together with engagement in appraisal theory by Martin are combined as complements to further perfect the explanation of the literary meanings of the collection. The present study is qualitative and quantitative. From the perspective of FL, it aims to explore the contributions of the four typical items—mood, modality, speech and point of view to interpersonal meaning in Dubliners.

This dissertation consists of seven chapters. The detailed structures and major content are as follows:

The first chapter briefly introduces the background of the study, indicating that guided by the theory of interpersonal meaning in SFL and the implication of Li Zhanzi's comprehensive model of interpersonal meaning, we can work over Dubliners from the angle of interpersonal meaning in FL. Then, the purpose, method, significance and organization of the study are briefly expounded.

The second chapter is literary review. In this part, a brief introduction to Systemic Functional Grammar (SFG) and interpersonal function is given, after that the literature review of interpersonal meaning and Dubliners at home and abroad is firstly summarized in the field of SFG and beyond. Finally, it is the implications of the literature review and the interim summary of the chapter.

The third chapter is about interpersonal meaning of mood. In detail, taking the narrative language and the dialogues in the collection as the target data, we develop this part from mood elements and mood system choice. The analysis of mood elements in the narrative language gives prominence to religious paralysis, political paralysis, emotional paralysis and psychic paralysis, which are also the particular realization of the theme of paralysis throughout the whole collection. The analysis of mood system choice in the dialogues makes great contributions to shaping the characters, which not only reveals the power relationship among the characters and the different personalities, but also highlights the theme of paralysis of the collection.

The fourth chapter expounds interpersonal meaning of modality, the data are from Ivy Day in the Committee Room, which is a short story reflecting the social life in Dubliners. Modal verbs, modal adjuncts and modal metaphors are analyzed in the speech of the four major characters— Old Jack, Mr. O' Connor, Mr. Hynes and Mr. Henchy. The analysis shows that modality in the dialogues answers for the plot development and the characters' personality and attitude. Moreover, it further lays stress on the theme of paralysis in politics of the collection.

The fifth chapter explores interpersonal meaning of speech. On the basis of interpersonal meaning in FL, combined with the theory of discourse and engagement in appraisal theory, we mainly analyze interpersonal meaning of direct speech (DS), free direct speech (FDS), indirect speech (IS) and free indirect speech (FIS) in Dubliners. Through the analysis, we find the writer adjusts the narrative distances between narrator and writer, reader through different speeches, representing different interpersonal relations between character, writer and reader, thereby realizing the interpersonal function of the text.

摘　要

　　The sixth chapter is related to interpersonal meaning of point of view. According to the theory of interpersonal meaning in FL, together with the theory of point of view and engagement in appraisal theory, the interpersonal meaning of the first-person narrative, the third-person narrative and shift of point of view in Dubliners is observed. The discussion of point of view proves that the writer adopts different points of view in order to show the different distances between narrator and event or character, the degree of the writer's or the narrator's intervention in narrative, the subjective or objective attitude and assessment towards characters and events, realizing interpersonal meaning of point of view through emphasizing the role relations between addresser and addressee.

　　The seventh chapter summarizes the main research findings as well as points out the advantages and disadvantages of the current study. We can take it as a significant attempt and make more researches on interpersonal meaning of short stories.

　　The study on interpersonal meaning in Dubliners is significant in the following. First, it not only further enriches the research findings of the theory of interpersonal meaning in FL, but also provides reference for the analysis of interpersonal meaning in other short fictions. Second, we can reinterpret this classical short collection from a fresh point of view, demonstrating its strong interpretative power of the literary meanings of short stories. Finally, this analysis of interpersonal implication can offer clues for the teachings of linguistics and literature. The different grammatical and lexical devices realizing interpersonal meaning in the collection can also provide insight to students for better understanding and appreciating the literary text according to language clues and evidences.

　　Key Words: Dubliners; Interpersonal Meaning; Mood; Modality; Speech; Point of View

目 录

图表目录

第一章　引言

　　《都柏林人》（Dubliners）是爱尔兰著名小说家詹姆斯·乔伊斯（James Joyce，1882—1941）的一部短篇小说集。该小说集出版于一个世纪以前，至今仍受到许多学者的关注。Margot Norris（2003:1）在他的 Suspicious Readings of Joyce's Dubliners 的篇首写道："为什么我们在 21 世纪初期仍然迷恋《都柏林人》，这个乔伊斯在上个世纪初期写的发生在都柏林的普通人和普通生活的故事？"乔伊斯的这部早期作品之所以在一个世纪后还受到广大学者的青睐，一定与乔伊斯这个伟大的艺术家息息相关。Peter Costello（1990：2）曾经说："一个伟大的艺术家可以改变我们对世界的看法。乔伊斯就是这样一位伟大的艺术家，他以其平常之处见突兀的艺术实践，再一次永久地改变了我们对都柏林的看法。"因此，语料取材于《都柏林人》的论文、专著不断涌现，但是多数聚焦于其文体方面的研究。本文主要关注《都柏林人》的人际意义，旨在从语言学方面进行研究，对其中人际意义实现方式的项目进行功能分析，探讨其在整部小说集中如何帮助实现人际功能的。

1.1　研究背景

　　《都柏林人》是乔伊斯的一部早期作品。乔伊斯是抱着为爱尔兰写一部"道德史"，书写"祖国精神史的一个章节"的目的创作的。他曾经说过："我的目的是为我国谱写一部道德史。我之所以选择都柏林为背景是因为我觉得这个城市是瘫痪的中心。对于冷漠的公众，我试图按以下四个方面来描述这种瘫痪：童年期、青春期、成年期和社会生活。

这些故事都是按照这一秩序编排的。"（李维屏，2000：85）乔伊斯用了三年时间完成这部作品，然而他经过长达十年的周折才让此小说得以问世。因为它涉嫌渎神和诋毁某些爱尔兰政客与神职人员的名誉使该小说集的出版困难重重，屡屡遭到出版商的拒绝。"然而，《都柏林人》出版难的另一个原因是当时人们并未真正了解乔伊斯的小说艺术和创作意图。"（李维屏，2000：86）1914 年，该小说集虽然出版了，但是在当时并没有引起高度重视。直到 1956 年，美国批评家重新发现它本身就是一部名著，接踵而来的是西方批评领域的不同角度的研究。许多学者从不同角度对《都柏林人》进行了大量研究，但大多数集中在它的主题思想、象征手法、创作艺术，等等。

"系统功能语法（Systemic Functional Grammar）的创始人 M.A.K.Halliday 在他的 An Introduction to Functional Grammar（1985b，1994）一书中明确指出，他建构功能语法的目的是为语篇分析提供一个理论框架。这个框架可用来分析英语中任何口头语篇或书面语篇。"（黄国文，2001：29）系统功能语法中的人际意义是由 Halliday 提出的。在他看来，语言同时携带三种意义：概念意义（ideational meaning）、人际意义（interpersonal meaning）和语篇意义（textual meaning）。根据 Halliday 的观点，人际意义是指人们通过语言与他人交往，用语言建立和维护人际关系，用语言影响他人的行为，同时用语言表达对世界的看法。这种更强调语言的人际的、变化的和可商议的意义已经引起广大语言学者的关注。越来越多的学者也采用功能语言学的理论对文学作品进行文体分析。当然，对《都柏林人》进行功能文体分析的也不例外。例如，在国外，Chris Kennedy（1982：90-98）在 Systemic Grammar and its Use in Literary Analysis 一文中，从三大元功能，即概念功能、人际功能和语篇功能对《都柏林人》中的 Two Gallants（《两个浪子》）进行分析。在国内，刘世生（1998）在他的《西方文体学论纲》中，应用系统功能文体学理论模式的三个组成部分（概念功能、人际功能和语篇功能）对文学语言进行实际分析，所用语类多取自《都柏林人》。其中，对人际功能的验证重点讨论了人际评论系统以各种句法单位（副词、介词词组、副词性小句、名词词组、动词词组、形容词词组、固定习语等）在文学语言中的体现情况。当然还有一些学者对《都柏林人》进行功能文体分析，本文将在第二章对此进行综述。

目前，从系统功能语言学的人际意义角度对《都柏林人》进行系统研究的还不多见。同时，功能语言学中更强调语言的、人际的、变化的和可商议的意义，也引起了笔者的关注。在系统功能语言学的人际意义框架中，人际功能主要是通过语气、情态系统和调值来体现的。在对《都柏林人》文本的研读时发现，我们不仅可以从语气和情态的角度，而且还可以从引语和视角的角度对此进行人际意义分析。因为乔伊斯在《都柏林人》中不但大量使用不同的引语（直接引语、自由直接引语、间接引语和自由间接引语），而且不断灵活地变换叙事视角（第一人称视角、第三人称视角和视角转换）。"叙事学家认为视角和话语都是用以调节叙述者和作者、读者三者之间的叙事距离的一种手段。"（魏莅娟，2007：6）本文认为引语和视角都可以通过调节叙述者和作者、读者之间的叙事距离，体现作者、读者与人物之间的人际关系，从而实现语篇的人际意义。因此，在 Halliday 系统功能语言学的人际意义研究的影响和李战子（2000）在 Halliday 人际意义基础上对人际意义扩展模型（见 2.3.1）的启发下，本文试图从功能语言学的人际意义角度出发，对《都柏林人》人际意义进行系统研究，探讨其中四个实现人际意义的项目（语气、情态、引语和视角）对构筑小说集人际意义的贡献。

1.2　研究内容

詹姆斯·乔伊斯是爱尔兰都柏林小说家，是现代文学的巨擘，在世界文坛上享有盛名。他在创作主题、艺术形式、文学技巧和语言风格上独树一帜，几乎涵盖 20 世纪所有的小说艺术。《都柏林人》是他在 1904 年至 1907 年期间创作完成的短篇小说集，是乔伊斯决心告别传统，走向文学实验与革新道路的一个重要开端。他一贯遵循叙述形式与内容相统一的艺术原则，通过大胆实践创造出与现代小说内容相适应的艺术形式。在结构上,乔伊斯一改传统小说戏剧化的特征,淡化小说情节,运用"完整、和谐和辐射"的美学思想,使小说在背景、结构、语体和技巧上达到内在统一。背景的统一性是指《都柏林人》的十五篇小说都是以都柏林为背景,深刻揭示这个城市的社会现实和人生百态。相同的背景在一定程度上缩短了作品与读者之间的距离,增加了作品内在统一性。在结构上,《都柏林人》是由十五个短篇组成,却体现了作者的巧妙设计和精心编排,使全书井然有序、首尾呼应,形成一个和谐的整体。在语体上,作者采用的是一种处心积虑的刻薄的语体,增加作品内在的和谐与统一。在技巧上,乔伊斯虽然在《都柏林人》中还没有使用意识流手法,但却将创作视线转向了人物的精神世界,使用了一种独特的创作技巧——"精神顿悟"来展现人物错综复杂的思想感情。另外,内心独白这一技巧的广泛运用,再现人物思想、感情以及那些稍纵即逝、难以名状的直觉、灵感和顿悟。

人物话语是小说的重要组成部分。在《都柏林人》中,乔伊斯注重用人物的言词和思想来塑造人物,不断变换人物话语表达形式,借以控制叙述角度和调节叙事距离,体现人物、作者与读者之间不同的人际关系,推动小说情节发展。在《都柏林人》中,作者灵活运用不同的人物话语形式达到理想的艺术效果。Leech & Short(2001:218)在 Stylein Fiction 一书中提到小说中人物话语的五种表现形式,即直接引语(DS)、间接引语(IS)、自由直接引语(FDS)、自由间接引语(FIS)和人物说话的叙述性报道(NRSA)在《都柏林人》中都表现得淋漓尽致。

作者隐退是《都柏林人》的一个叙述技巧,主要表现在对传统的第三人称全知叙述的放弃。《都柏林人》是由十五篇短篇小说组成。在前三篇中,作者采用的是第一人称叙述,用少年主人公的视角代替了无所不知的叙述者的视角。在其他十二篇中,作者采用的是第三人称叙述,但是不同于传统的第三人称全知叙述。除了在叙述视角上限制以外,作者在叙述声音上也主动减少对作品的干预,采用叙述者和人物声音合二为一,削弱作者在作品中的身份特征,实现作者隐退。这种变化结果一方面增加了作品内容的不确定性,另一方面使作品中出现了大量的意义空白,是对传统的读者——文本之间的关系的重新建构。现代主义小说技巧在叙述领域的一个突出特征是在作品中不断出现视角转换。乔伊斯在《都柏林人》中不仅采用了多视角叙述,而且不断灵活地变换叙事视角,让读者从不同侧面观察同一事件,并且作出自己的判断。

目前研究的语料主要基于与《都柏林人》的创作主题、写实艺术、叙事技巧等有关的语言形式,当然还涉及人物、作者与读者之间不同的人际关系。因此,系统功能语言学中的人际意义,特别是语气和情态将是一个较好的、动态的语言学工具,结合话语和视角理论与评价理论的介入,分析《都柏林人》中作者的创作意图以及人物、作者与读者之间的人际关系,不仅是对小说集文学意义阐释的完善,而且会丰富人际意义的研究。本研究的主要内容包括。

第一,考察语气的人际意义。分析作者如何从语言形式方面传达和强调小说集的瘫痪主题,什么样的人际关系在人物之间或叙述者和人物之间被建立和维持,人物具有什么样的个人特征以及作者对人物的态度和看法;

第二,阐释情态的人际意义。探讨情态系统是怎样为本故事发挥作用的,从而洞察人物性格特征和他们之间的关系,进一步揭示小说集的瘫痪主题;

第三,探究引语的人际意义。分析作者如何通过采用不同的引语(直接引语、自由直接引语、间接引语和自由间接引语)表达叙述者和作者、读者之间的人际距离,体现人物、作者与读者之间的人际关系,实现语篇的人际功能;

第四,解读视角的人际意义。探讨作者怎样采用不同视角(第一人称视角、第三人称视角和视角转换)用以调节叙事者与事件或人物之间的不同距离,揭示作者/叙述者对叙事的介入程度及对人物和事件主观和客观的态度和评价,强调叙述者和受述者之间的角色关系,实现视角的人际功能。

1.3　研究目的

本研究目的主要有三个,具体如下。

第一,以 Halliday 系统功能语法的人际意义为理论基础,结合话语和视角理论与 Martin 评价理论的介入,探讨短篇小说集《都柏林人》人际意义的实现方式,拓宽《都柏林人》的研究范围;

第二,运用语言学的原则去描述和分析《都柏林人》的语言属性,希望换一个角度,重新解读这部经典短篇小说集,完善对小说集文学意义的阐释;

第三,通过对《都柏林人》人际意义实现方式的项目进行功能分析,探讨其在整部短篇小说集中如何帮助实现人际功能,表达人际意义的语言特征怎样实现其文体价值,以期对语言学和文学课程教学有所启示。

1.4　研究意义

本研究聚焦于人际意义研究,具有重要的理论和实践意义。

首先,进一步丰富功能语言学的人际意义理论。本文以 Halliday 系统功能语法的人际意义为理论框架,结合话语和视角理论与 Martin 评价理论的介入,探讨《都柏林人》中语气、情态、引语和视角对构筑该小说集人际意义的贡献。该研究不仅丰富了功能语言学的人际意义理论,并且为其他短篇小说的人际意义分析提供参考。

其次,换一个角度重新解读《都柏林人》,显示功能语言学对小说集文学意义的强大阐释力。通过深入细致的语言学分析描述小说集中人物、作者和读者之间的关系以及其表现出来的人际意义特征,验证并总结语气、情态、引语和视角在小说集中的人际作用,揭示小说集的文体特点,提高对主题意义的领悟力和艺术技巧的感知力,探讨语言特征所具有的文体价值及在作品中是如何实现的。

最后,有助于语言学与文学课程教学。通过对人际意义实现方式的项目在《都柏林人》中进行功能分析,探讨其在整部短篇小说集中如何帮助实现人际功能。这种研究对语言学和文学课程教学有所启示,可以帮助学生根据语法和话语意义的关系,更好地理解和欣赏文学语篇。

1.5 研究方法

本文试图从功能语言学的人际意义角度,对《都柏林人》人际意义进行探讨,阐述实现人际意义的语言机制和人际特征。其研究方法如下:

在本研究中,主要采用了文献研究法、定性研究法和定量研究法对《都柏林人》人际意义进行分析研究。它不可能包括所有的人际意义的体现方式,本文主要涉及语气、情态、引语和视角四种有代表性的实现方式。同时,该小说集是由十五篇短篇小说组成,分析所有语篇是不可能的。本文的语料主要来自其中的 The Sisters(《姐妹们》)、An Encounter(《偶遇》)、Araby(《阿拉比》)、Eveline(《伊芙琳》)、Two Gallants(《两个浪子》)、A Little Cloud(《一朵浮云》)、Counterparts(《无独有偶》)、Clay(《土》)、A Painful Case(《悲痛的往事》)、Ivy Day in the Committee Romm(《纪念日,在委员会办公室》)和 The Deads(《死者》)[①]。 本文语料主要取材于这些英文小说。鉴于本文用汉语撰写,下文出现的小说名统一用汉语名称表达。

文献研究法。本研究将收集国内外专家、学者发表和撰写的关于人际意义和《都柏林人》方面的论文、专著,以及与本研究相关的研究成果,以便更有效地将人际意义与小说批评相结合,更加深入地了解乔伊斯的创作风格与特色,了解其思想之深邃。

定性研究法。我们在分析引语和视角的人际意义时采用了定性法研究。引语的人际意义主要从直接引语、自由直接引语、间接引语和自由间接引语进行探究;视角的人际意义主要从第一人称视角、第三人称视角和视角转换进行解读。至于语气的人际意义,我们是以两种语料

---

①本文语料主要取材于这些英文小说。鉴于本文用汉语撰写,下文出现的小说名统一用汉语名称表达。

（叙述语言和人物对话）为目标语料,在研究叙述语言中的语气成分时采用了定性研究法。

定量研究法。情态系统的人际意义将从情态助动词、情态附加语和情态隐喻三个方面讨论,以《纪念日,在委员会办公室》(Ivy Day in the Committee Room）中的人物对话为语料,采取了定量研究法,用定量统计的方法验证。

另外,我们在研究语气的人际意义时,除了采用定性法对叙述语言中的语气成分进行分析以外,对人物对话中的语气选择分析采用了定性和定量相结合的方法。

1.6　研究结构

本文共分七章,其具体结构与主要内容如下。

第一章为引言。本章首先介绍本文的研究背景,指出在 Halliday 系统功能语言学的人际意义的影响和李战子（2000）在此基础上对人际意义扩展模型的启发下,我们可以从一个新的角度,即系统功能语法中人际意义的角度来研究《都柏林人》,然后简要阐述本研究内容、目的、意义、方法及研究框架。

第二章为文献综述。简述系统功能语法要旨和人际功能理论,主要是对人际意义和《都柏林人》进行批评性文献综述,分别从系统功能语法领域和系统功能语法之外的其他领域进行述评。在对相关文献的梳理和研究中,发现我们可以以系统功能语法中人际意义为理论基础,结合话语和视角理论与评价理论的介入,对《都柏林人》人际意义进行研究。

第三章分析语气的人际意义。本章以两种语料（叙述语言和人物对话）为此部分分析的目标语料,通过语气中的语气成分和语气系统选择两种形式来分析语气的人际意义。叙述语言中的语气成分分析突出了宗教瘫痪、情感瘫痪、政治瘫痪和心理瘫痪,这也是贯穿整部小说集瘫痪主题的具体体现。人物对话中语气系统选择的分析对塑造人物起到了重要作用,不仅揭示各色人物间的权势关系和不同的性格特征,而且突出了小说集的瘫痪主题。

第四章阐释情态的人际意义。语料来自《都柏林人》中一篇反映社会生活的小说——《纪念日,在委员会办公室》(由于该题目在本文中使用较多,所以下文简称《纪》),分析老管家杰克、奥康纳先生、海因斯先生和汉基先生四个主要人物在对话中使用的情态助动词、情态附加语和情态隐喻。研究发现,情态选择符合故事情节发展和主人公的性格特征和态度,突出了小说的政治瘫痪主题。

第五章探究引语的人际意义。依据功能语言学的人际意义理论,结合话语理论和评理理论的介入,剖析直接引语、自由直接引语、间接引语和自由间接引语在《都柏林人》中所体现的人际意义。通过分析发现,作者通过采用不同的引语形式用以调节叙述者和作者、读者三者之间的叙事距离,体现人物、作者与读者之间不同的人际关系,实现语篇的人际功能。

第六章解读视角的人际意义。主要以功能语言学的人际意义为理论基础,辅以视角理论和评价理论的介入,考察第一人称视角、第三人称视角和视角转换在《都柏林人》中的人际意义。分析表明,作者采用不同视角可以体现叙事者与事件或人物之间的不同叙事距离,揭示作者/叙述者对叙事的介入程度及对人物和事件主观和客观的态度与评价,强调叙述者和受述者之间的角色关系,实现视角的人际功能。

第七章为结论。主要对整个研究进行总结,并在整理成果的同时,分析本研究的长处和所存在的不足。本研究可以说是一个有意义的创新性尝试,为我们探索其他短篇小说人际意义研究打开了广阔的研究空间。

第二章 文献综述

本章主要对本研究进行批评性文献综述。首先简单介绍系统功能语法要旨和人际功能理论，然后是本章的核心，即本研究的文献综述。该文献综述主要包括两部分内容：一是对人际意义的研究现状进行简单回顾和评论，目的在于说明人们越来越意识到在话语层面研究人际意义的重要性；二是《都柏林人》的研究现状，指出目前对《都柏林人》的研究主要集中在文体方面。这两部分分别从系统功能语法领域和系统功能语法之外的其他领域进行述评。本章最后为该文献综述对本研究的启示和本章小结。

2.1 系统功能语法要旨

在当今世界上主要的语言学派当中，以 Halliday 为代表的系统功能语言学派，把语言的系统作为研究的主要对象。系统功能语法（Systemic Functional Grammar，简称 SFG）在 20 世纪 80 年代中期趋于成熟，是 Halliday 在不同领域学者，如人类学家 Malinowski、心理学家 Buhler 和语言学家 J. R. Firth 的影响下发展起来的，其标志是 Halliday（1985，1994）的 An Introduction to Functional Grammar（《功能语法导论》）。

Halliday 的系统功能语言学理论在很大程度上继承了 Firth 的功能主义理论，同时参考和兼收欧洲功能主义布拉格学派、哥本哈根学派、法国功能主义、人类学家 Malinowski 等的思想和理论，由伦敦学派的一批学者创造和发展起来。Halliday 是最早研究系统功能语言学理论的，并且形成了自己的体系，被人们称为系统功能语言学的创始人。在 19 世纪 70 年代，Halliday 在 Malinowski 的语言功能（寒暄、实用和巫术）和 Buhler 的语言功能（表达、表情、意欲、所指）的基础上，进一步把语言功能系统概括为概念功能（ideational metafunction）、人际功能（interpersonal metafunction）和语篇功能（textual metafunction）（Halliday，1970，1973，1985）。概念功能是指语言对人们在现实世界（包括内心世界）中的各种经历的表达，在语言系统中通过及物性系统来体现；人际功能是指语言除了传递信息之外，还具有表达讲话者身份、地位、态度、动机等功能；语篇功能是指语言使本身前后连贯，并与语域发生联系的功能，主要由主位结构、信息结构和衔接系统实现。

2.1.1　语言的符号性

Halliday 多次强调语言是一个符号系统。他（1978）把语言解释为一个符号系统，是意义潜势，是整个文化系统的一个组成部分的观点，是一个多层次的系统。作为一种社会符号，语言有三个系统：语义系统、词汇语法系统和音系字系系统。他还提议"在语言系统中，语义系统是社会语言学语境中的主要关注"。（Halliday，2001：111）从社会语言学角度，Halliday 把语义系统定义为"一种功能或以功能为导向的意义潜势；一个为某个或一些语言之外的符号系统编码的选择网络，我们称之为概念意义和人际意义的两个基本成分"。（Halliday，2001：79）后来，Halliday 增加了意义的语篇成分，语篇是语言系统得以体现的实体。术语"概念""人际"和"语篇"被解释为"不是作为'语言运用'意义上的功能，而是语义系统的功能成分——正如我们称它们'元功能'一样"。（Halliday，2001：112）

Halliday 坚持认为语言是一个意义系统。语言作为系统的最重要的事实是它能组织成功能成分。"语言系统被组织成不同的意义模式，代表了最基本的功能导向"。（Halliday，2001：187）语义系统的功能成分是呈现在各种社会语境中的各种语言运用的意义模式。因此，三大纯理功能——概念、人际和语篇——与三种不同的意义形式相对应。表 2-1 为纯理功能及语法体现。

表 2-1　纯理功能及其语法体现（Halliday，2010：39）

元功能 （专业术语）	定　义 （意义类别）	相应的小句身份	常见的结构类别
经验的	识解一种经验模式	作为表征的小句	切分结构（以成分关系为基础）
人际的	确立社会关系	作为交换的小句	韵律结构
语篇的	创建和语境的关联	作为消息的小句	达顶结构
逻辑的	构建逻辑关系	——	重复结构

2.1.2　三大纯理功能

　　Halliday 把语言在人类的交际过程中承担的各种各样的功能归纳为三种纯理功能：概念功能、人际功能和语篇功能。之所以称为纯理功能，是因为这三种功能是高度抽象的功能。其中，概念功能指的是语言对人们在现实世界（包括内心世界）中各种经历的表达。换言之，就是反映客观世界和主观世界中所发生的事、所牵涉到的人和物以及与之有关的时间、地点等环境因素。概念功能指小句意义的一个方面——"表达意义"。概念意义是通过及物性实现的，因为及物性系统把人们在现实世界中的所见所闻、所作所为分成若干种"过程"（process），包括：物质过程、心理过程、关系过程、行为过程、言语过程和存在过程。

　　"功能语法的三大纯理功能之一是人际功能，这一功能指的是人们用语言与其他人交往，用语言来建立和保持人际关系，用语言来影响别人的行为，同时也用语言来表达对世界的看法。"（黄国文，2001：79）。语言的人际功能是用来描写人与人之间的信息交流。换言之，它表达说话者的身份、地位、态度、动机和对事物的推断等功能。语言的这一功能称作"人际功能"。人际功能所强调的，就是语言用于人与人之间交流的这种作用与功能。Halliday 把语气、情态和调值作为人际意义的主要实现手段。

　　语篇功能是指语言使本身前后连贯，并与语域发生联系的功能，语言的这种功能表现为说话人如何组织信息（organizing the message）。
Halliday（1985）曾经指出所谓语篇功能就是"相关"功能，指的是
语篇的完整性、一致性和衔接性。"语篇功能使语言与语境发生联系，
使说话人只能生成与情景相一致和相称的语篇。（胡壮麟等，2009：
12）"语言的语篇功能实现是由主位系统、信息系统和衔接系统协同完
成的，这三种功能组成了语言的语义系统，称为纯理功能。（Halliday，
1970：140-165）

　　三种功能从不同角度集中在小句层，是一个事件的三个方面。根据
Halliday，这三种功能组成了三种意义类型，即概念意义、人际意义和语
篇意义。概念意义包括经验意义和逻辑意义，人际意义由语气系统组
成，语篇意义由主位系统和衔接组成。（Halliday，1994：37-309）本
文主要关注人际意义。

2.2　人际功能理论

　　在功能语法的理论框架中，人际功能指在话语情境中说话人和听
话人之间的互动关系，以及说话人对其所说或所写内容的态度。下面是
有关人际功能的起源及人际功能和人际意义的概念。

2.2.1　人际功能的起源

　　作为人类交流的一个重要工具，语言在许多方面发挥着作用。语言
功能研究有很长的历史，但人际功能研究是许多认为语言有多种功能
的学者发起的一个新的研究领域。

　　Malinowsk（1923）第一个提出语言功能的二分法：实用功能
（pragmatic function）和巫术功能（magical function）。前者包括"行
为"（active）和"叙述"（narrative）功能。后者包括所有语言的宗教
和仪式运用。他还提出"寒暄"（phatic communion）术语，社会关系的
建立和维持语言，这启发了其他学者在语言功能方面的研究。

　　在 Malinowsk 之后，Karl Buhler（1934）在《语言论》（Sprachtheorie）
一书中提出，语言有三大功能：描述功能（representational function）

指对各种事实进行陈述的功能；表达功能（expressvie function）指表现讲话者本人各种特点的功能；呼吁功能（vocative function）指对听话人施加影响的功能。

Roman Jakobson（1960）在一篇题为《语言学与诗学》(Linguistics and Poetics）的著名论文中把语言分为六种功能：指称功能:（referential funciton）即对现实世界和虚拟世界进行描述的功能；情感功能：（emotive function）即直接表达讲话人对受话人的态度的功能、意动功能：（conative function）即讲话人对受话人施加影响为达到某种目的的功能；寒暄功能：（phatic function）即语言用来建立和维持社会关系的功能；元语言功能：（metalingual function）即用语言去解释语言的功能；组诗功能：（poetic function）即对诗歌形式所含的信息本身加以组织的功能。

Richards（1929）也认为语言具有四种功能：表达意义（sense）的功能、感情（feeling）的功能、语气（tone）的功能和意图（intention）的功能；Lyons（1977）认为语言有三种功能：描写功能（descriptive function）、社会功能（social）和表达功能（expressvie function）。

Dell Hymes（1964）建议增加另外一种功能:情景功能（situational function）。

受语言多功能观点的影响,尤其是 Buhler 的语言功能区分的影响, Halliday（1970）把语言的元功能分成三种：概念元功能（解释经验模式）、人际元功能（互动社会关系）和语篇功能（生成一致语篇）。这种分类是第一个具体的元功能分类,它也是人际功能的起源。"Halliday 的人际功能相当于 Buhler 的呼吁功能和表达功能, Jakobson 的情感功能、意动功能和寒暄功能, Richards 的表达感情的功能、表达语气的功能和表达意图的功能,以及 Lyons 的社会功能和表达功能"。（朱永生,严世清，2008：26）

2.2.2　人际功能和人际意义

在 Halliday 的系统功能语法中，人际功能被描述为任何一种能使人们通过语言互动的功能。也就是说，语言能被组织成表达一个涉及讲话人／作者和听话人的互动事件（Halliday，2000：68）。作为讲话人和听话人之间的互动形式的语言功能被称作人际功能。事实上，它是"与人们建立和维持恰当的社会关系"。（Thompson，2000：38）。尤其是，人际功能不仅表达讲话者的身份和地位，还表达他的态度、动机或对环境的推论。通过人际功能，社会群体被划定界限，个体通过使讲话人与他人互动被鉴别和加强。总之，人际功能表达社会关系和人际关系。

正如上面所提到的，人际意义是 Halliday 提出的语言元功能分类中的一个概念。人际意义反映人们之间运用语言的人际关系特征。根据系统功能语法，人际意义是用来建立和保持社会关系的，如社会角色的表达，包括通过语言本身生成的交际角色关系，人与人之间的互动。（Halliday，2000）Halliday 最初使用"人际意义"这个术语来指参与者之间的社会关系。后来，Thompson 把人际意义明确定义为"我们用语言与他人交往，用语言建立和维持关系，用语言来影响别人的行为，表达自己对事情的主观判断或评价，试探或改变别人的看法，等等"。（Thompson，2000：28）

如 Halliday（1994：190-191）指出，人际功能带有很重的语义负荷。"它的词汇语法资源有：语气、情态、强调及其他评价手段，它们在语篇中韵律性地实现语言的人际功能。"（李战子，2004：59）然而，本文的人际意义超越了小句层面的限制，达到了话语层面和语境层面，把人际意义不仅理解为作者和读者的关系，也理解为作者的话语中的多种声音和读者的关系。

2.3　人际意义的研究现状

在当代语言学和文学研究中我们很容易观察到一种趋势，即更强调语言的、人际的、变化的和可商议的意义，这与传统语言学研究中只关注形式和意义之间的对等的、以内容为基础的、稳定的语义关系有很大不同。（McCarthy & Carter，1994: xxi）"这种趋势不是突然之间形成的,而是对语言应用的人际方面的意识逐渐发展的自然结果"(李战子,2004:1)可见,系统功能语法对人际功能和人际意义进行了深入、广泛地研究,在语言学中产生了重大影响,引起广大语言学者的关注,对文学作品中人际意义的研究也变得显著。

2.3.1　系统功能语法框架下人际意义研究

Halliday(2000)把功能语法定义为"一种自然语法,在这个层面上,任何事情都可以得到解释"。他认为语言就是语言要求形成结构。总的来说,他从功能角度阐述语言发展,形成一个语言的功能理论。他提出三大元功能:概念功能、人际功能和语篇功能,并把这三大功能作为基础来解释语言是怎样作为人类的交际系统发挥作用的。Thompson(2000:28)把这些功能概括如下:"我们用语言谈论我们世界的经验,包括我们的思想世界,描述其中的事件、状态和实体;我们也用语言和他人互动,建立和保持与他们的关系,影响他们的行为;我们表达自己对周围事物的观点,影响或改变他人的观点;最后,在使用语言时,我们组织信息,并用这种方式支持他们怎样适合他们周围的信息和我们正在谈论的或书写的更广泛的语境。"

然而,语言意义潜势中的选择是由社会语境决定的。Halliday(1985)在Malinowski的"情景语境"(1935)的基础上提出了语域,情景语境被看作系统功能语法中的情景语境。根据Halliday的界定,语域指的是"语言的功能变体"。(Halliday & Hasan,1985: 41)"所谓功能变体,就是因情景语境(context of situation)的变化而产生的语言变化形式"。(胡壮麟等,2009: 273-274)也就是说,我们通常在某种语境中使用某些可以识别的语言资源。语域有三个变项,即话语范围(发生的事情和事件)、话语基调(参与交际的人及其之间的关系)和话语方式(语篇与语境的关系,在语境中的作用和语篇的组织方式)。在实例中,话语范围决定了经验意义的选择,话语基调决定了人际意义的选择,话语方式决定了语篇意义的选择。(Halliday,2001：143)Halliday(1985)进一步把语言的三种意义与情景语境的三个变项联系起来,解释了实现每一种意义的词汇语法模式。元功能的语义结构包括以下内容:概念意义、语篇意义、人际意义分别与情景语境中的话语范围、话语方式和话语基调相关，分别通过特殊的语法系统选择和结构实现，即及物性、主位和语气系统，这种关系可以概括为表 2-2

表 2-2　情景语境、语义和词汇语法

情景语境	语　义	词汇—语法
话语范围	概念意义	及物性系统
话语方式	语篇意义	主位系统
话语语旨	人际意义	语气系统

根据 Halliday 的观点，人际元功能（随意义变化）用来建立和保持社会关系，如社会角色的表达，包括通过双方互动产生的交际角色。这种元功能包括说话人和听话人之间的动态关系（这里的说话人包括各种各样的口头或书面互动中的说话人，如作者、广告商、发言人等，听话人指在互动中相应的听话人），用语言表达态度，影响听话人的态度或行为。

至于人际意义的体现，Halliday 主要从语气和情态的词汇语法层解释，尽管他也讨论了实现人际意义的其他方式，但是他把语气和情态看作实现人际意义的主要方式。实际上，语气系统和情态系统在实现人际意义方面起着主要作用。一方面，通过语气类型的选择，不同言语角色能够实现，这反映了人们之间的人际意义；另一方面，情态表现了说话者的态度、观点和意见，这有助于我们理解人们怎样表达人际意义，如他们关系中的权利和团结、亲密的程度、相互熟悉的程度、他们的态度和判断。Halliday 为了使他的语法系统简洁准确而只研究了语气、情态和语调，并把他们作为构成人际意义的主要成分。语篇中的语气系统分析，尤其在会话中，能更好地揭示参与者之间的人际关系。"情态涵盖的是'是'和'否'之间的意义领域，即韩礼德[①]所谓的情态具有归向性（polarity），在这'是'与'否'的两极之间，说话人可以把他的命

---

① 本文中外国人名统一用原名表达，如果引文出现汉译名称，以引文原文为准。

题表达得具有不同程度的可能性和合意性（desirability）"。（李战子，2004：75）语气和情态有助于我们理解人际意义是怎样通过两个语言学系统实现的。然而，实现人际意义的方式不仅仅局限于这两方面。Halliday 也注意到了这一点。在《功能语法导论》中，他提出了一些其他实现人际意义的方法：人称系统、称呼的态度类型、词汇项目的隐含意义、诗学特征，比如誓言和音质，然而他没有进一步阐释。（Halliday，2000：191）因此，许多其他可以实现人际意义的手段未被研究，这也是本研究的出发点之一。

由上可见，Halliday 虽然也提到了除语气和情态以外的其他人际意义的体现方式，但是这样的列举也是不完全的。因此，在系统功能语言学领域，一些学者对新的人际意义的语言资源作出了贡献。还有一些人试图扩展建立新的模式，通过阐述更多的语义元素可以用来分析人际意义，而不仅仅是互动和评价。Matin（2000）Matin & Rose（2003）建立了评价理论，该理论主要集中在语篇的人际意义中的一个子系统，即 Halliday 情态中的"评价"。"评价理论"近些年在国内特别引人注目，它是 James R. Matin 教授在 Halliday 系统功能语言学理论中"人际功能"的基础上发展起来的。Matin & Rose（2003：23）指出："评价理论是关于评价的——即语篇中所协商的各种态度，所涉及情感的强度，以及表明价值和联盟读者的各种方式"。（吴安萍，2008：191）Martin（2000）建立了评价资源三大子系统：情感、评判和评赏，但他主要用评价术语解释了态度意义。如表 2-3 所示。

表 2-3　评价的三种类型（转引自张美芳，2002：16）

人的态度	情感 envied; torn to pieces（羡慕；心碎）
	评　判 a bubbly vivacious man，wild energy，sharply intelligent（热情活泼的人；精力旺盛；十分聪明）
	评赏 a top security firm；a beautiful relationship（一家顶级的保安公司；一段完美无瑕的关系）

　　语言的评价是一种探讨、描述和解释,用语言进行评价、表达立场和调节人际关系。换言之,评价意义就是个人用语言来表达对世间事物的看法和观点,与说话人的判断或态度有关。"评价理论的焦点是'评价',语言是实现评价的手段,通过对语言的分析来评价语言使用者对事态的立场、观点和态度(向平,苏勇,2006:67)。"Thompson(1996:65)认为"评价意义是所有语篇意义的核心,因此,凡是对语篇的人际功能进行分析都不可忽视它"。"评价意义是系统功能语言学中人际功能的一个重要组成部分,涉及语篇中人物的态度、感情的强度、价值的标度(scale)以及读者对所有这些东西的解读(张美芳,2002:15)。"

　　虽然 Matin 等人对人际意义的一个次类别及体现方式做出了贡献,但是我们注意到他们没有提及语篇中评价以外的其他体现人际意义的意义元素,比如引语、视角等等。因此,他们的聚焦点不在特殊语类而是普通语篇。

　　李战子(2000)注意到 Halliday 所提出的人际意义主要是在小句层面上考察的,她建立了一个较完整的能促进书面语篇(如自传)中人际意义的研究模式。她的模式如图 2-1 和表 2-4 所示。图 2-1 是调整后的语义元素:认知的、评价的和互动的,这些构成了李战子(2004:68)人际意义的模型。

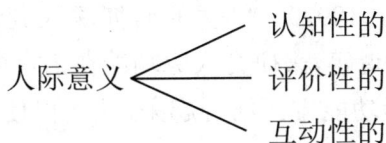

认知性的

人际意义 ⟨ 评价性的

互动性的

图 2-1　调整后的人际意义因素

表 2-4　以话语为基础的两层面的人际意义模型

以话语为基础的两层面的人际意义模型	
层　面	方　面
微观社会（作者——读者） 宏观社会（话语中的多重声音——读者）	认知性，评价性的 互动的 评价性的

　　李战子的人际意义模型，融合了修辞研究、叙事学、文体学和话语分析，旨在阐述自传中的人际意义。她认为自传语类的人际意义分析应该从两层面，即微观社会层面和宏观社会层面来考察。至于人际意义实现的语法手段，李战子概括了自传语类中的五个因素，即情态表达、现在时、人称、直接引语和反身表达（李战子，2000）。

　　以上分析可见，李战子分析人际意义的模型局限在适合自传语类的三个成分：认知性的、评价性的和互动性的，她的模型仅仅集中在一个特殊语类——自传话语，不能覆盖其他语类中的人际意义描述，如短篇小说等。因此，本文试图从功能语言学的人际意义角度对短篇小说集《都柏林人》人际意义的体现元素进行分析。

　　除此之外，还有许多语言学家对人际意义进行研究，如 Tony Bex（1996：108）分析了两封信的语旨，发现实现人际意义的手段有问候语、认知确定性的词等；Tannen 认为细节在会话中具有使读者卷入的人际功能（Downing，1992）。"他[②]的研究深入到语气系统以外的领域，如词汇、节奏和语调等，来研究人际功能在语言中的体现，由此把词汇与语法在体现人际功能方面结合起来，从而促使系统功能语法研究向更具体、细致和系统的方向发展（张德禄，1996：41）。"

　　近年来，更多的中国学者也纷纷加入了人际意义研究行列，研究范围也极其广泛，涉及到广告英语、书面语篇、新闻语篇、演讲、小说等等。如刘世生（1998）通过分析短篇小说 The Lottery，探讨了文学叙事和

---

②　他指 Martin。

对话中人际意义的不同实现方式；朱永生（1998）通过基调选择研究了四篇小说中的人物性别和性格建构；黄国文（2001）采用 Halliday 的人际功能理论，分析唐代诗人杜牧的《清明》一诗的几种英译文；李战子（2001）分析了书面语篇中认知型情态的多重人际意义；王振华是关注人际意义的另一位学者，他（2004）对 O.J.Simpson Case 的法庭话语片断作了情态分析，（2005）从三大元功能角度对罪犯投案自首话语作了分析。除此之外，王振华还通过从系统功能语言学中物质过程和评价系统的观点，研究小说中"事件"对人物形象形成的作用。但这些研究仅仅停留在系统功能语言学理论在小句层面人际意义的实现元素，只有我们超越了小句的限制，才能理解语篇中的作者和读者、多种声音和读者关系。

尽管 Halliday 对人际意义做出了重大贡献，许多来自其他语言学领域的研究者也用他们自己的理论方法从不同的角度对实现人际意义的多种方式做出了努力，如修辞学、哲学、语用学、话语分析等等。下面将分类对系统功能语言学之外的不同领域对人际意义的研究进行述评，这种分类仅仅是为了讨论方便。这部分最后涉及我们可以对短篇小说集《都柏林人》人际意义进行研究，这也是本研究的出发点。

2.3.2 其他领域中人际意义研究

Halliday（2000）指出交际的一个主要目的是建立和保持关系：与他人建立和保持恰当的社会关系。在交际中，我们不仅要集中在接收和发出的信息，还要影响他人的态度或行为，或提供我们知道的他们未得到的信息，或是解释我们的态度或行为，或是使他们向我们提供信息等等。Eggins（1994）指出人际意义就是关于我们与他人的角色关系或者彼此的态度。所谓语言的人际意义来自功能语法中对语言元功能的划分，但这种对语言功能的界定并不仅限于功能语法的框架。功能语法之外，来自其他领域的声音也呼唤我们对语言的人际意义的注意力（李战子，2004：1-11）。因此，语言的人际意义长期以来已成为来自不同领域学者的研究对象。

修辞学方面，无论是古典修辞学还是新修辞学，主要涉及辩论逻辑和劝说,通过一致的、说服性的表达立论和战胜听众。它集中在对听众或读者有特殊影响的功绩,明显地阐明对语篇中人际意义的关注。修辞学一直把读者作为研究对象。讲话人的说服力以及他向听众传达他自己的形象和信息的姿态从古至今始终是修辞学中的重要概念。Aristotle 的修辞学闻名于西方,直到现代社会仍然是欧洲修辞研究和实践的范例。对于 Aristotle,修辞学主要是为说服而存在。他认为不同的说服方式取决于交际中的三个主要成分:说话人、听众和辩论内容。20 世纪目睹了"新修辞学"的发展和复兴。许多修辞学家为了使当今世界的修辞学可行提出了新的理论。Daniel Fogarty 在 Roots for a New Rhetoric(1959)中略述了一个"新"修辞学。他认为新修辞学需要扩大目标,直到不再把自己局限在正式说服,而是包括符号运用的每种形式;它需要重新调整自己以适应交际的心理学和社会学的最新研究;最后,它需要提供一个新的讲话人—听话人情景(Connor,2001:66)。可见,古典修辞学和新修辞学都非常重视听众或读者,为古代或现代的人际意义研究提供了证据。

哲学方面,在 1929 年初期,Bakhtin 认为意义不是自我满足的非人性的密码的产物,而是创造性的、模糊的,如果意义不是非人的,我们就可以说它是人际的。他提出"意义并不存在于词中,或存在于说话人或听话人的灵魂里。意义是说话人和听话人通过某些声音组合这一物质的东西进行互动的结果"(Bakhtin,1984:103)。尽管 Bakhtin 没有明确用"人际"(interpersonal)这个词,意义的人际方面其实构成了他的理论的核心。"显然他只是在哲学意义上关注意义作为互动的结果,而不是在系统的语言学的意义上,因为他只提到了一个词的意义,如我们所知,词可以是可能的最小的话语单位,但他的睿智的观点就像火花一样点亮了当代语言学一股强大的关注意义的人际方面的研究热情(李战子,2000:12)。"

在哲学的另一方面,Wittgenstein 的游戏理论提出了一个从说话人/作者和听话人/读者的角度看待言语交际的理论,他认为语言的使用基本上和游戏一样,参加双方为个人或集体的利益协商(Nida,1993:165)。游戏类比的中心目的是打破传统哲学对语言的看法,即人们通过私下将词和物体配对来给词以意义,这一类比说明人们做的每一件事是社区的、社会活动的一部分(Lamarque,1997:127)。语言作为一种协商工具,不仅在面对面的交际中是重要的,而且在作者试图与读者协商交流意义的活动中也是重要的。"一个好的作者总是期待读者的反应,并用语言手段和他们协商意义。同样,读者会和语篇协商,他们剔除各种可能性,试图决定哪些意义在最直接的言语情景中或在作者的知识和他的写作情景中是可能的,这种对语篇的'解包袱'基本上是一种对话的过程,一种交际中的给予和获取。游戏理论可以很好地解释语言在交际中的使用,特别是语言的人际功能,但它没有联系到实现该功能的具体的语言项目(李战子,2004:13-14)。"

语用学对语言的人际意义很感兴趣,主要考察语篇的语言特征,它负责研究社会文化语境中的说话人和听话人之间的人际关系,如情景语境中的说话人和听话人的社会地位、年龄和性别(Brown & Yule,1983: 26)。Brown & Levinson(1987)提出的面子理论是以人际为取向的。他们认为尽管与他们期望的个体形象不同,面子方面是有规律的,尤其是每个人都有消极面子,期望不受他人阻碍,而积极面子是期望他人赞同。然而,社会生活包含威胁面子的许多互动。例如,要求威胁到被要求者的消极面子,拒绝威胁到要求者的积极面子。Brown & Levinson(1987)进一步提出一个主要的社会要求是用来保护或使面子危险降到最低。人们为了保护面子使用了礼貌策略。这种理论用在语篇层次的分析中,但是没有高度重视语法结构。

话语分析家对语言数据的功能或目的感兴趣,也对数据怎样被制作者和接收者处理感兴趣。他们通常讨论一个接收者怎样理解制作者在一个特定场合中要表达的信息,一个特殊接收者的要求怎样在一个不定的环境下影响制作者组织语篇。因此,话语分析旨在解释真实交际中的语言使用,吸收各种各样的学科,如社会学、语义学和人类学。他们把话语视为动态的而不是静态的,所有影响话语的组织都要考虑。Brown & Yule(1983)区别了语言的相互和互动功能。前者涉及表达内容,后者涉及表达社会关系和人的态度。他们讨论接收者在某种场合参与生产者的意义、生产者怎样组织与参与者在一个特定情景中接收相关的信息。通过大量的话语分析发现日常人类互动是基本的语言互动而不是基本的相互使用，他们注重协商角色关系、同等团结和话轮交换中的语言使用。

一些语言学家认为人际意义可以用一系列元素定义，给出了不同语言的人际意义类别。Hewes，Planalp & Reibold 认为，为了识别研究人际交流中的一致与争议，他们提出了一个技巧层次。最底层是效果技巧，包括解释和产出技巧，这些是所有交际的基本形式，然而是无意识的，没有导向的。这个层次中的下一层是影响技巧，一个被交际者用到另一个交际者的技巧。最后，最高层是合作技巧（Philips，1990：133）。

Thompson（2000）指出人际意义应该从两方面表达：互动和个人。前者基本上是以说话人的个人干涉为取向，后者是以说话人和听话人之间的互动为取向。朱永生在他的书中明确表明"人际功能不仅可以通过小句中的语气系统和情态系统来体现，而且还可以借助于称呼语、人称代词以及可以表达讲话者态度的动词、名词、形容词和副词等具体词汇来体现"（朱永生，2001：33）。李战子（2000）发展了 Halliday 的人际意义理论，讨论了书面自传话语中人际意义的五种实现方式，包括认识论性的情态表达、人称代词特别是第二人称代词"你"、现在时、直接引语和反身性表达。在她的《话语的人际意义分析》（2004）中，她坚持认为除了语气和情态，时态、直接引语、代词系统和评价是体现人际意义有效的语言学方式。

在这些语言学家中，Thompson 是一个在人际意义方面最有影响的代表。他（1996）发展了一个精心设计的框架，可以用来分析会话和书面话语中的人际意义。见图 2-2：

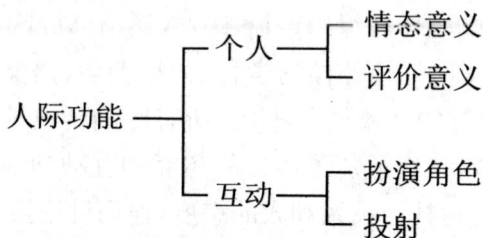

图 2-2　人际意义所涉及的范围（Thompson，1996：69）

　　如上图所示，Thompson（1996）指出人际意义应该从两方面得以实现：个人和互动。个人方面主要涉及说话人的介入，从情态和评价两方面表达，然而互动方面涉及说话人和听话人之间的互动，可以通过扮演角色和投射。扮演角色主要通过语气系统实现。投射是一个迄今还未触及的领域。在互动中，说话人不可避免地扮演其中一个言语角色。通过扮演角色，说话人同时为另一个人创造出一个相应的角色（即使另外一个人没有执行那个角色）。然而，说话人通过谈论他们自己的方式把角色投射到他／她本身，可以清楚地用名称显示，尤其是人称系统。

　　总之，以上提到的每一种理论在处理言语中的互动时都有它的优点，也有缺点，但关键的是，他们的论证体现了人际意义的语言学方式能在话语的一个特殊类型语境中多元化。这些简单综述反映了一个事实，即对功能语言学研究中人际意义的重视很好地符合了不同领域通过考虑读者理解意义的趋势。这给我们提供了把话语和视角理论、评价理论的介入融合到我们的研究中的方向，以便丰富对人际意义的研究。

2.4　《都柏林人》的研究现状

　　爱尔兰作家詹姆斯·乔伊斯是以其意识流小说巨著《尤利西斯》和《芬尼根的苏醒》闻名于世，相比之下，他的短篇小说集《都柏林人》创作相对容易。该小说集是由十五篇短篇小说集合而成，乔伊斯以现实主义手法描绘了形形色色的都柏林下层市民平庸琐屑的生活图景。社会的道德政治、社会精神等各个领域都死气沉沉，麻木不仁，无所作为，都柏林整个社会都处于一片瘫痪状态。《都柏林人》在乔伊斯的全部作品中不能算是最重要的，但它"表现出乔伊斯很高的艺术能力。既有现实主义手法，又有自然主义的特点，同时还流露出象征主义的倾向，并隐约可见作家意识流技巧的雏形。语言简洁，文笔清晰，描写细腻，潜台词丰富，节奏平缓，很多故事表面上看好像在平铺直叙，可其中却往往蕴含着象征和启示"（张良村，1997：600）。它以独特的艺术风格预示并影响了以后几十年间小说创作的新方向，同时，它对于读懂作者后期那些晦涩的重要作品却是非常有帮助的。"乔伊斯的短篇小说集《都柏林人》是世界文学宝库的一朵艺术奇葩,它拥有永久的魅力,不断吸引着探究者(冯建明,1997:61)。"可见,这个在出版时曾经遭遇过重重困难、几乎被排斥到像少年读物境地的小说集,没人会想到它后来竟然在这么长的时间内享有声誉。下文将从系统功能语法领域和国内外其他领域两方面对《都柏林人》的研究现状进行综述。

2.4.1　系统功能语法框架下《都柏林人》研究

综观《都柏林人》国内外研究现状,我们发现对《都柏林人》这部短篇小说集就系统功能语法方面进行研究的甚少,尤其是在国外。在所搜集的资料中,仅有 Chris Kennedy(1982:90-98)在 Systemic Grammar and its Use in Literary Analysis 一文中,有一部分语料取材于《都柏林人》中的《两个浪子》,从三大元功能,即概念功能、人际功能和语篇功能进行了分析。在国内,刘世生(1998)在他的《西方文体学论纲》中"第三、四、五章应用系统功能文体学理论模式的二个组成部分(概念功能、人际功能、语篇功能)对文学语言进行实际分析,所用语料多取自《都柏林人》。目的是对系统功能文体学这一现代文体学的主流理论模式进行验证,从而在实践过程中发扬其优点,修正其不足,使之更加完善。""对概念功能的验证重点评价了及物性分析。""对人际功能的验证重点讨论了人际评论系统以各种句法单位在文学语言中的体现情况。结论认为,在文学的叙述语言中,人际评论可由副词、介词词组、副词性小句、名词词组、动词词组、形容词词组、固定习语等句法单位来体现。在文学对话的语言中,人际评论则由独立小句、副词性小句、名词性关联小句、不定式短语、现在分词短语、固定习语等句法单位来体现。在分析讨论过程中,我们还提出了一些新概念,如'纯粹人际功能''叙事性概念功能''叙事性人际——概念功能'等。""对语篇功能的验证重点讨论了语篇中的衔接系统(刘世生,1998:6-7)。"显然,刘世生对《都柏林人》的功能文体学研究,人际功能方面只提到人际评论系统,至于其他人际意义的体现形式,还有待进一步研究。

薛海燕(2004)的《都柏林人是如何在乔伊斯笔下瘫痪的——<都柏林人>的功能文体学研究》,从功能文体学角度分析了文字重复和意象重复。文章还对小说人物活动作了及物性分析,从语言形式的角度对物质过程和非物质过程作了量化对比。及物性选择不同表现着所描写人物的主动和被动程度。重复手法的使用和及物性系统中过程的选择构成了 Halliday 所提出的前景突出。可见，该文虽然从功能文体学角度对《都柏林人》进行研究，但侧重及物性研究和重复，没有涉及人际意义。

张歆秋（2003）对《伊芙琳》进行研究，该课题为《小说＜伊芙琳＞的功能文体分析》。该文将 Halliday 功能文体学理论中的三大元功能同时应用于文学语言的文体分析中，从而验证功能文体学在文学文体分析中的可应用性和可操作性。

温晶（2009）的论文《及物性系统与人物性格的刻画——对乔伊斯＜伊芙琳＞的文体分析》是运用系统功能语言学中的及物性系统理论，对乔伊斯短篇小说《伊芙琳》中的语言特征进行分析，从而说明作者对及物性系统的选择和运用对塑造人物性格和实现主题意义起到了决定性作用。

曲静（2009）的论文《＜伊芙琳＞的及物性过程分析》是从系统功能语法的三大纯理功能之一概念功能的及物性系统出发，对乔伊斯的小说《伊芙琳》的深层意义进行分析，从而说明及物性系统对语篇分析的应用价值。

以上张歆秋、温晶和曲静的论文都是针对《都柏林人》的一篇故事《伊芙琳》进行研究。其中，只有张歆秋的研究涉及了人际功能，并从语气和情态两个方面进行分析，但没有探讨人际意义的其他实现方式。

2.4.2　其他领域中《都柏林人》研究

此部分为系统功能语法领域之外的其他领域对《都柏林人》的研究现状，主要从国内外两个方面进行阐述，这种分类仅仅是为了讨论方便。

《都柏林人》创作于 1904 年，经过重重困难于 1914 出版，如今已成了乔伊斯最受广大读者欢迎的作品之一。由于他后期小说使之黯然失色并遭到排斥，它"在乔伊斯批评主义的前十年受到的关注相对很少"（McCarthy，1998：5）。直到后来小说集被重新评论，发现它不仅是乔伊斯整个写作中的一个完整部分而且本身也是一部名著,作品的复杂性也能体现在许多现存的反驳阐释中。在 New Perspectives on Joyce's"Dubliners" 的引言中,James Fairhall 指出《都柏林人》这个一直以来没有畅销、没有引起高度重视的小说集是在 1956 年以后被美国批评家重新发现的。他写道:"分开来写,Brewster Ghiselin,Hugh Kenner,Marvin Magalanerh & Richard Kain 都目睹并认识到故事中有显著的形式统一,基调就是瘫痪主题。"在 Beck 遗憾写作三十年后,Power & Schneider 果断断言:"《都柏林人》不仅没有像少年读物一样被降格,而是像乔伊斯后来的小说一样杰出。"James Fairhall 写道:"乔伊斯的小说曾经敌对他们进行形式分析……形式主义者继续挑战他精心设计的语篇,解读他的内容,最好的是这些语篇内部的相互关系和创作技巧(Margot Norris,2003: 2-3)。"Mary Power & Ulrich Schneider 这样问:"另一部关于《都柏林人》批评专著还需要理由吗? 根据我们感到适用于我们的新信息和批评理论,把这些故事看作千年盛世是合适的。我们也感到这些故事的语篇是如此丰富,暗指的和没有预想到的,以至于它迫使我们进一步研究和阐释(Margot Norris,2003: 1-2)。"因此,在国外过去的几十年间,对《都柏林人》故事进行不同的、不断变化的研究方法占据了批评研究的主导地位。"就短篇小说集《都柏林人》而言,对其研究之深、范围之广也是有目共睹的,同时也出版了很多相关专著、研究报告以及学术论文等(魏莅娟,2007: 3-4)。"

　　《都柏林人》的批评主义始终随着文化情景变化。在过去的 50 年左右,随着《都柏林人》的新研究如洪水般地泛滥,它的批评主义"在形式主义和语境主义之间摇摆"(Schwarz,1994: 73)。自从 20 世纪60 年代以来,在 Richard Ellmann(1959,1982)出版的 James Joyce 影响下,更多的批评开始重视乔伊斯的主题内容。《都柏林人》研究越来越多地集中在文化、历史、传记和社会经济语境。由于它的无穷尽和不寻常,现在的《都柏林人》被乔伊斯学者用各种各样的方法进行描述和研究,与批评派,如马克思批评主义、文化研究、后殖民批评主义和女性主义并列。

与《都柏林人》批评主义同样重要的是,这部作品是一部相关故事连贯的集合体——"一部短篇小说集与其说是个人角色不如说是集体角色"(McCarthy, 1998: 3)。然而,那个时代的许多批评主义仅仅关注个别故事。Brewster Ghiselin 在他的论文集中提到他对《都柏林人》中统一性的肯定,他指出"不同主角的故事构成一个基本主题"(转引自 Schwarz, 1994: 67)。John Paul Riquelm 也认为当分开读这些小说时,其中的任何一篇小说都达不到作为一个整体小说集而产生的效果。我们相信,在他新故事的创作中,乔伊斯一定有这个想法,"所以在小说集的情景中读这些故事会产生不同的意义"(McCarthy, 1998: 3)。

另外, 对《都柏林人》的研究还有 Warren Beck（1969）的 Joyce's "Duliners": Substance, Vision, and Art; Donald T. Torchiana 的 Backgrounds for Joyce's Dubliners; Derek Attridge（2000）的 The Cambridge Companion to JAMES JOYCE; 还有一些评论文章, 如 Francesca Valente 的 Joyce's Dubliners as Epiphanies; Miehael J.oodfrey 的 The Sisters （《姐妹们》） 等(详见 www.Joyeean.org) ; Hodgart （1978）和 Balmires（1987）主要研究了这些故事的主题思想和象征手法; Wales（1992）在 The Language of Literature 中表达了不同文体效果的重复功能模式; Fowler（1996）在 Linguistic Criticism 对 Eveline （《伊芙琳》）故事开头部分从不同视角进行分析等等。

以上分析可见,建立在西方文化背景和研究方法的基础上,外国评论家从 1904 年起,尤其是 1960 年以来对《都柏林人》的艺术特征和主题,或者对《都柏林人》中的个别小说从不同角度做了大量详细的研究,如女性批评主义、历史主义、殖民主义、心理分析批评主义、叙事学等等。

在国内,乔伊斯研究始于 20 世纪 20 年代,但是当时的中国文坛只得到一鳞半爪的消息报道。实际上,乔学研究始于 20 世纪 80 年代,当时,研究主要侧重了对其作品一些基础性的工作,如译介、作品研究和一般性研究。但是,到了 90 年代,中国的乔伊斯研究在美学、哲学和文化诗学方面有了重大突破和进展,约有 100 篇论文和 6 部专著出版了。专著主要涉及到乔伊斯的生活经历和文学创作、小说艺术、主题和人物分析、现代主义和意识流、乔伊斯在国内外的研究状况（杨建，2005）。因此，中国乔伊斯的研究历史仅仅 30 年，与西方国家 90 年相比是很短暂的。尽管研究取得了很大进步，但是研究成就远远不及国外。

在乔伊斯的四部重要作品中，《尤利西斯》和《芬尼根的苏醒》得到中国研究者的高度重视。至于他的早期作品《都柏林人》的研究主要局限于艺术特征、创作技巧、象征主义和顿悟、比较文学，这些研究还不完善、不够全面。尽管乔伊斯的早期作品没有像后期的作品那么成熟，对他早期作品的不平衡研究看起来与事实不符，乔伊斯的四部作品形成一个统一体，渗透在文学创新中的试验和创新精神方面。但是，乔伊斯的后期作品一定通过他的早期作品才能理解，他的第一部作品也一定通过最后一部来理解。Sonja Basic（1998: 13) 提及它时肯定地说："《都柏林人》的简单其实是一个陷阱。"

在国内，评论家们也从不同角度对《都柏林人》进行解读。其中，李兰生（2002）、戴从容（2002）、周小群（2000）从不同结构和写作技巧角度研究《都柏林人》；戴从容（2002）从修辞方面研究；申丹（2004）作了一些叙事类研究；复似逸（2003）对乔伊斯的《都柏林人》和鲁迅的《呐喊》《彷徨》作了对比研究；李维屏的《乔伊斯的美学思想和小说艺术》，系统地介绍了乔伊斯的美学思想，简单地分析了乔伊斯的主要作品。"有一些研究作品和文章是从语言或者是从叙述结构或者从主体入手，进行细致的文本分析；而另外一些则运用言语行为理论或叙述视角理论对文本进行解读。正如短篇小说集中的'痛苦的往事'就被申丹用以说明弗莱德曼的多重限制性视角（魏莅娟，2007：4）。"还有大量研究乔伊斯和他的作品的文章，如朱婷婷（1995）的《幻觉·顿悟·虚无》，李维屏（1996（b））的《论＜都柏林人＞的"精神顿悟"》，刘巧玲的《精神瘫痪——詹姆斯·乔伊斯的＜都柏林人＞的主题》，白玉的《论＜都柏林人＞中的现代主义特色》等等，这里不再一一罗列。但是，从语言学角度进行研究的为数不多，除了 2.4.1 中提到的从系统功能语言学角度进行研究的以外，还有的从语用文体方面进行研究，如徐加永的《对＜都柏林人＞的语用文体探究》。

总之，众多学者对乔伊斯的研究主要集中在他后期的作品，如《尤利西斯》《芬尼根的苏醒》和他的意识流技巧。对《都柏林人》这部作品的解读，虽然评论家们也各抒己见，并从各个角度对这部作品进行分析，但多数是从小说和它的社会主题或历史角度欣赏它，集中在小说集的文体方面，很少从语言角度进行研究。本研究旨在从语言学方面对《都柏林人》进行研究，从语类方面进行解读，从语言形式和内容方面对其主题及创作艺术进行剖析，探讨其中有代表性的人际意义的实现方式。

2.5　对本研究的启示

上述文献综述对本研究具有极为重要的参考价值。功能语言学家对人际意义的追求不仅大大开阔了我们对人际意义理解的视野，而且为我们提供了理论基础、研究思路和研究方法。与此同时，我们对《都柏林人》人际意义研究的动机也源于以上的文献综述，具体体现在以下三个方面：

第一，为什么采用 Halliday 的系统功能语法？

Halliday（1994：xv）认为他写《功能语法导论》一书的目的是构建一个用于语篇分析的语法系统。因此，他把语言的意义看作语言功能。系统功能语法起源于社会学，并被许多学者接受。Fawcett & Young（1988）认识到语言的系统功能模式是语言的系统功能理论。自从它出现以来，系统功能语法已经被广泛地应用到几乎每一个领域，像认知语言学、教育语言学和计算机语言学。除此之外，我们还发现系统功能语法作为理论框架应用到文体学研究的趋势。Bulter 认为 Halliday 把应用到说话者或作者的功能组织和意义选择作为基础。因为语篇构建过程基本包括意义选择和组织，翻译成语言学物质，所以语言的系统功能模式被当作文学文体学研究基础是不令人惊讶的（Bulter，1985：198）。

正如 Halliday（1994：x）阐述的，系统功能语法是"为那些以语篇分析为目的的语法学习者而编写的"。"从功能体现的角度解释语法结构和语篇分析有着更为直接的关系。"因此,它被成功地应用到语篇分析的许多领域。与其他语言学不同的是,功能语言学是以功能为取向的,它把语言看作有目的的行为。在这种意义上,它是功能的,同时它把语义看作语言的核心。关于以功能为取向和以意义为取向方面,系统功能语法认为"不需要增加一个额外地对语义的阐释层,因为功能语法能作为意义产生构思"(Martin,1992: 56)。

在系统功能语法基础上,语篇包括几种意义的重叠,被解释为概念功能、人际功能和语篇功能。尽管三大元功能是语义层的组织概念,他们能转换成语言交流中相应的意义。而且,这些元功能可以应用到语境层,体现在词汇语法层。在语境层,概念意义被看作语域(什么正在进行),人际意义是语旨(参与者之间的社会角色和关系),语篇意义是语式(交际渠道方面)。在词汇语法层,概念意义是通过小句层面的及物性系统、声音系统和归一度系统体现,人际意义体现在语气系统、情态系统和调值,语篇意义体现在主位系统、信息系统和衔接。现在,我们引用 Eggins & Slades 的话总结系统功能语法框架下语篇分析的两个优点:"1. 它提供了一个完整的、全面的、系统的语言模式,能在详细资料的不同标准和不同程度上对会话模式进行描述和量化;2. 它使语言和社会生活间的关系理论化,以至于使会话成为社会生活的一种方法。具体地说,日常会话能作为规划和构建社会身份与人际关系尺度的不同语言模式进行分析(Eggins & Slade,1997: 47)。"

在以上讨论的基础上,本文采用系统功能语法方法分析潜藏在《都柏林人》中的人际意义,因为它是语言的一个完整的、综合性的、系统的模式,话语模式能够通过它被描述、被量化,把语言应用和社会现实联系起来,系统功能语法被看作一种分析社会互动的方式。短篇小说集《都柏林人》是一种语篇体裁,更精确地说,在系统功能语法框架下,《都柏林人》可以用不同的语言学模式分析,反映组织社会特征以及作者和读者之间的人际关系。

第二,为什么要选用《都柏林人》为研究对象?

近一个世纪以来,《都柏林人》仍然是一部最流行的文学著作,不仅仅因为它的创作主题,还有它成功的写作技巧。读了《都柏林人》之后,读者不难发现,"在这些短篇中,作者追求的不是故事的曲折动人,而是通过对日常平凡琐事的描绘来揭示理想的破灭和人生的本质"(侯维瑞,1985:248)。"较高水平的成就是对文章评价的贡献"(Halliday,2000:41)。为什么《都柏林人》是这样成功,对我们来说仍然是一个很大的疑惑。

《都柏林人》是由十五个短篇故事组成的小说集,对许多人来说是众所周知和熟悉的(自从1960年以来才真正为广大读者熟悉)。它"被西方文艺批评家称为'用英语所写的最优秀的短篇小说',是20世纪爱尔兰小说大师詹姆斯·乔伊斯的第一部作品"(李兰生,2002:385),频繁出现在颇受欢迎的文选中。因此,它代表了一个挑战,因为一个人可以假设每一件被说过的事情还可以重说。如果一个语言学分析家能真正地用文学方法对它进行反复解读,应该有更多原来已经说过的还可以再说。

Eggins(1994:309)指出系统功能语法理论成为话语分析重要的理论资源,这是与系统功能语法自身的理论追求紧密相关的。"系统功能语法提供的分析语篇(评价语篇而不仅仅停留在理解语篇)的有效工具是一个系统的模型,该模型在每一个元功能和语法系统之间建立实现关系,在语言的三个功能组织和语域的三个构成因素之间建立实现关系,在文化语境和语篇的图式结构之间建立实现关系(Eggins,1994:309)(李战子:2004:8-9)。"在Halliday系统功能语法的语气和情态理论的指导下,这个分析可以指导我们不仅发现怎样欣赏和解释小说的创作主题和主要人物的性格特征,而且学会怎样欣赏小说的写作技巧。

Fowler(1981:21)在他的著作Literature as Social Process中强调语言和社会结构之间存在一个辩证的相互关系;语言学应用的多样性是社会经济动力和公共机构的产品。Carter & Simpson(1989:3)认为文学语篇"基本上是围绕原型发生的"。McCarthy & Carter(1994:135)认为文学语篇是"真实社会语境中真正交际的物质"。在这方面,许多功能主义学家用系统功能模式选择文学作品作为分析语料。1969年,Halliday在美国召开的文学文体研讨会上宣读了一

《都柏林人》人际意义研究

篇题为 Linguistic Function and Literary Style 的论文，Halliday 用体现概念功能的及物性系统对 William Golding 的长篇小说 The Inheritors 作了分析。Halliday 通过分析及物性系统的规律性使用，说明了语言结构模式的反复出现与小说人物认知水平和认知方式之间的联系。"Leech & Short 在（1981）在《小说的风格》（Style in Fiction）一书中把 Halliday 的这段分析看作应用语言学理论分析文学语篇特点的范文（朱永生等，2004：195）。"为了发现及物性系统是怎样体现的，Halliday 从 The Inheritors 中选了三段，并用系统功能语法中的及物性系统原则分析。第一段主要涉及穴居人的行为，然而，第三段与继承者的行为密切相关。Halliday 在仔细分析之后发现：在第一段中，小句主要是行为、场所或心理过程；其余的是定语。一般情况下，过程是由简单过去时中的限定动词表达。几乎所有的行动小句描述简单行动；除了几个小句以外，大多数都是不及物的；相反地，在第三段中，大多数小句用人作主语，其中，一半以上的是动作小句，多数是及物的。从这里我们可以发现及物性系统特征是怎样体现的。应用 Halliday 的分析模式，Short（1976）分析了 Steinbeck 的 Of Mice and Man，Kennedy（1976）探讨了 Gonrad 的 The Secret Agent and Joyce's Dubliners 中作者的意图。然而，比起学术语类，文学语类，尤其是小说语类，还没有引起功能语言学家的重视。本文研究的基础是 Halliday 系统功能语法中的人际意义。Halliday 的人际意义集中在小句层面。假设我们目前用 Halliday 的语气和情态对《都柏林人》人际意义的分析是成功的，那么结合话语理论、视角理论与评价理论的介入进行阐释是对其文学意义的补充和完善。

第三，为什么要聚焦人际意义？

在系统功能语法中，语言被认为具有概念功能、人际功能和语篇功能，这三大元功能可以转换成语言交流中相应的意义。至于人际意义，Halliday（1978: 46）把它定义为："说话者使自己参与到某一情景语境参与者之间的关系的语言中。"因此，我们发现人际意义与小句中的互动有关。显然，对话中说话人和听话人之间的互动，需要像答复和反应一样的话轮。那么，从人际意义角度分析对话，尤其是会话中语气系统和情态系统使用的话语是很重要的。

"韩礼德为使他的语法系统简洁准确而只研究了语气、情态和语调，并把它们作为构成人际意义的主要成分，结果是使许多其他的可以实现人际意义的手段未被研究（李战子，2004：9）。"这也是本研究的主要理论出发点之一。与此同时，受李战子（2000）在 Halliday 人际意义基础上对人际意义扩展模型的启发，结合对《都柏林人》文本的研读，我们发现除了语气和情态，引语和视角在小说集中体现的人际意义也很明显。引语和视角可以通过调节叙述者和作者、读者三者之间的叙事距离，体现人物、作者与读者之间不同的人际关系，从而实现语篇的人际意义。所有这些都鼓舞着笔者在系统功能语法指导下对《都柏林人》人际意义进行分析探讨。

2.6　小结

本章首先简单介绍了系统功能语法要旨和人际功能理论，然后主要对人际意义和《都柏林人》的研究现状进行综述，分别从系统功能语法领域和系统功能语法之外的其他领域着手我们的讨论。我们可以得出结论，前期不同角度的人际意义研究不仅开阔了我们对人际意义理解的视野，拓宽了它的研究范围，而且为我们提供了理论基础、研究思路和研究方法，丰富了我们对它的认识。然而，除了功能语言学家，几乎没有探讨停留在语言形式的详细审查和语篇中人际意义的体现。系统功能语法理论对我们分析《都柏林人》人际意义做了很大贡献。《都柏林人》的文献综述给我们提供了更多的启示，其研究范围虽然很广，但与乔伊斯的其他古典意识流小说相比（《一个青年艺术家的画像》《尤利西斯》和《芬尼根的苏醒》），《都柏林人》被关注得较少，主要是文体研究（Wales，1992），更值得我们进一步研究。尤其是我们注意到对《都柏林人》人际意义方面的研究还不完善，有待进一步探讨。因此，我们试图以 Halliday 系统功能语法的人际意义为理论框架，结合话语和视角理论与评价理论的介入，探讨《都柏林人》中实现人际意义的四个有代表性的项目（语气、情态、引语和视角）对构筑小说集人际意义的贡献。

第三章 语气的人际意义

根据 Halliday（2000：68），实现人际意义的主要语法系统是语气系统。一个基本的语气系统包括陈述、疑问、感叹和祈使。语言交际是一种交流，交流中最基本的目的是给予或命令。如果我们从言语交流中的讲话者角度来看，讲话者给予或命令的物品是信息。在这种情况下，讲话者的目的是通过语言携带目的：讲话者用陈述句给出信息，或者用疑问句要求信息。如果听话者收到讲话者给予的或提供的信息，交流就是成功的。本章主要考察语气的人际意义。首先阐述语气系统，然后具体分析《都柏林人》中语气的人际意义，最后为本章小结。

3.1 语气系统

系统功能语法把语气看作人际功能的主要成分。为了对语气系统有一个全面的认识，下文将分别对语气结构、语气结构中的其他成分、基本言语功能和语气类型等进行阐述。

3.1.1 语气结构

在系统功能语法中，语气选择是通过一个特殊的功能结构体现，即主语（Subject）和限定成分（Finite）相互结合组成。主语详细说明词项，是对实现提供或命令负责（Halliday，2000: 76）。限定成分是可以被议论的事情，它是动词操作词中的一小部分，表达时态（is，has）或情态（can，must）。主语和限定成分紧密联系在一起，构成语气。因此，语气分析能使我们容易掌握讲话人在言语情况下选择的言语角色和他分派给听话人的角色。

至于主语，Halliday（2000: 31-32）在心理学主语、语法主语和逻辑主语之间做了区分。心理学上的主语指"与信息相关"，通过主位实现；语法上的主语指"唯一限定的"，通过主语实现；逻辑主语是指"动作的执行者"，通过动作者实现。人际意义有作为交换的意义，是讲话者和听话者之间的交易。因此，它是语法主语，是实现交换的根据（Halliday，2000: 34）。至于它的体现，主语可以是名词词组或人称代词。

"主语是命题中的重要成分，是肯定或否定一个命题的基点。也就是说，主语是对命题或提议的有效和成功时负责的成分"（胡壮麟等，2009：125）。比如 That teapot was given by the duke to my aunt 中的 That teapot 既是命题中的主语，又是信息的主位。同时，选择哪个成分作主语还有它自身的意义，如上例中的 That teapot 不仅是信息的起点，而且还是议论的基点。在提议中，主语对实现提供或命令负责，如 I 在 I'll turn on the air-conditioner, shall I? 是对提议的成功负责。

至于限定成分，Halliday 坚持认为它有限定命题的功能。也就是说，"限定成分的作用是限定命题，使其成为实际存在的、可议论的概念"（Halliday，2000：75）。Thompson（1996: 45）研究了限定成分的概念并发现，通过限定成分，讲话者提出命题有效性的三种基本"主张"：(1) 命题相对于说话者态度的有效性（时态）；(2) 肯定与否定的有效性（归一度）；(3) 命题相对于说话者态度的有效性（情态）。

限定成分可以通过两种途径实现：一种是说话的时间，可以用主要时态中的成分表达，如 was 在 He was talking about his story to the children；另一种是讲话者的判断，可以用情态表达，如 can 在 she can arrive at five o'clock。至于主要时态有三种：现在、过去和将来，是相对于现在的时间而言（Halliday，2000: 75）。情态指"讲话者对他在讲话中所涉及的可能性或义务作出的判断"（Halliday，2000: 75）。因此，限定成分可以通过情态助动词表达时间或情态，语气成分的语义功能承载着小句作为交流事件的功能，如表 3-1 所示：

表 3-1　作限定成分的助动词（Halliday，2000：76）

时间助动词：

	过　去	现　在	将　来
肯　定	did, was, had, used to	does, is, has	will, shall, would, should
否　定	didn't, wasn't, hadn't, didn't + used to	doesn't, isn't, hasn't	won't, shan't, wouldn't, shouldn't

情态助动词：

	低	中	高
肯　定	can, may, could might, (dare)	will, would, should, is/was to	must, ought to, need, has/had to
否　定	needn't, doesn't/didn't+need to, have to	won't, wouldn't, shouldn't, (isn't/wasn't to)	mustn't, oughtn't to, can't, couldn't, (mayn't, mightn't), hasn't/hadn't

3.1.2　语气结构中的其他成分

Halliday 把小句分成两部分：语气（Mood）和剩余成分（Residue）。语气是由主语和限定成分组成；剩余成分包括三种功能成分：谓语（Predicator）、补语（Complement）和附加语（Adjunct）。因此，小句除了具有语气成分以外，还有剩余成分，如表 3-2 所示：

表 3-2　语气和剩余成分举例分析

She	is	taking	the old man	across the road
主　语	限定成分	谓　语	补　语	附加语
语　气		剩余成分		

谓语是动词词组中的词汇部分,它是通过动词词组去掉表示时间或情态助动词部分实现。根据 Halliday（2000:79），谓语有四种功能：(1) 规定次要时态。次要时态与主要时态相关,如在 She has been asking to finish her work on time 中主要时态是 has,次要时态 been asking to 被规定为谓语；(2) 规定了其他体和相,例如 asking 规定了动作过程；(3) 规定了主动语态或被动语态。例如,主动语态"James Joyce writes Dubliners"和被动语态"Dubliners is written by James Joyce"之间的区别是通过谓语表达的；(4) 规定了主语经历的过程（行为、事件、心理过程、关系）。例如谓语 been asking to finish 规定了一个复合的次要时态 been+ ing,一个表示要求的相 ask to,被动语态 be+en 和一个物质过程 finish。

补语是剩余成分中的成分,通常由名词词组实现,有可能成为主语的潜能。在例句 James Joyce writes Dubliners 中,补语是 Dubliners。当句子用被动语态 Dubliners is written by James Joyce 来表达时,这样的名词性补语可以转换成主语。然而,如果补语通过形容词来实现,就像 Dubliners 在 Dubliners is popular 中,这样的定语补语不能成为主语,因为它不可能用被动语态来表达。

剩余成分中的最后一个组成部分是附加语,通常由副词词组或介词短语来实现。它可以分成三类：表达经验元功能的叫作情景附加语,通常位于剩余成分中；表达人际元功能的称作语气附加语,常出现在语气中；表达语篇元功能的叫作连接或语篇附加语,从不包括在语气结构之内（Halliday，2000：81）。换言之,情景附加语告诉我们事件是何时、何地、怎样或为什么发生；连接或语篇附加语标志着小句怎样作为整句与前面的语篇衔接；情态附加语揭示了讲话者对相关信息的判断。因此,剩余成分中的成分顺序是：谓语 + 补语 + 附加语。我们将在 3.2.1 中分析语气和剩余成分是怎样在《都柏林人》中作为突出瘫痪主题的一种手段。

3.1.3 基本言语功能和语气类型

正如 Halliday（1978: 139）所说的,语篇的基本特征是互动。那么,交际过程中,讲话者为自己选取了一个特殊角色,称为说话者的角色。在执行言语时,讲话者也给听话者分派了一个补充角色,希望听话者采纳,称为听话者角色。因此,在所有特殊的言语角色之外,最基本的言语角色类型是"给予"和"命令"。"给予"意味着"要求接受",而"命令"意味着"邀请给予"(Halliday,2000:68)。根据交流物的特征,可以分为两类:(1)物品和服务;(2)信息。因此,很明显的,在任何一种交流过程中,讲话者要么提供物品和服务或信息,或者需求物品和服务或信息。因此,可以说总共有四种基本言语角色:提供物品和服务、需求物品和服务、提供信息和需求信息。

把两种交流物和两种基本角色类型结合在一起,四种基本言语功能被定义为:提供、命令、陈述和提问。这几个变量之间的关系如表3-3所示:

表3-3 给予或求取物品和服务或信息(Halliday,2000:69)

交流角色 ＼ 交换物	(a) 物品和服务	(b) 信息
(i) 给予	提供 would you like this teapot?	陈述 he's giving the teapot.
(ii) 需求	命令 give me that teapot!	提问 what is he giving her?

同时,这四种言语功能还有一套与其相匹配的反应:接受提供、执行命令、认可陈述和回答提问,详见表3-4:

表3-4 言语功能与反应(Halliday,2000:69)

	起 始	预期的回答	自由选择
给予物品和服务	提 供	接 受	退 回
求取物品和服务	命 令	执 行	拒 绝

给予信息	陈　述	认　可	驳　回
求取信息	提　问	回　答	拒　答

　　建立在以上提到的理论基础上,我们可以预测在小句的言语功能和语气类型之间有一种关系。根据 Halliday,有四种语气:直陈、疑问、感叹和祈使。根据主语和限定成分的顺序,直陈语气可以分成陈述句和疑问句,疑问句包括是否疑问句和特殊疑问句。直陈语气最常用陈述句表达,疑问语气常用疑问句表达,感叹语气用感叹句表达,命令语气用祈使句表达。这些是语气系统中的三个主要选择,不同的语气表现出不同的结构,见表3-5:

表3-5　语气结构式（张德禄等, 2009：190）

语　气	结构式
陈　述	Subject Finite
疑　问（yes-no 型）	Finite Subject
疑　问（wh- 型）	Wh-/ Subject Finite（wh- 作主语）
祈　使	Wh-/ Finite Subject（不作主语）
感　叹	（Subject）Predicator
	What-Object/Complement Subject Finite
	How-Complement/Adjunct Subject Finite

　　因此,主语在限定成分之前的称为陈述句。陈述句主要是通过提出协商信息发起话语交流,使讲话人在谈话中采取主动,建立主动角色。
　　疑问句主要是通过从他人那里要求信息建立起交流。他们使讲话人依赖于其他互动者的回答。限定成分在主语之前的是是否疑问句。是否疑问句主要是归一度信息,讲话人想让听话人详细说明的信息。
　　特殊疑问句包括特殊成分,它用来要求听话人完成信息缺少部分。换言之,人们通常问问题是为了得到他们没有的信息。使用特殊疑问句的人经常处于主动、较强的位置,表明互动者之间一种不平等的关系。

感叹句的顺序是特殊成分(what 或 how)跟在主语后面,然后是限定成分,谓语和其他成分、感叹句能表达各种感情,如高兴、生气、惊讶、伤心等,也能用来传达对事件的判断或评价。

祈使句一般不包括主语或限定成分,但包括一个谓语加补语或状语。祈使句经常用来表示命令:命令某人做某事,包含讲话人和听话人之间的不平等关系。然而,在实际语境中,祈使句有直接协商功能,如提供建议。

省略句与完整句相反,仅仅体现结构的部分成分。当互动者优先地开始做出反应时,省略句就产生了要求他们对一个相关的、完整的开始句做出解释。省略句的作用经常反映出讲话人的从属地位,因为它仅仅提供反馈,不是开始提供信息。

总的来说,与传统语法相似,语气类型可以作为小句的感叹、陈述、疑问或祈使形式,像社会地位、权势关系和熟人关系等因素通常影响讲话人在语气系统中的角色分配和语气选择。人际功能分析可以帮助我们详细调查交流中人物间的互动。Thompson(1996: 40)指出"任何交换中最直接的目的当然是给予(和获取)或命令(某种被给予的命令)"。语言交际中基本单位是小句。Martin(1992:32)认为"Halliday 把提供和命令组合在一起作为提议,陈述和问题作为命题",如下所示:

提议:

提供 Can I get you a drink?

命令 Get me a drink, would you?

命题:

陈述 There's lots of beer.

问题 Is there any Tooheys?

在信息交换中,小句作为命题的形式出现,成为可议论的概念。它可以判断肯定或否定,也可以是怀疑、拒绝或变化的。在物品和服务的交换中,小句作为提议的形式出现。因为提议应该是执行或拒绝,不像前者是可以判断为肯定或否定。人们用不同的句子信息表达不同的功能。当讲话者作陈述时,他就用陈述句;他用疑问句要求信息。如果听话人接收（理解）讲话人给予或提供要求的信息（回答问题），"交换是成功的"（Thompson，1996：96）。因此，我们可以得出一个简单结论：所有这两种言语角色和两种交换的物品能够提供四种语言功能：提供、命令、陈述和提问。

3.2　语气的人际意义

本章前面部分主要聚焦于语气系统，此部分将集中分析《都柏林人》中语气所体现的人际意义，目的是发现作者怎样从语言形式方面传达和强调小说集的瘫痪主题，什么样的人际关系在人物之间或叙述者和人物之间被建立和维持，人物具有什么样的个人特征以及作者对人物的态度和看法。根据对《都柏林人》的考察，人际功能在这两种文体类型——叙述和对话（小说语言主要有两大文体类型：叙述和对话）中有不同的体现。这个章节主要从语气成分和语气系统选择两方面对《都柏林人》人际意义进行分析。其中，语气成分分析的语料来自叙述语言，语气系统选择的语料来自人物对话。通过分析故事中某些叙述或描写语言的语气成分，不仅仅是为了从语言形式方面分析《都柏林人》的瘫痪主题，更重要的是通过对这些语言手段的分析，为我们更深入地理解小说的主题意义提供语言依据。当叙述涉及作者或叙述者对他或她在叙述时，对话是人物观点的直接反映。对人物对话中的语气选择进行分析，主要目的是探析作者想向读者传达什么，进一步揭示小说集的瘫痪主题。因此，从语气角度对两种语料分析的结合能更好地突出小说的瘫痪主题。

3.2.1　语气成分

《都柏林人》是一部描写爱尔兰精神史的短篇小说集。在这篇小说集中，作者隐退是一个叙述技巧，把传统短篇小说中故事性人物的行为压缩到了最低程度，没有人物抗争行为，而是突显人物的心理冲突和情感。"正是他的这部短篇小说集开创了抒情式短篇小说的创作先河（胡向华，2008：60）。"他的短篇小说充分体现了抒情短篇小说叙事轻情节重内心感情变化的特点。在这部短篇小说集中,大部分故事是通过叙述(如《偶遇》《阿拉比》《伊芙琳》、《土》等)或对话(如《委员会》《圣恩》)为主发展的,或者是叙述兼对话(如《姐妹们》《两个浪子》《一朵浮云》《死者》等)形式发展的。"贯穿这 15 个短篇之中的共同主题——弥漫于精神、道德、社会和政治生活各个领域中的麻木、沉闷和无为的瘫痪状态(张良村,1997:600)。"本章从语气的角度,主要分析该小说集中体现在宗教瘫痪、情感瘫痪、政治瘫痪和心理 / 精神瘫痪方面的语言片段。下面首先分析反映瘫痪主题的叙述语言。

3.2.1.1 体现宗教瘫痪的语气成分分析

天主教堂是都柏林生活中的一个影响元素,不仅使教堂中的成员被他们自己的职业挫败了,增添了买卖圣职罪的色彩,而且普通人的生活也都恶化和瘫痪了。小说集是以屈死于身体瘫痪的神父和逗留在"瘫痪"这个词的叙述者开始的。下文将以《都柏林人》的首篇《姐妹们》中有关弗林神父的叙述语言为例进行语气成分分析。

3(1) Every night as I gazed up at the window I said softly to myself the word paralysis. It had always sounded strangely in my ears, like the word gnomon in the Euclid and the word simony in the Catechism. But now it sounded to me like the name of some maleficent and sinful being. It filled me with fear, and yet I longed to be nearer to it and to look upon its deadly work.

(Joyce, 1991:1)

表 3-6　3(1) 的语气结构

| 序　号 | 语　气 | | 剩余成分 |
	主　语	限定成分	谓　语
1	I	(past)	gazed up
	I	(past)	said
2	It	had	sounded

3	it	(past)	sounded
4	It	(past)	filled
5	I	(past)	longed to be...and to look upon ...

　　首先,我们对表 3-6 中小句的语气成分进行逐句分析。如同许多其他叙述故事,整段都是用过去时写的,所有的句子都是语气 + 剩余成分构成。然而,通过对这些句子的语气成分分析,我们发现,每个句子对创作瘫痪主题都是有特殊作用的。

　　这段引文的 5 个句子中共有 6 个小句,有 3 个是以 I 作主语。在这些小句中, I 是叙述者,之后伴随着一系列动作动词,如 gazed up, said, longed to be...and to look upon。从这些动词可以看出, I 即小男孩自己是主动的,他以自己的经历进行观察、思索、发现等。还有 3 个以 It 作主语,指代瘫痪。显然,瘫痪主题放在了突出位置。我们发现这是一位小男孩第一次接触死亡的恐惧。通过分析可见,小男孩和瘫痪交织在一起,处于主要突出地位。因此,通过此部分的语气成分分析,我们发现小男孩和瘫痪主题处于主导地位。虽然弗林神父在这段引文中没有出现,但是所有这些都是小男孩想象中与他相关的,完全是围绕弗林神父展开的,为了突出小说的主人公,但其本身也具有意义,即暗示主人公小男孩与弗林神父之间的关系,表达小男孩对"瘫痪"二字朦胧的认识,突出小说的宗教瘫痪主题。

　　通过分析小句的限定成分,我们发现,所有的限定成分都是表示时态,没有表明作者态度和感情的情态助动词和情态附加语。这说明作者在客观叙述,用简洁的文字塑造出鲜明的形象,把自身的感受和思想情绪最大限度地埋藏在形象之中,没有主观评论和解释。

　　通过分析小句的剩余部分,可以发现谓语动词除了 4 个系动词以外,其他都是表示动态的动词,包括及物动词和感官动词,这些词呈现的是一幅运动画面,充满动感和活力。感官动词,给人一种亲身体会的感觉,也预示了主人公自我认识的过程。通过上述语气成分分析,可以看到看似简单的心理描写完美地体现了作者的写实艺术和"作者隐退"的叙述技巧,同时又奠定了整篇小说的叙事风格。这个场景的许多细节与人物心思、态度有着密切关系,并暗示了他们的命运。

3(2) It was always I who emptied the packet into his black snuff-box, for his hands trembled too much to allow him to do this without spilling half the snuff about the floor. Even as he raised his large trembling hand to his nose little clouds of snuff dribbled through his fingers over the front of his coat. It may have been these constant showers of snuff which gave his ancient priestly garments their green faded look, for the red handkerchief, blackened, as it always was, with the snuff-stains of a week, with which he tried to brush away the fallen grains, was quite inefficacious.

（Joyce, 1991: 3）

表 3-7　3(2) 的语气结构

| 序　号 | 语　气 | | 剩余成分 |
	主　语	限定成分	谓　语
1	It	was	
	who (I)	(past)	emptied
	his hands	(past)	trembled
2	he	(past)	raised
	little clouds of snuff	(past)	dribbled
	It	may	have been
3	which (these constant showers of snuff)	(past)	gave
	the red handkerchief	was	
4	it	was	
	he	(past)	tried to

3(2) 的语气系统分析可以概括为表 3-8：

表 3-8 ：3(2) 的语气系统概括

主　语　　限定成分	时　　态		
	主要时态	复合时态	
	简单过去时		
he	4		1
I	1		
It	2	1	
his hands	1		
little clouds of snuff	1		
Which (these constant showers of snuff)	1		
the red handkerchief	1		

上文已经提到, 乔伊斯的语言相对简洁。在这段引文的语气成分中, 作者的每句话几乎都用简单过去时, 基本语气结构没有变化, 即：主语＋限定成分＋谓语＋{ 补语＋附加语 }。但是通过分析, 我们仍然可以看到语言信息在质或量方面前景化的地方。这些前景化给我们洞察故事的瘫痪主题提供了证据。

第一个特征是这段引文中的主语。这个片段是小男孩的内心独白, 主要是描写弗林神父的瘫痪。除了以 he 作主语以外, 还有物作主语, 如 this present，his hands，little clouds of snuff，which（these constant showers of snuff），the red handkerchief。这些环境因素主宰了他的一切, 使他不得不面临瘫痪, 充分体现了他行为上的瘫痪。

同时，for his hands trembled too much to allow him to do this without spilling half the snuff about the floor（他的手抖得太厉害没法做这些事, 要不然就会把一半鼻烟撒在地板上）;

Even as he raised his large trembling hand to his nose little clouds of snuff dribbled through his fingers over the front of his coat（即便他把那

颤抖的大手举到鼻子前,也会有少量的鼻烟粉从指缝间落到他的长袍的前襟上);

(F)or the red handkerchief, blackened, as it always was, with the snuff-stains of a week, with which he tried to brush away the fallen grains, was quite inefficacious(因为那块他用了设法掸落鼻烟粉的红手绢,总是被一个星期以来的鼻烟粉弄得脏兮兮的,也就难免越掸越脏了)。

以上这几句话是对弗林神父的描写,表面上是肯定的,其实意思是否定的,如 nearly smothered, trembled too much to allow, the red handkerchief......was quite inefficacious。从这些词的用法可以看出弗林神父的瘫痪状态。所以,用否定形式描写弗林神父,突出了他的动作毫无生机,濒临瘫痪状态,是动作控制了他的一切。

第二个特征是这部分的时态。除了简单过去时,还有一个虚拟语气用在这个故事中,即 It may have been these constant showers of snuff……。这个虚拟语气用 may + 现在完成时,表示对过去的假设,与事实相反,比起单纯的过去时有很强的动作感。

3(3) There he lay, solemn and copious, vested as for the altar, his large hands loosely retaining a chalice. His face was very truculent, grey and massive, with black cavernous nostrils and circled by a scanty white fur.

(Joyce, 1991: 4-5)

这段引文是对弗林神父死后形象的描写。句子的主语分别是 he, his large hands, His face,形容词如 solemn and copious, truculent, grey and massive, black cavernous, scanty white 的运用,突出了他死后那张灰白的、狰狞的脸和黑洞洞深陷的鼻孔,头上稀稀拉拉的白发,使他整个人的形象充满了恐怖、绝望。弗林神父是一位虔诚的天主教徒,他死后 His face was very truculent(异常狰狞的脸形)似乎告诉我们他死后不能进入天堂,甚至连地狱也不可进的恐惧。都柏林人老一辈像弗林神父这一人物形象在精神上对天主教是何等沉迷,最终导致精神瘫痪。可见,宗教对人的精神麻痹在他身上体现得淋漓尽致。

通过以上叙述片段的语气成分分析,我们发现在 3(1) 中,小男孩正被 paralysis（瘫痪）这个词所困扰,对他来说"瘫痪"和死亡一样神秘、深奥,如 It had always sounded strangely in my ears（这个词在我听起来很陌生）,It filled me with fear, and yet I longed to be nearer to it and to look upon its deadly work（这使我十分害怕,却又渴望更接近它,看看它致命的恶果）。在这里,瘫痪,可以说导致了死亡。3(2) 的分析显示了弗林神父形体上的瘫痪。从表面上看,他是肉体上的瘫痪,其实在更深的层次上,指的是他精神上的瘫痪。他是宗教无能的牺牲品,已经把这种瘫痪影响到年幼的孩子。3(3) 描写的是弗林神父死后的形象,使他整个人的形象都充满了恐怖、绝望。可见,弗林神父作为都柏林老一辈天主教徒的代表,他的精神瘫痪和死亡代表了都柏林的宗教瘫痪,代表了一个时代的结束。

3.2.1.2　体现政治瘫痪的语气成分分析

《都柏林人》的政治瘫痪主要表现在对政治领袖的背叛、政治生活方面的腐败等。背叛可以看作与政治相关的故事主题。在《纪》中,背叛行为被描述得很清楚。"纪念日"是后帕奈尔时期爱尔兰政治低落的缩影。帕奈尔——爱尔兰政治的前领袖人物死后,爱尔兰政治人物四分五裂,仅仅把政治看作获得个人利益的一种手段。在这一天,十月六日,帕奈尔的死亡纪念日,这个特殊的委员会办公室聚集了一些都柏林选举的代理人。他们的候选人科尔根代表了工人阶级,蒂尔尼代表了中产阶级。代理们仅仅在鼓吹他们的努力,怀疑其他人的忠诚,轻视他们自己的候选人。只有酒到嘴边时,他们才成为兄弟,是支持的。这个故事主要涉及后帕奈尔政治的背叛主题,而整篇小说由不同人物之间的对话构成,几乎没有什么"行动"可言。即便在为数极少的叙述语言中,我们也可以发现作者是怎样通过语气成分体现政治瘫痪主题的。

3(4) Mr O'Connor had been engaged by Tierney's agent to canvass one part of the ward but, as the weather was inclement and his boots let in the wet, he spent a great part of the day sitting by the fire in the Committee Room in Wicklow Street with Jack, the old caretaker. They had been sitting thus since the short day had grown dark. It was the sixth of October, dismal and cold out of doors.

（Joyce, 1991: 79）

表 3-9　3(4) 的语气成分

序　号	主　语	限定成分	谓　语
1	Mr O'Connor	had (past)	been engaged
2	the weather	was	
	he	(past)	spent
3	They	had (past)	been sitting
4	It	was	

　　这是《纪》中关于奥康纳先生的一段描写。通过表 3-9 可见，第一句的被动语态显示了奥康纳先生受雇为蒂尔尼的代理人是被动的。他已经背叛了前民族运动领袖帕奈尔，受雇于蒂尔尼。但是由于天气恶劣，他不能再外出游说，而是待在委员会办公室里，和老管家老杰克一边烤火一边消磨时间。显然，受雇于蒂尔尼是对帕奈尔的背叛，受雇于蒂尔尼却因为天气恶劣不再外出游说是对蒂尔尼的不忠。

3(5) Mr O'Connor tore a strip off the card and, lighting it, lit his cigarette. As he did so the flame lit up a leaf of dark glossy ivy in the lapel of his coat. The old man watched him attentively and then, taking up the piece of cardboard again, began to fan the fire slowly while his companion smoked.

（Joyce, 1991: 79）

　　3(5) 引文中的第一句是描写奥康纳先生，即"把入场券撕开，燃着扯下的硬纸,点燃香烟。这时,燃烧的纸照亮了他外衣翻领上一片深色而光泽的常青藤叶。"作为蒂尔尼的代理人,他竟然撕开入场券,燃着扯下的硬纸点燃香烟,一系列动作动词 tore, lit, did, lit up 表明奥康纳先生对蒂尔尼的背叛。而 As he did so the flame lit up a leaf of dark glossy ivy in the lapel of his coat(燃烧的纸照亮了他外衣翻领上一片深色而光泽的常青藤叶),表明奥康纳先生身上虽然佩戴着纪念帕奈尔的常春藤叶,但却不能将民族运动继续下去,他似乎已淡忘了这一事业。如今他对选举毫不关心,只想早点拿到应得的报酬,金钱利益促使他为只想获得个人利益的投机政客蒂尔尼工作,进一步说明他对帕奈尔的背叛。他的行为引起老管家杰克的一系列反应,如 watched him attentively, taking up the piece of cardboard again, began to fan the fire slowly。可见,老管家杰克关注奥康纳先生的行为,副词 attentively 可以说明这一点。另外,副词 again 和 slowly 表明他又一次扇起代表奄奄一息的革命之火,希望其重新燃起。

3(6) Mr Henchy snuffled vigorously and spat so copiously that he nearly put out the fire, which uttered a hissing protest.

(Joyce, 1991: 82)

根据上下文可知,3(6) 中的 fire(火)代表着帕奈尔的革命之火。老管家杰克不断地拨动发白欲熄的煤块,使火焰重新燃起,但仍然是奄奄一息。即便如此,汉基先生却想把这稍纵即逝的火焰熄灭,引文中的谓语:snuffled, spat, put out,副词修饰语 vigorously, copiously, nearly 更加强说明了他的目的。他拒绝让帕奈尔的魂灵进入他们聚会的房间,所以他 snuffled vigorously and spat so copiously(没命地抽鼻子,向炉中吐痰),所有这些都表明他已经完全背叛了帕奈尔,阻止他的出现。摧毁对帕奈尔的回忆,许是在减轻他良心受到的折磨。从上下文中我们还发现,在帕奈尔纪念日这一天,他根本没有佩戴纪念帕奈尔的常春藤叶。

3.2.1.3　体现情感瘫痪的语气成分分析

如果说宗教和政治上的瘫痪间接控制都柏林人的意识,那么瘫痪影响直接反映在情感方面。在都柏林的现实生活中，人们被各种严格限制困扰着，被社会环境束缚着，以至于许多人物在情感世界里瘫痪了，不能从中逃离。下面我们主要从两个方面，即无法实现的爱和没有能力交际来分析《都柏林人》中的情感瘫痪。《阿拉比》和《伊芙琳》是关于爱情故事的，前者是写小男孩的初恋、暗恋和失恋的小说；后者是描写一个少女厌倦了乏味的现实生活，想与她的男朋友逃离去过一种新生活的心理活动过程。下文将对一些叙述语言中的语气成分进行分析，探讨情感瘫痪是怎样在语言形式上体现出来的。

3(7) I lingered before her stall, though I knew my stay was useless, to make my interest in her wares seem the more real. Then I turned away slowly and walked down the middle of the bazaar. I allowed the two pennies to fall against the sixpence in my pocket. I heard a voice call from one end of the gallery that the light was out. The upper part of the hall was now completely dark.

（Joyce, 1991:19）

表 3-10　3(7) 的语气结构

序　号	语　气		剩余成分
	主　语	限定成分（+谓语）	
1	I	(past) lingered	before her stall
	I	(past) knew	my stay was useless, to make my interest in her wares seem the more real.
2	I	(past) turned away and walked down	slowly, the middle of the bazaar
3	I	(past) allowed	the two pennies to fall against the sixpence in my pocket

4	I	(past) heard	a voice call from one end of the gallery that the light was out
	the light	was	out
5	The upper part of the hall	was	now completely dark.

　　这段是描写小男孩追求爱情、理想的浪漫之旅结束的段落,共有 5 个句子,含有 7 个小句。从表 3-10 可见,在 7 个小句中,有 5 个是以 I 作主语,2 个是以 the light 和 The upper part of the hall 作主语。可见,该段主要写小男孩的自我认识过程。语法主语 I 不仅是整条信息的出发点,还是整个命题的出发点,强调是 I 看清了自己的困境。通过选择 I 作为一般过去时语气结构的语法主语,不仅完成自己的自我认识过程,同时也有意识让读者对他这一结局产生同情、无奈。从动词的使用上看,有两个连系动词 was 描写状态以外,两个不及物动词写小男孩的动作,即 lingered 和 turned away and walked down,两个感知动词 knew 和 heard 描写小男孩的所见所知。除此之外,还有一个及物动词 allowed,这个任凭硬币在口袋里叮当作响也不理会的表现。乔伊斯通过对主人公动作及感官的客观描写,让读者感受到男孩的内心是十分沮丧、失望的,而这一切的表现则是因为主人公在刹那间看清了自己的困境。正是在这一刻,小男孩对"阿拉比"抱有的幻想彻底破灭,他不可能在这个死气沉沉的社会环境里找到自己的理想。"阿拉比"不过是个简陋的集市,他的心情一下子从兴奋的顶峰跌落到失望的谷底,因失望而受到十分沉重的打击,使他突然领悟到自己的处境。那低级庸俗的集市,原本在他的心里充满迷人的"东方魅力",现在使他脱离了盲点,使他认识到现实的生活与他心中的理想有那么大的差别。理想和现实的差距使他的心理旅程结束了,理想破灭了。

　　这段引文的另一个特征是有大量的剩余成分。每个句子都有一个剩余成分。如表 3-10 所示,这是一个认识到理想破灭的场景,它应该充满了行动(或限定成分)。剩余成分包括一些与"阿拉比"相关的无生命名词（stall，wares，middle，gallery，light），还有一些形容词和副词（useless，slowly，out，completely dark），所有这些都清楚地表明，在这种情景下，"阿拉比"是不让人融入的。这些参与者都是无生命的事情。小男孩此时完全意识到这一点。另外，在阿拉比集市，小男孩听见 a voice call from one end of the gallery that the light was out（回廊的一头有人喊'熄灯了'，接着大厅上部的灯光全灭了）。随着一声"the light was out(熄灯了)"，小男孩所有的梦想和期待，所有的幻想和希望，尽管无限美好，给人慰藉，但也随之破灭。

3(8) He rushed beyond the barrier and called to her to follow. He was shouted at to go on, but he still called to her. She set her white face to him, passive, like a helpless animal. Her eyes gave him no sign of love or farewell or recognition.

（Joyce, 1991: 23）

表 3-11　3(8) 的语气成分

序　号	主　语	限定成分	谓　语
1	He	(past)	rushed
2	He	(past)	was shouted at
3	he	(past)	called
4	She	(past)	set
5	Her eyes	(past)	gave

　　3(8)这段引文摘自《伊芙琳》，共中有3个He做主语，1个She，还有与She相关的Her eyes作主语，而且最后一句是个否定形式。在 She set her white face to him, passive，like a helpless animal这句中，形容词passive和helpless表达了否定效果，所以这两个与女主人公相关的句子都是否定形式，意味着She——女主人公在行动上比她的男友He更犹豫，He是主动的。伊芙琳和弗兰克的关系是由弗兰克决定

的，是弗兰克支配着伊芙琳。在关键时刻，伊芙琳仍然处于被动状态，这种行动上的瘫痪决定了她在计划转变为现实过程中表现出来的麻痹，使她根本无法掌控自己的命运，注定了她要放弃自己的决定，导致了她情感瘫痪。除了上面提到的两篇小说以外，还有一些小说也体现了情感瘫痪，如《悲痛的往事》。下面是其中一段关于达菲先生的描述：

3(9) He had neither companions nor friends, church nor creed. He lived his spiritual life without any communion with others, visiting his relatives at Christmas and escorting them to the cemetery when they died. He performed these two social duties for old dignity's sake, but conceded nothing further to the conventions which regulate the civic life. He allowed himself to think that in certain circumstances he would rob his bank but, as these circumstances never arose, his life rolled out evenly - an adventureless tale.

（Joyce, 1991: 71）

这段引文是对达菲先生的描写，几乎都是以 He 作主语。显然，达菲先生是以自我为中心，他控制着自己的一切行动。平行句子结构的运用显示了相似或对比结构，突出了达菲先生内心世界的规律性和不变性，暗示了《悲痛的往事》的悲剧结尾。句中出现的动词和否定形式如下：

动词：had, lived, visiting, performed, conceded, allowed, would rob

否定形式：neither … nor, nothing, never, out, adventureless

从他动作单调，加上用否定副词修饰，表明他过着封闭孤独、机械沉闷的独身生活，除了圣诞节访亲和参加亲戚的葬礼之外，不与任何人交往。他这样做的目的似乎是避免在"闲暇"之中，与其说憎恶"闲暇"和无所事事，不如说他害怕面对自己的内心。达菲先生的不敢冒险、单调的、压抑的现实与他的心理形成强烈对比。可见，他是一位自命不凡、性格孤傲的银行职员。这种孤僻的性情和清教徒式的拘谨作风使他与后来辛尼克太太邂逅后又断然断绝了同她的关系,导致辛尼克太太后来酒醉死亡。达菲先生的痛苦源于他是一个不会付出也不懂得接受感情的人,感情上的麻痹注定他的一生都将是孤独的。

从以上对《阿拉比》《伊芙琳》和《悲痛的往事》叙述语言的语气成分分析可见,小说中令人难以接受的现实环境,伊芙琳和小男孩美好梦想、幻想的破灭。尽管都柏林整个城市处于瘫痪状态,但都柏林人就是那样僵化守旧,无法摆脱这一切。达菲先生无处可逃的瘫痪使他丧失了与人交流的能力,当然也失去了爱的能力,放弃了对爱的追求,给辛尼克太太判了死刑,也给自己判了死刑,最终结果是个人的孤独和异化。所有这些分析都体现了都柏林人的情感瘫痪。当然,除了上面提到的情感瘫痪以外,还有《一朵浮云》《无独有偶》等等体现了主人公在婚姻禁锢方面的情感瘫痪,本文不再一一举例分析。

3.2.1.4 体现心理／精神瘫痪的语气成分分析

在《都柏林人》所有的故事中,惯性或停滞几乎是所有人物的典型特征。如《伊芙琳》中前四分之三的篇幅基本上都是通过自由间接引语对女主人公伊芙琳心理活动的描写:周围景物在她头脑中留下的印象,对往事的回忆,对生活现状的厌倦,在作是去是留的决定之前激烈的思想斗争。下面是《伊芙琳》中开头和靠近结尾部分的两个几乎相同的句式:

3(10) She sat at the window watching the evening invade the avenue. Her head was leaned against the window curtains, and in her nostrils was the odour of dusty cretonne. She was tired.

(Joyce, 1991: 20)

3(11) Her time was running out, but she continued to sit by the window, leaning her head against the window curtain, inhaling the odour of dusty cretonne.

(Joyce, 1991: 22）

3(10) 的语气结构见表 3-12:

表 3-12 : 3(10) 的语气结构

序 号	语 气		剩余成分
	主 语	限定成分（+谓语）	
1	She	sat	at the window
		watching	
	the evening	invade	the avenue
2	Her head	was leaned	against the window curtains
3	the odour of dusty cretonne	was	in her nostrils
4	She	was	tired

Warren Beck（1969）曾经对这段引文进行详细分析。invade 这个词意味着黄昏，暗示着没有强大的悬浮的语气；was leaned 传达了女主人公伊芙琳的被动，这种效果被平行动词结构 in her nostrils was the odour of dusty cretonne 支持着。前两句的节奏为第三句简要概括她的疲乏让路。

从 3(10) 的语气结构可见，整个段落都是用过去时写的，大多数小句都是语气＋剩余成分结构。这段引文中仅仅有两个小句以女主人公 she 作主语。在这两个小句中，she 作主语是由环境地点副词（at the window）和一个补语（watching the evening invade the avenue）伴随，表明在这个故事中，女主人公给读者提供了较少的信息，她处于静止和被动状态。

第二个小句中 watching 没有主语。显然是作者故意略去了潜在主语 she，使女主人公的地位看起来不重要。潜在主语应该回到第一个小句中的主语。

在第三个小句中，the evening 有两个功能，既作前面谓语 watching 的补语，又作后面谓语 invade 的主语。它是唯一一个有宾语（the avenue）的主语，是环境的空间因素。也就是说，时间（the evening）与地点（the avenue）有关。这一段中起作用的是环境成分，如时间和地点，而不是女主人公 she。实际上，女主人公被时间和地点控制着。在后面的故事发展中，时间催促着女主人公快速作出决定，跟她的情人走，开始一种新生活，但是地点使她犹豫，最后使她回到原地。

第四个小句是以女主人公的身体部分开始的，以被动语态出现。事实上，原句应该是 She leaned her head against the window curtains。被动语态的效果使女主人公不能控制任何事情，甚至她自己的身体。

第五个小句是环境部分（the odour of dusty cretonne），身体部分（her nostrils）用来作地点补语。语气模式是：补语＋谓语＋主语。补语（in her nostrils）强调目的，证明到处都是 odour（气味），甚至在女主人公的身体里，如 in her nostrils（鼻孔里）。女主人公和环境是一体的。伊芙琳在环境中，环境在她那儿。因此，通过这部分的语气成分分析，我们发现女主人公处于被控制地位，环境处于主导地位。女主人公是被环境，如时间和地点控制着。表 3-13 是 3(11) 的语气结构：

表 3-13　3(11) 的语气结构

序　号	语　气		剩余成分
	主　语	限定成分（＋谓语）	
1	Her time	was running	out
2	but she	continued to sit	by the window
		leaning	her head against the window curtain
		inhaling	the odour of dusty cretonne

3(11) 是《伊芙琳》中靠近结尾部分一段的开头两句。根据表 3(11) 的语气结构，这里有 2 个句子，其中第二个句子含有 3 个小句。第一个句子的主语是 Her time，第二个句子主语是 she，后面的两个小句没有主语。显然，作者把这两个小句的主语省略了，使女主人公的地位看起来不重要，但读者很容易看出它们的主语就是前面句子的主语 she。这

一部分对伊芙琳的描写与 3(10) 相照应。描写她的动作有 continued to sit，leaning，inhaling，这些动词表明她处于主动状态，但都由环境成分伴随，如 the window，the window curtain，the odour of dusty cretonne，说明起主导作用的仍然是环境，是地点使她静止不动，是地点使她处于瘫痪状态。

　　除了在《伊芙琳》中可以发现表达心理 / 精神瘫痪的叙述语言片段以外，在《死者》中同样可以找到体现心理 / 精神瘫痪的语言片段。下面我们对《死者》中关于加布里埃尔的两个叙述片段（这两个片段也是互相照应的）进行语气成分分析：

3(12) Gabriel's warm, trembling fingers tapped the cold pane of the window. How cool it must be outside! How pleasant it would be to walk out alone, first along by the river and then through the park! The snow would be lying on the branches of the trees and forming a bright cap on the top of the Wellington Monument. How much more pleasant it would be there than at the supper-table!

（Joyce, 1991: 130）

3(13) Gabriel leaned his ten trembling fingers on the tablecloth and smiled nervously at the company. Meeting a row of upturned faces he raised his eyes to the chandelier. The piano was playing a waltz tune and he could hear the skirts sweeping against the drawing-room door. People, perhaps, were standing in the snow on the quay outside, gazing up at the lighted windows and listening to the waltz music. The air was pure there. In the distance lay the park, where the trees were weighted with snow. The Wellington Monument wore a gleaming cap of snow that flashed westwards over the white field of Fifteen Acres.

（Joyce, 1991: 137）

　　首先来看 3(12) 中的句子主语。除了第一句中的主语是 Gabriel's warm，trembling fingers 以外，其他都是 it 和 snow 作主语。当 it 作主语时,补语成分放到句首表达强调,而且这三个句子都用了感叹句,突出外面世界的美好。这里的三个 it,其中一个是形式主语,其真正主语是 to walk out。显然,这个时候的加布里埃尔正想着逃离晚餐桌到外面世界去,但是他这时还没有达到顿悟,他没有能力逃离。

3(13) 中的主语多为加布里埃尔之外的人或物,如 The piano, People,The air,the park,The Wellington Monument 等等。这些描写进一步突出外面世界的美好,吸引着加布里埃尔。与 3(12) 中加布里埃尔对雪的沉思相比,我们发现 3(12) 与 3(13) 两处摘录有许多相似。第一,在这两处摘录中,加布里埃尔的手指在颤抖(his ten trembling fingers);第二,有一些重复意象出现,雪、河流(在第二个摘录中是用"码头"指出的)、公园、覆盖雪的树、惠灵顿纪念碑和山顶上的雪帽;第三,在两处摘录中,思想呈现的模式是自由间接思想。显然在这两个时间内,加布里埃尔的情绪是相似的,他想到逃离时同样紧张。不同的是,在 3(13) 中的摘录中,音乐和人出现在外面,象征着加布里埃尔的思想又向前迈了一步。音乐提醒他即使到外面去,他也不能从他被束缚的地方逃离。另外,外面的人可能希望走进屋里,而他除了按计划进行,别无选择。所有这些都表明加布里埃尔的心理 / 精神瘫痪。

另外,除了上面体现瘫痪主题的叙述语言以外,小说中的背景描写是它的主要部分,如《阿拉比》的开头部分。在这种文化背景下,人们灵魂枯萎,生活麻木,这种生活让人们的一切理想和希望都成了愚蠢和罪过,与少年美好的精神世界成了鲜明对照,背景象征了人们精神世界的沦丧。就背景同氛围的关系而言,"背景是氛围的一部分,而氛围则包含作品的基调及其所产生的艺术效果"(乔安尼·科客里斯,1986:145)。作者在《阿拉比》开头对环境作了简短的描写,这些描写画面乍看起来有些凌乱,彼此并不关联。但功能语言学认为选择本身就表达意义,作者对环境的描写对理解作者的创作主题有着直接作用。故事中的环境是压抑的,可以看作瘫痪的一种形式,增加了故事的客观性。通过环境描写,不由作者说明,不把爱憎之情溢于言表,而是让读者自己去思考,同作者一起参与创作活动。乔伊斯给我们展现了一个暮色沉沉的爱尔兰小镇,没有希望、平静的表面下是黑暗的现实,给人一种灰蒙蒙的压抑感。小说这样的开始与结尾处男孩的精神失落遥相呼应,重复体现了乔伊斯谋篇布局的匠心。3(14) 是《阿拉比》的开头片段:

3(14) North Richmond Street, being blind, was a quiet street except at the hour when the Christian Brothers' School set the boys free. An uninhabited house of two storeys stood at the blind end, detached from its neighbours in a square ground. The other houses of the street, conscious of decent lives within them, gazed at one another with brown imperturbable faces.

(Joyce, 1991: 15)

通过观察 3(14) 中句子的主语发现,每个句子的主语都是物,即居民居住的街道或房屋,没有交流。环境描写是 An uninhabited house of two storeys stood at the blind end(街道——一幢无人居住的两层小楼——其他房屋)为了突出小说中的环境背景,但其本身也具有意义,即暗示了瘫痪程度的恶劣。如将房屋分成两种,而且永远不会发生关系,表现了房屋主人的对立,暗示了人与人之间的对立。这种环境中的生活让人感觉麻木、压抑、精神上的无聊、瘫痪。

我们还可以看出 3(14) 中的限定成分都是表示时态,没有表示作者态度和感情的词语,而是把自身的感受和思想情绪最大限度地埋藏其中。说明作者在客观叙述,用简洁的文字刻画都柏林人居住的环境背景:都柏林到处都弥漫着死气沉沉的气氛。

而 3(14) 中的剩余成分显示谓语动词都是表示静态的动词。第一句和第二句用的是系动词,第三句用了一个拟人动词。这些动词呈现一幅静止画面,没有运动和活力。通过语气分析可以看出,看似简单的环境描写完美地体现了作者隐退的写作风格。作者主要给我们提供有关他的所见所闻,不作任何解释,让读者通过描写去揣摩作者的写作意图;同时又奠定了整篇小说的风格,暗示了生活在该环境中人物的命运。

因此,这段环境描写用形式和语言揭示了文中主人公居住的环境。

如果把北理奇蒙德街视为《阿拉比》的背景，那么读者会感觉到这一背景所折射出气氛的压抑和沮丧。街道的一头是死胡同，居民们都生活在自满自足中，连他们的居民楼也"相互对峙着"，并且带着阴沉的面容。可见，虽然居民们居住在一起，却是独立生活，是单独的。即便是房屋也是分开的，它们互相隔离，彼此之间没有任何关系，表明了这条街上的生活氛围。

　　总之，通过以上叙述语言中的语气成分分析，我们发现许多对生活片段的简洁描写可以突出小说的瘫痪主题，主要体现在宗教瘫痪、情感瘫痪、政治瘫痪和心理/精神瘫痪，这也是贯穿整部小说集瘫痪主题的主要体现。另外，对环境片段的语气分析突出了都柏林人居住的生活环境是多么恐惧、令人可怕，这种昏暗、潮湿、压抑的环境烘托出都柏林窒息、消沉、死气沉沉的精神世界，注定了都柏林人的瘫痪。

3.2.2　语气系统选择

　　上文已经提及，对话是《都柏林人》中的一种叙事方式，作者通过人物的语言描写人物性格，从观察者的角度揭示人物观点。功能语法认为语气是实现人际功能的最重要成分。"在分析一些短小话语特别是分析对话时，对语气的分析能较好地揭示话语参与者之间的人际关系（李战子，2004: 25）。"应用系统功能语法理论对人物对话的语气系统分析，目的是为了通过语气的人际功能，揭示小说中主要人物的关系和性格特征，试图发现作者想从对话中向读者传达什么。而且，大多数常用主语的选择也是作者所关注的，因为讲话人的主语选择给予某个语篇片段特殊的风格（Webster，2002: 9）。因此，在语气系统中，除了最基本的语气系统包括陈述语气、疑问语气和祈使语气之外，主语选择，尤其是最常用的主语选择，可能对人物性格描写有某种价值。下文将以《都柏林人》中的人物对话为语料进行语气系统选择分析，探讨人物的主要语气特征和语气选择，主要目的是探析人物之间的关系，进一步揭示小说集的瘫痪主题，尤其是宗教瘫痪和精神瘫痪。

　　此部分的分析方法主要是用定量分析法来分析数据。至于语气的人际意义，描写法将被用来列出每句的详细信息，然后进行细致的分析。下文将以《都柏林人》的首篇《姐妹们》和压轴篇《死者》中的一些人物对话为例进行语气选择分析。作为乔伊斯小说集的开篇之作，《姐妹们》在乔伊斯的小说创作中占有重要地位。《死者》是小说集的压轴篇，可以看作乔伊斯走向艺术成熟的一个标志。这两篇首尾呼应，从揭示"瘫痪和死亡"主题，到主题深化，始终沿着瘫痪、麻木、死亡的发展逻辑来表现"瘫痪和死亡"的主题，是呈现主题和深化主题最重要的部分，最集中地反映了乔伊斯短篇小说的艺术特色。这种艺术构思实际上是乔伊斯在展示一部完整的爱尔兰史，倾注了他对祖国强烈的爱。

3.2.2.1 《姐妹们》中人物对话的语气系统分析

在《姐妹们》这篇故事中，共出现两次谈话场景。第一次谈话是关于弗林神父的死亡，发生在老柯特、姑父、小男孩和姑妈之间；第二次谈话是发生在小男孩和姑妈去祭拜弗林神父时，姑妈和伊丽莎之间的有关弗林神父死亡的谈话。首先，我们将分析第一次谈话中关于小男孩的简短会话，这也是他在该故事中唯一说的两句话：

3(15) "Well, so your old friend is gone, you'll be sorry to hear."

"Who?"said I.

"Father Flynn."

"Is he dead?"

"Mr Cotter here has just told us. He was passing by the house."

（Joyce, 1991: 1-2）

显然，在小男孩与他姑父的简短对话中，小男孩用了两个疑问句。其中一个是特殊疑问句的省略形式，表明他不确定是不是弗林神父死亡；另一个是一般疑问句，表明对弗林神父的死质疑。通过这两个问句，他确定弗林神父的确已经死了，正如故事一开头中他想象的那样。他姑父用的都是陈述句，旨在提供信息。但是对于小男孩的第二个问句，虽然是一般疑问句，但是他没有直接做出回答，而是用陈述句的形式，通过提供目击证人老柯特所见为答语。可见，他姑父没有直接说弗林神父死亡之事，是为了避免承担责任。从小句语气的选择上也可以看出，他是好事的,同时又是比较谨慎的。

引文 3 (15) 表明,在《姐妹们》中的第一次人物谈话中掺杂了这个男孩的思想活动,关于其他人对弗林神父的态度不都是恭维的。从上面他和他姑父之间的一段简短对话可以看出谈话人的谈话态度和姿势。在这个仅仅有 6 句话的对话中,我们认为他们遵守了合作原则,但参与者是公开的不合作。在对话中,小男孩显然没有遵守合作原则。从故事开头的叙述可见,他显然知道弗林神父已经死了,然而,当他姑父告诉他 your old friend is gone,他的回答是 Who,好像他有许多老朋友,是值得怀疑的。在他姑父确定弗林神父死了之后,他又做出回答,没有包含更多的信息,他的不合作态度进一步展开。当他姑父通过提供目击者老柯特来证实时,小男孩假装不感兴趣,除了继续吃饭。所以,他完全拒绝了与姑父的合作。这个简单对话使我们清楚地感觉到小男孩与其他人的分离,这也是本故事的主题话题。下面是继小男孩与他姑父简短谈话之后,老柯特、姑父和姑妈反对他和弗林神父交往的对话。表 3-14是他们对话中的语气系统选择。

表 3-14　老柯特、姑妈和姑父的语气选择

语气类型 \ 人物	陈　述	祈　使	疑　问	感　叹
老柯特	6	0	1	0
姑　父	10	0	0	0
姑　妈	0	0	2	1

陈述句的作用是表达说话者的观点。表 3-14 显示,在这次谈话中,陈述句占据了绝大多数,尤其是当老柯特和姑父在阐述自己的观点时所用的几乎全是陈述句,分别为 6 和 10 个。这种事实表明老柯特和姑父对自己的观点有充分的把握,也帮助阐明他们观点的可信度。

疑问句的功能是发现信息。在整个谈话过程中,仅仅有 3 个疑问句。一个是出自老柯特之口,通过提问方式,进一步确定自己观点的可

靠性。另外两个问句都是姑妈向老柯特发出的,分别是"How do you mean, Mr Cotter?"和"But why do you think it's not good for children, Mr Cotter?"通过这两个问句,可以看出姑妈迫切地想知道老柯特为什么反对弗林神父和小男孩交往。姑妈问了恰当的问题,她坚持让老柯特说清他旁敲侧击的话语,即男孩为什么不应该花时间和老神父在一起。可见,她是好奇又好事的。特殊疑问句的使用,表明她在谈话中处于主动地位。在后来的故事中,她带小男孩去房子里哀悼弗林神父也显示了她的好奇。

　　另外,小句语气结构的分析也能激发我们进一步理解人物对话的人际意义。在对话中,还有一个惊人的语言特征反映在语气系统中,就是老柯特在谈话中用了几个省略的陈述句。这些都是对弗林神父和小男孩关系担忧的最好证明。另外,在小男孩姑父的话语中也有一个省略,见表3-15:

表 3-15　老柯特和姑父对话中的省略

讲话者	表　达	类　型
老柯特	and not be...	陈述句中省略
	No, no, not for me	陈述句中省略
	it has an effect...	陈述句中省略
姑　父	Education is all very fine and large...	陈述句中省略

　　表3-15中的省略证明了老柯特对弗林神父欲言又止的态度和不愿让孩子跟他交往的心理,也表明老柯特对弗林神父和小男孩之间的异常关系抱有一种敌视的态度。这里,老柯特对小男孩的质疑好像他对弗林神父的质疑一样。老柯特没有说完的句子暗示着他怀疑男孩的行为是向弗林神父献殷勤。因此,我们可以看出老柯特是个性格古怪的人,他想表达自己的态度,说明宗教带给孩子的影响。虽然他是对话的发起人,但是在他的表达中,却用了省略,说话吞吞吐吐,欲言又止。老柯特好像是唯一一个对不健康质疑而感到舒服的人却被放在一个令人

不舒服的叙述位置,因为他认识到他的归因将遭到这个男孩的怀疑和反抗,拒绝认证。老柯特谈话中的空白暗示着男孩不要卷入与不健康的神父的关系中,但是叙述者也暗示着男孩自己因兴奋细察,可能背叛他对不健康的认识。乔伊斯有意将内容隐藏,而把填空的任务交给了读者,给读者留下无限思考余地。

男孩的姑父与老柯特的观点相似。从他的言语表达可见,他和老柯特一样,代表了都柏林的普通市民阶层,他们循规蹈矩,将陈腐的观念内化为自我的束缚。《姐妹们》中的最后一次对话发生在男孩姑妈和伊丽莎之间,谈话的主题是关于弗林神父生前的事情,谈话的语气类型见表 3-16:

表 3-16　姑妈和伊丽莎的语气选择

语气类型 讲话者	陈　述	祈　使	疑　问	感　叹
伊丽莎	49	0	1	1
姑　妈	15	0	5	1

"一个人物谈话多少能表明他们在剧本中相关的重要性(胡壮麟,蒋王奇,2006:232)。"从表 3-16 可以看出,伊丽莎和姑妈都用了大量的陈述句。伊丽莎用了 49 个,姑妈用了 15 个,数量悬殊惊人。陈述句的功能是表达信息发送者的意愿。大量运用陈述句表明,伊丽莎想开启话轮,谈论弗林神父死前的某些古怪行为、死因等等,为了给听话人提供尽可能多的信息。从她的谈话内容可知,伊丽莎是善良、单纯的,她不计回报地为弗林神父准备后事。相对伊丽莎而言,姑妈主要是想从伊丽莎那儿获取更多关于弗林神父的信息,满足她的好奇心,并且确认之前老考特某些话语的真实性。所以,她处于给予信息的位置,也就是说在谈话中她处于被动地位。虽然她经常让男孩给弗林神父送鼻烟,但不知为什么对孩子们不好,最后还带男孩去向他哀悼,借机向伊丽莎询问有关弗林神父生前的事情,满足她的好奇心。另外,从姑妈在谈话中较多地

使用疑问句也可以看出这一点。陈述句的作用如上文提到的,是用来表达说话者的观点和给出信息。而在姑妈和伊丽莎关于弗林神父的谈话中,伊丽莎用 5 句陈述句回答姑妈提出的 5 个是否疑问句。另外,伊丽莎用了 1 个特殊疑问句,见表 3-17:

表 3-17 姑妈和伊丽莎对话中的疑问句

人物＼疑问句	疑问句	类 型
姑 妈	Did he... peacefully?	一般疑问句
	And everything…?	一般疑问句
	He knew then?	一般疑问句
	Wasn't that good of him?	一般疑问句
伊丽莎	What do you think but there he was… softly to himself?	特殊疑问句

疑问句用来提出问题并且获得信息。在姑妈和伊丽莎的谈话中,姑妈用了 5 个是否疑问句,几乎占她所说话的三分之一,而伊丽莎只用了 1 个特殊疑问句。表明姑妈迫切希望从伊丽莎那儿要求信息,告诉我们他对弗林神父是多么好奇。在姑妈的 5 个疑问句中,第二和第三个问句的形式相同,其他三个问句的形式相同。从表面上看,姑妈不理解几个问题,所以问伊丽莎,表明她同情弗林神父。如:"And everything…"。然而,当伊丽莎说"there was something queer coming over him latterly"并讲述了打破圣餐杯的故事时,她的不安又来了。"And was that it?…"姑妈不再要求解释,但伊丽莎却主动提供信息,尽可能让每个人都知道有关弗林神父生前的事情,尽管姑妈已经听说过一些信息。

伊丽莎作为会话中的合作角色,采用陈述句的形式回答姑妈提出的每个问题。伊丽莎为什么用陈述句回答而不直接用是否回答? 显然,这是因为她和弗林神父有直接关系,她愿意在那个时候谈论更多关于弗林神父的事情。从她的回答可以看出,她在津津有味地谈论弗林神父生前的事情,她对弗林神父死的态度是感到如释重负的喜悦和虚荣的满足。关于小句的主语:he,you,everything,Father O'Rourke,that,no friends,they,the clerk 没有一个与伊丽莎本人相关,只有 you 与姑妈相关。这种精心选择的主语表明他们两个都避免谈论他们自己。作为问题—回答模式的会话,伊丽莎选用的所有主题都是直接或间接与弗林神父相关,她的聚焦点是弗林神父。

当讲话者表达强烈感情时使用感叹句。许多感叹句是以 what、how 开头。但是,在该对话中,没有出现这种常规感叹句形式,只有一句 The Lord have mercy on his soul! 表示祈祷。在她们的谈话中,我们还发现,正如前面老柯特谈话中的省略,姑妈和伊丽莎的谈话中也出现了许多省略,如表 3-18 所示:

表 3-18　姑妈和伊丽莎对话中的省略

讲话者 / 省略句型	表　达	类　型
姑　妈	Did he... peacefully?	疑问句中省略
	And everything... ?	疑问句中省略
	I heard something...	陈述句中省略
伊丽莎	He had his mind set on that...	陈述句中省略
	It was that chalice he broke...	陈述句中省略
	But still...	陈述句中省略
	and the clerk and Father O'Rourke and another priest that was there brought in a light for to look for him...	陈述句中省略
	Wide awake and laughing like to himself...	陈述句中省略
	that made them think that there was something gone wrong with him...	陈述句中省略

姑妈谈话中的省略表明,她想从伊丽莎那里确定有关弗林神父的一些信息(她之前在老柯特那里得知的)是否属实,满足她的好奇心,同时也显示了她对弗林神父的关心。另外,她在谈话中没敢直接提及死亡这个话题,她只是问了弗林神父死的时候是什么样的,是否安详等等,说明她是谨慎的,不愿承担责任。伊丽莎谈话中的省略表明她对弗林神父的死因只是表面上理解,她认为弗林神父的死仅仅是由于打碎了"圣餐杯"。虽然她们和神父一样是天主教徒,但是她们没有体会到宗教的腐朽,是宗教礼节导致了瘫痪,因为打碎了圣餐杯就意味着剥夺了他信仰宗教的权利。而他——担负拯救人类灵魂重任的神父,只能陷入自责当中,导致最终精神崩溃而死。这些足以说明老一辈都柏林人在精神上对天主教是何等沉迷,伊丽莎是体会不到其精神上的瘫痪。对此,我们也可以从她们对圣餐杯事件的反应 it was all right, that it contained nothing(没什么,杯子里没什么东西)看出这一点。

3.2.2.2 　《死者》中人物对话的语气系统分析

在《死者》中,小说的主人公加布里埃尔是一个受过高等教育的教师和作家,他有着知识分子的清高与傲慢,他洋洋得意,自命不凡;他以自我为中心,妄自尊大;他喜欢成为中心焦点,想控制一切。他的这种性格导致了他在整个晚会上与周围人格格不入。正是他在与其他人接触中产生的心理变化,揭示了他逐渐达到自我认识的复杂过程以及他最后的精神顿悟,即爱情生活的失败和他本人的渺小、可怜与卑鄙。在晚会上,加布里埃尔夫妇是为数不多的中心人物之一。然而,加布里埃尔在晚会上并不惬意,他傲慢自满的心理先后受挫,即受到了三位女性——莉莉、艾弗丝小姐和格莉塔的嘲讽,并以失败受挫而告终。同时,他与三位女士的先后交锋为最后的顿悟做了铺垫。下文将以加布里埃尔与三位女士对话中的语气选择来看加布里埃尔的心理变化及自我认识过程。

1)加布里埃尔与莉莉的对话

加布里埃尔首先遇到的是看楼人的女儿莉莉,他们之间的区别和差距可谓一目了然。但是,在与莉莉的交谈中,他的失误显示了他的自我中心,缺乏与他人交流的能力。作者向读者表明,面对和他有阶级差别的人,他是孤立的,是无法交流和沟通的。这件事打乱了他的自信,他相信他后来在晚会上的演说将是一个失败。他的思想很快又被他的自我控制,他感到他要失败是因为他受过高等教育,领略得多。表 3-19 是他们对话中的语气系统选择:

表 3-19 加布里埃尔和莉莉的语气选择

语气类型 人 物	陈 述	疑 问	祈 使	感 叹
加布里埃尔	7	2	1	2
莉 莉	7	1	0	0

从表 3-19 可见,在加布里埃尔与莉莉的对话中,他们用的陈述语气一样多,表明他们在提供信息方面是相同的。但不同的是,加布里埃尔用了 2 个疑问句,莉莉用了 1 个疑问句,另外加布里埃尔还用了 1 个祈使句和 2 个感叹句。显然,祈使句的使用表明加布里埃尔在发布命令,显示出他与莉莉在地位上的差别。加布里埃尔想知道莉莉是否回到学校。她回答说今年不上学了,往后再也不去上了。加布里埃尔接着自以为是地问 "O, then, I suppose we'll be going to your wedding one of these fine days with your young man, eh?" 但是她的回答使他眩晕,好像莉莉有另外一个故事要讲。尽管她没有说出来,却让加布里埃尔感觉触及一个刺痛的神经。也许莉莉处于一种状态,加布里埃尔的问题不可能让她泄露。对此,加布里埃尔的回答是尴尬的——提供一个赏钱,想掩盖莉莉敌意的爆发。然而,他在对莉莉表示善意时却遭到拒绝。他在试图显示自己与莉莉的地位差别,却使自己陷入尴尬境地。此外,从他们使用主语的情况也可以说明加布里埃尔在谈话中受挫,见表 3-20:

表 3-20　加布里埃尔和莉莉使用较多的主语数目

人物 主语	加布里埃尔		莉　莉	
	数　目	百分比	数　目	百分比
I	3	50%	3	100%
we	2	33.33%	0	0
you	1	16.67%	0	0
Total	6	100%	3	100%

从表 3-20 可以看出，他们用 I 作主语的次数同样多，而加布里埃尔还用了 we 和 you 作主语。"语篇中的人称代词能告诉我们作者是如何看待语篇涉及的人与物的，这些人称代词有助于建立作者与读者之间某种特定的关系。人称代词系统是语法中较为固定的部分，在各种语言中均有所体现（薛晓娟，2007：viii）。"用第一人称表达，拉近他们之间的关系，使得语言较为客观，而不是无稽之谈。用第一人称复数指代加布里埃尔把自己与莉莉放在了同一层次，为了缓和他们之间的关系，有利于莉莉对他的信任，从而进一步维持他们之间的关系。第二人称代词的使用使听话人积极参与，投入到谈话中去。这样看来，加布里埃尔在与莉莉的对话中，他逐渐放弃自己高人一等的态度是为了给自己挽留面子，维持他们之间的关系。因此，在与莉莉的交谈中，加布里埃尔对莉莉的谈话好像要人领情似的。他原以为自己比莉莉有优势，但是后来当她真正领情时，他说话好像在乞求莉莉接受，导致他一边在窘迫中逃离，一边试着解释他的行为，但是他不能。我们也可以注意到言语呈现形式从直接引语变成了叙述语言，即 waving his hand to her in deprecation。加布里埃尔的静止明显地表明他的地位在下降，但是这种意识并不强烈，他只是"显得抑郁"。

2）加布里埃尔与艾弗丝小姐的对话

加布里埃尔的第二次受挫来自他与艾弗丝小姐的对话，即关于爱尔兰西部旅行的对话。此段情节是整篇小说内在情节矛盾即人物精神突转较大的一次，显示了人物的思想境界和作者的思想倾向，表现了主人公对爱尔兰复杂的感情和独特的主题。这次是在他跳四步舞时,他的自信开始复活,但是又一次被打破。他这次遇到了爱国主义者艾弗丝小姐。虽然他们之间没有所谓的等级差别,但是在他们的谈话中,艾弗丝小姐刺激他缺乏民族思想和秘密的学术生活,对于他逃避和不敢面对自己祖国的事实和态度深为鄙视和厌恶,甚至直言不讳和坦率地责备他对祖国不忠诚,又使他从心底里有一种惧怕和不安,也只能以认为艾弗斯小姐没有恶意来聊以自慰。这是他与他人交流上失败的继续。表3-21是他们对话中的语气选择:

表3-21　加布里埃尔和艾弗丝小姐的语气选择

语气类型 人　物	陈　述	疑　问	祈　使
加布里埃尔	7	3	0
艾弗丝小姐	14	10	1

首先,对话中共有35个句子,其中有25个句子是艾弗丝小姐说的,加布里埃尔说的仅有10个句子,艾弗丝小姐说的话几乎是加布里埃尔的3倍。显然,艾弗丝小姐获得会话的发言权,在谈话中拥有话语权势。

第二,在艾弗丝小姐说的话中,有14个陈述句,10个疑问句(包括4个一般疑问句和6个特殊疑问句),还有1个祈使句说明说话人在谈话中处于主动、较强的地位。陈述句用来提供信息或表达讲话人自己的观点;感叹句表达讲话人的感情;一般疑问句需要听话人的回答,但是仅仅限制回答是肯定或否定,不为听话人留下更多空间。祈使句是给出命令或提供建议。6个特殊疑问句公开要求听话人的观点,4个一般疑问句主要是修辞色彩的问题,它们的功能是说服性的陈述。更精确地说,"一个肯定的修辞性的问题像一个很强的否定断言,然而一个否定问题像一个很强的肯定断言"(Quirk et al,1972:41)。因此,它们不需要回答,却给听话人留下了深刻印象。加布里埃尔的回答也可以使我们得出这样的结论。

另外，语气选择表明了小说的瘫痪主题。这里，陈述句对他来说是陈述他对祖国的复杂感情。他是爱自己的民族的，但是他对爱尔兰民族又是失望和厌倦的，表现了独特的主题。艾弗丝小姐是个狭隘的民族主义者，是受过高等教育的新一代，当她知道加布里埃尔想去法国、比利时等国家度假而不去爱尔兰西部的一个小岛时，立刻尖刻指责他不像爱尔兰人，而是"西布立吞人"，责问他："And haven't you your own land to visit," continued Miss Ivors, "that you know nothing of, your own people, and your own country?" 这让一向温和的加布里埃尔火冒三丈，突然顶撞说："O, to tell you the truth," retorted Gabriel suddenly, "I'm sick of my own country, sick of it!"

虽然加布里埃尔受过良好教育，有着成熟男人的魅力，他对爱尔兰有着深厚的感情，但艾弗丝小姐的咄咄逼人，使他精神压抑，耿耿于怀。由此，我们不难看出他对祖国的复杂感情，他对爱尔兰民族是失望和厌倦的，但这并不表明他不爱自己的民族，不爱国。这场冲突让他意识到自己作为一个爱尔兰人的无力感。"作者借这场小小的冲突表现了与全书统一的主题：写爱尔兰瘫痪死亡的精神史，这也是小说起名为'死者'的原因——如果精神瘫痪，虽生犹死；同时也揭示了与全书不同的思想：对爱尔兰民族的认同与热爱（戴淑平，2008：146）。"小说最后通过他与妻子的对话更加说明了他对爱尔兰是由厌倦到向往。另外，他们在谈话中还使用了不完整句、含有否定意义的句子等表明说话人的态度，见表3-22：

表3-22 加布里埃尔和艾弗丝小姐使用不完整句、疑问句等的数目

句子类型 人物	不完整句数目	疑问句数目	含否定意义的句子数目
加布里埃尔	1	3	1
艾弗丝小姐	4	10	4

表3-22显示，加布里埃尔与艾弗丝小姐在对话中使用不完整句、疑问句和含有否定意义的句子数目方面相差悬殊，尤其是疑问句的使

用,显示出艾弗丝小姐咄咄逼人。否定句的使用增强了她对加布里埃尔的羞辱、嘲讽,也显示了加布里埃尔在谈话中处于弱势地位,极大动摇了他的自尊心。此外,我们还可以从他们使用较多的主语数目进行分析,见表3-23:

表3-23　加布里埃尔和艾弗丝小姐使用较多的主语数目

人物 主语	加布里埃尔		艾弗丝小姐	
	数　目	百分比	数　目	百分比
I	4	80%	5	29.23%
we	1	20%	2	11.76%
you	0	0	10	58.82%
Total	5	100%	17	100%

　　显然,他们使用主语I的数目几乎相同,但是艾弗丝用主语you较多,而加布里埃尔没有用一个。艾弗丝小姐是一个心直口快的爱尔兰民族主义者,她对加布里埃尔进行了一番无情的讽刺和嘲弄,使他十分羞愧,简直是无地自容。她步步紧逼,不断追问使加布里埃尔满面羞愧,极大动摇了他的自尊和自信。但是,艾弗丝小姐对加布里埃尔还是尊敬的,她的注意力在他身上,尽管她的话令加布里埃尔难过,使他对自己不确信,退到窗户角。而加布里埃尔的话语中没有使用一个you。可见,他在这个时候还在极力挽留他的自尊,他的注意力不在艾弗丝小姐身上。因此,艾弗丝小姐这个人物在小说中只是一闪而过,但是她的作用很大。她像一面镜子,加布里埃尔一旦与她面对,就会自惭形秽。与上一次冲突相比,这一次的受挫更强烈,因为这次直到后来他开始切鹅和讲话时才慢慢恢复。

　　3)加布里埃尔与格莉塔的对话

　　加布里埃尔最后一次不愉快发生在他和妻子格莉塔之间。晚宴结束之后,加布里埃尔突然被妻子一副若有所思的神情所吸引,他渴望去接近她。然而,格莉塔此时却非常心不在焉,他们之间的一次谈话令他意识到他在妻子的一生中扮演了一个多么可怜的角色,这是加布里埃尔遭遇的第三次冲突,也是最重要和最强烈的一次,使他重新认识自己,意识到自己作为一个爱人或丈夫的无力感。表3-24是他们对话中的语气选择。通过分析,希望从语气选择角度来理解加布里埃尔是怎样又一次受挫的。

表 3-24　加布里埃尔与格莉塔的语气选择

语气类型＼人物	陈述句	一般疑问句	特殊疑问句
加布里埃尔	13	10	9
格丽塔	40	0	4

　　从表3-24可见,在加布里埃尔和格莉塔的对话中,他们用的语气类型都是陈述和疑问。其中,加布里埃尔用的陈述句有13个,而疑问句达到19个;格莉塔用的陈述句有40个,疑问句只有4个。从数量上看,格莉塔所说的话远远超过了加布里埃尔所说的。这种对话揭示了他们之间的权势关系,格莉塔明显地在对话中占强势,她是讲话人的角色,处于主动地位;加布里埃尔是听话人的角色,处于劣势地位,他是被动的,而且他的话多数是用来迎合格莉塔或希望从格莉塔那儿获得更多的信息。这种话语数目悬殊显示出他们之间的不平等关系。

　　在对话中,加布里埃尔用了19个疑问句句,而格莉塔仅仅用了4个,她用的主要是陈述句。一系列的问题和回答能建立提问者和回答者之间的关系,哪一个是优势者、劣势者取决于权势关系体系。如果优势者是提问者,回答者在某种程度上被测验;如果提问者是向优势者发问,那么他或要求权威认证或从他人那儿要求他没有的信息。在这个故事中,加布里埃尔处于劣势提问者的位置,向一个优势者——格莉塔说话。加布里埃尔问的问题就是这种类型。第一,它们为突显格莉塔服务,加布里埃尔对她说的话感兴趣;第二,它们表达了加布里埃尔对格莉塔谈论的那个男人的关注,希望对方能提供更多信息。面对加布里埃尔一再向他索要信息,相反的是,一向滔滔不绝的格莉塔毫不含糊地向他诉说(格莉塔对这些问题的回答没有显示出她的不安或隐瞒等),丝毫没有考虑他的感情,显示她在谈话中处于优势地位。从下面例句也可以看出他们的不平等关系:

"What was he?"asked Gabriel, still ironically.
"He was in the gasworks,"she said.

这里,加布里埃尔以大学教授的身份和地位感到自信,故意问妻子那个年轻人是干什么的,试图贬低对方。但是妻子毫不在乎,她十分干脆的回答使加布里埃尔因讽刺落空而深感羞愧。但是,格莉塔并未善罢甘休,对于加布里埃尔假装同情的问题,她却直言不讳地回答,摧毁了加布里埃尔的最后一道心理防线。再如:

"And what did he die of so young, Gretta? Consumption, was it?"
"I think he died for me,"she answered.

在疑问句的使用方面,加布里埃尔主要用了一般疑问句和特殊疑问句,格莉塔用的是特殊疑问句。加布里埃尔用疑问句向格莉塔发起提问,因为他想从格莉塔那里得到话题的主动权。因为格莉塔所说的那个男人深深触动了他的灵魂,他既妒忌又自卑。但是,他的语气是变化诡辩的,他想利用一些问题贬低对方,采取一切办法让格莉塔向他提供信息,最后却被妻子所讲的那个哀婉而浪漫的故事所打动,导致"他看见自己是一个滑稽人物,一个给姨妈们跑个腿儿,赚上一两个便士的小孩子,一个神经质的、好心没好报的感伤派"(乔伊斯,1984:258)。因此,当问问题时,他喜欢用是否疑问句,主要是信息的归一度,需要讲话人向听话人指定。相反地,格莉塔主要用的是特殊疑问句,表明她对那个男人的爱慕,她是主动、自信的。从这个角度,我们很容易理解对话中他们问问题的语气。此外,我们还可以从他们谈话中使用较多的主语来考察,见表3-25:

表 3-25　加布里埃尔和格莉塔使用较多的主语数目

人物 主语	加布里埃尔		格莉塔	
	数目	百分比	数目	百分比
I	0	0	14	51.85%
he	5	35.73%	11	40.74%
you	9	64.27%	2	6.41%
总数	14	100%	27	100%

　　他们在对话中的主语选择上,加布里埃尔使用的主语中没有一个 I,而格莉塔用了 14 个 I。另外,格莉塔使用较多的主语还有 11 个 he(那个死去的男人),表明格莉塔在对话中占主要地位,她大部分时间在谈论她自己和她认为为她死去的那个 he,她的话语主要聚焦于她自己和 he。在这种意义上,她关注的是与她自己密切相关的,完全没有考虑她的丈夫加布里埃尔。因此,格莉塔给人的印象是她具有优势感,以她自己和那个男人为中心,you 的两次使用明显地表明她基本上不以加布里埃尔为聚焦点。然而,加布里埃尔言语的参与者主要是 you 和 he,分别用了 9 和 5 个,指格莉塔和那个死去的男人。说明加布里埃尔的注意力不是在他自己身上,而完全集中在格莉塔和那个男人那儿。他在谈话中处于弱势地位,他尊重格莉塔,以便进一步维持他们之间的关系。这种主语选择不同,为显示他们之间的不平等、不友好的关系提供了足够证据。他们在对话中没有使用 we 作主语,这种事实表明他们都在不自由地表达他们的意愿,没有给出相互的态度。

　　另外,在对话中,加布里埃尔对格莉塔称呼了 6 次,而格莉塔对加布里埃尔仅仅称呼了 2 次,这也表明格莉塔始终保持自己在话语中的优势地位,加布里埃尔则在顺从、尊重格莉塔。因此,通过语气选择分析发现,正如戴淑平(2008:147)所描述的"加布里埃尔的精神再一次发生了突转,感情由喜至悲、由妒至悔、由悔至悟、复杂多变,极好地反映了文章的主题"。

4）加布里埃尔与三位女士对话中的语气选择对比

上文通过对加布里埃尔与三位女士谈话中的语气系统选择进行分析，发现冲突给加布里埃尔带来的无力感正是乔伊斯想表达的都柏林人的麻痹状态。我们可以把前面加布里埃尔与三位女士对话中的语气选择对比用图 3-1 表示，以便呈现他的心理变化过程，凸显他是怎样从语言选择方面一步步受挫，怎样逐渐在谈话中失去自尊、自信，怎样对自己重新认识，导致最后的顿悟的。

图 3-1　加布里埃尔与莉莉、艾弗丝小姐、格莉塔的语气选择对比

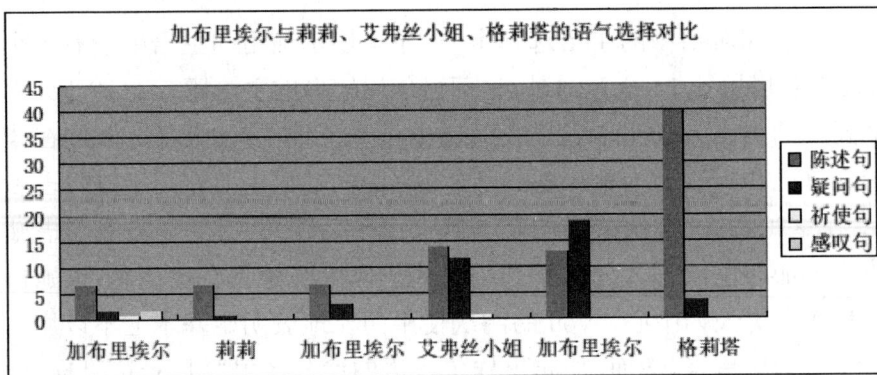

图 3-1 是加布里埃尔与三位女士对话中的语气类型选择对比。在与莉莉的对话中，虽然他和莉莉的自身地位有明显差别，但是他们的语气选择几乎是相同的。我们还可以看出，加布里埃尔使用祈使句和感叹句是为了突出自身优势。在与艾弗丝小姐的对话中，艾弗丝小姐的话语数目明显高于加布里埃尔的，表明加布里埃尔在话语中已经处于劣势地位。最后在他与格莉塔的谈话中，他们的话语数目悬殊更是惊人，表明他在对话中的地位降低到极点。

对话的一个重要特征是讲话人和听话人不时地变化他们的角色，讲话人成为听话人，听话人成为讲话人。换言之，对话中的参与者与讲话者交换话轮。在小说中，加布里埃尔和格莉塔的对话在构建整个故事中起到关键作用。虽然两个人物参与谈话，语气选择类型是相同的，但是话语的数目是极不平等的，使用的主要主语也不同。通过用系统功能

方法分析谈话的内容，我们仍然可以了解到选用不同的小句类型能有效地表达讲话人的态度和意义。以上分析可见，当我们把小句作为交换时，首先看命题是有用的。通过解释陈述句和疑问句的结构，我们能够在它们的交换功能中得到一个较好的理解，最重要的是，我们能够得出作者想向读者传达什么内容。比如通过对《死者》中加布里埃尔与三位女士对话中的语气系统选择分析，我们发现作者用这种方式向我们呈现了加布里埃尔的心理突变，从受挫到现实，到最后的顿悟，使精神瘫痪的主题得以升华，留给读者无限的遐想和思考。总之，乔伊斯以简洁、凝练的语言，揭开了都柏林人麻痹的灵魂、都柏林这座城市如死亡般的生活。作者通过这种方式期望肉体上的消亡获得精神上的重生，也就是说，他写该小说集的目的就是要唤醒爱尔兰人民，向国家的精神解放迈出了第一步。

3.3　小结

　　本章对《都柏林人》人际意义的分析主要是根据语气系统进行的。以两种语料（叙述语言和人物对话）为此部分分析的目标语料，通过语气中的语气成分和语气系统选择两种形式来分析语气的人际意义。语气成分分析是在叙述语言中进行的，而语气系统选择是在人物对话中进行的。分析的主要目的是从语气的角度来理解作者是怎样从语言形式方面突出小说的瘫痪主题的。其中，语气成分分析突出了宗教瘫痪、情感瘫痪、政治瘫痪和心理/精神瘫痪四个方面，也是贯穿整部小说集瘫痪主题的主要体现。小说人物对话中语气系统选择分析对塑造人物起到了重要作用，不仅揭示了不同人物间的权势关系和不同的性格特征，而且突出了小说的瘫痪主题，尤其是宗教瘫痪和精神瘫痪。分析也证明了作者在人物对话中采用的语言形式是为故事的主题和主人公的性格设计的，不同语气和句式的选择是围绕情节发展和主人公特征制定的。

　　本章的语气分析也揭示了作者独特的叙事风格，作者隐退是一个主要特征。作者只是一味地描述所见所闻，而不加入个人观点，给读者留下无限的思考余地,让读者自己去揣摩作者的写作意图。"作者曾经声称:'在很大程度上,我采用了一种处心积虑的刻薄的语体(a style of scrupulous meanness)'。应当指出,'刻薄'(meanness)一词在此具有双关意义。其一是尖酸和冷酷,即采用一种毫不留情的语体来描绘冷酷无情的社会现实,从而使语言形式同小说的内容彼此吻合。其二是吝啬和小气,即强调遣词造句的经济法,不浪费一个词语,使每个单词都用得恰到好处,并发挥出应有的艺术效果。《都柏林人》的语体自始至终体现了一丝不苟和耐人寻味的'刻薄性',从而极大地增强了作品内部的和谐与统一(李维屏,2000:89-90)。"

总之,以上分析从语言形式方面证明了在乔伊斯笔下,写实艺术的核心是真实地反映都柏林的生活场面,政治生活则是其中的重要组成部分,整个都柏林的窒息导致了都柏林人精神"瘫痪"。整部小说集通过展示都柏林社会生活的方方面面,揭示了都柏林现代人的空虚、寂寞、失落和困惑的精神世界。分析也展示了乔伊斯在《都柏林人》中的创作艺术,如刻意追求平庸,故事情节淡化等,这些都是乔伊斯在《都柏林人》中运用的艺术技巧的试验,力图突破传统小说艺术表现框架,把读者带入了现代主义文学领域的边缘。而且,许多《都柏林人》中运用的艺术技巧也用于他后期的现代主义巨著——《尤利西斯》和《芬尼根的苏醒》中。

第四章 情态的人际意义

情态是语法中的一个重要概念,也是一个复杂的功能领域。在语篇分析中,功能语法把情态看作人际元功能的一个主要体现。情态意思为讲话者对他所说内容的可能性判断或者推测(Halliday,2000:75)。所以,情态与语气都被看作人际功能的主要体现形式。本章主要阐释情态的人际意义,包括三部分,分别为情态系统(情态的类型、情态的三种量值、情态附加语和情态隐喻)、情态的人际意义(语料来自《都柏林人》中的一篇小说《纪》)和本章小结。

4.1 情态系统

"人际意义的重要组成部分之一是讲话者对自己讲的命题的成功性和有效性所做的判断,或在命令中要求对方承担的义务,或在提议中要表达的个人意愿。人际意义的这一部分是由语法系统的情态系统来实现的(朱永生等,2004:151)。"语言学中情态的理解起源于情态逻辑。在传统的情态逻辑中,情态与需要和可能相关。Lyons 把情态分为认知和必须两种。这是逻辑中典型的二分法。

在传统语法中,情态是情态助动词所表达的意思。文法学家把情态和情态在句法和词法中的表达等同起来。在系统功能语法中,人际元功能强调作者和读者之间的互动关系,或者讲话者表达他的观点,用他的话影响读者的态度或行为。Halliday 指出这种功能与语义意义关系密切。这个体系包括语气、情态、强调及其他评价手段。因此,情态,作为人际元功能的主要传递者,与逻辑语法和传统语法相比,在系统功能语法中拥有一个突出的地位。

"归一性表现为肯定和否定,如 is/isn't,do/don't。介于肯定与否定之间的中间量值统称为情态。狭义的情态指表达命题(proposition)的情态;广义的情态则包括意态(modulation)即表达提议(proposal)的情态(朱永生等,2004:151)。"

正如前文讨论过的,限定成分不仅表达时态,而且还表达归一度和情态。归一度是在肯定和否定之间做出选择,如 is/isn't,do/don't。归一度还可以通过语气附加语表达,如 never 或 hardly。而且,归一度的表达不局限于语气。有时候,补语能表达归一度。如补语 nothing 在 He said nothing about the matter 中表达否定归一度。

归一度被看作绝对的:或者肯定或者否定。但是,在这两种类型中,有中间度,如 sometimes,maybe,supposedly 等等。这些介于 yes 和 no 之间的中间量值统称为情态。更确切地说,Halliday 认为"情态指介于 yes 和 no 之间的意义领域——在肯定和否定归一度之间的中间地带"(Halliday,2000:88)。图 4-1 显示了情态与归一度和语气的关系:

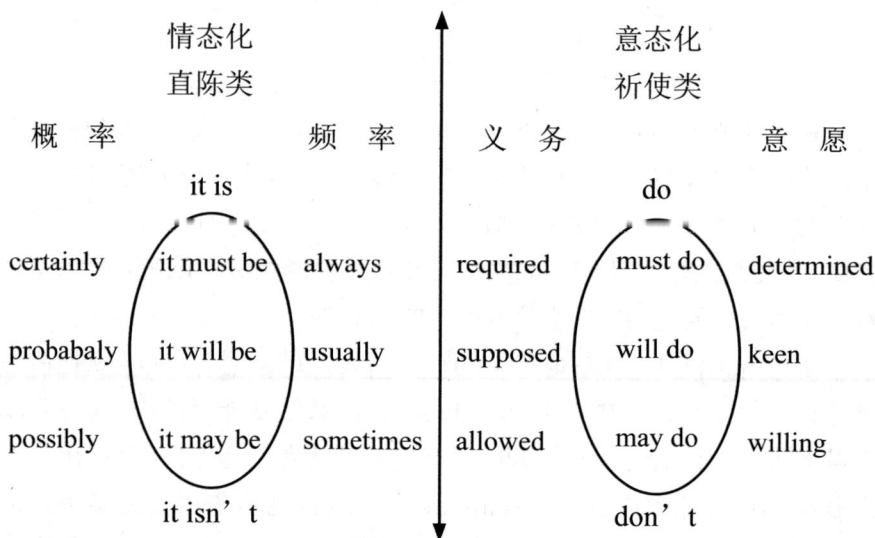

图 4-1　情态与归一度和语气的关系(Halliday,2000:357)

Eggins & Slade 把情态解释为"讲话者能调节或评价信息的不同方式的范围"（Eggins & Slade，1997: 98）。Palmer（1986: 16）把情态定义为"讲话人的（主观）态度或观点的语法化"。

从以上这些定义可以看出，在系统功能语法基础上，情态是代表讲话者的观点"断言的有效性或提议的正误"（Halliday，2000: 340）。换言之，它是讲话者对命题或提议的态度、观点的反映。因此，情态在表达语言的人际功能方面起着重要作用。

4.1.1　情态的类型

Halliday（2000:89，356）在系统功能语法中把情态分为两类：情态（modalization）和意态（modulation）。讲话者和听话者之间的交际是物品和服务或信息交换。首先，如果小句是关于信息交换，用命题形式表达，意味着（i）或是，或者不是，例如 maybe；或（ii）既是又不是，两者并用，例如 sometimes；换言之，它关系到讲话者对命题的判断，包括可能性概率（如 possibly，probably，certainly）和频率（如 sometimes，usually，always）。情态的这种类型用来指情态。第二，如果小句是关于物品和服务的交换，用提议形式表达，意味着（i）或者要求听话者做某事，与命题相关，（ii）或者主动要求做某事，与提供相关。在命令句中，它是关于他人执行命令的义务；在提供句中，它是关于讲话者完成提供的意愿。所以，这种中介类型包括义务量值（如 allowed to/supposed to/ required to）和意愿（willing to/anxious to/determined to）。情态的这种类型叫意态。图 4-2 显示情态的不同类型和它们的中介类型：

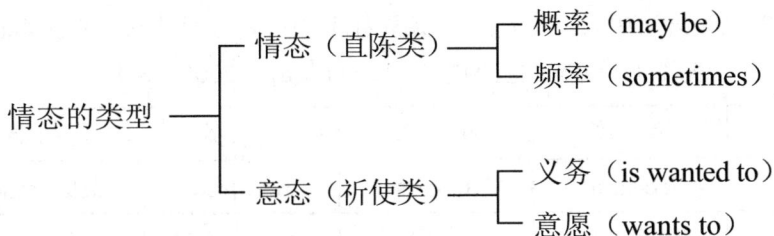

图 4-2　情态的类型（Halliday，2000：40）

情态和意态的分工不同：情态指的是以信息为交流物时说话者从概率或频率的角度对信息的可靠性或有效性所持的态度；意态指的是以物品和服务为交流物时说话者从义务和意愿的角度对交流的有效性所持的态度"（张德禄等，2009：193）。

情态和意态都可以用相同的三种方式中来表达（Halliday，2000：89）："（1）用动词词组中的限定情态助动词，如 that will be John, he will sit there all day 一句中的 will；（2）用表示概率或频率的情态附加语表达，如 that's probably John 中的 probably 和 he usually sits there all day 中的 usually；（3）两者并用，如 that'll probably be John, he'll usually sit there all day 一句中的 will probably 和 will usually"（胡壮麟等，2009：145）。

相似的，义务和意愿在英语中都可用两种方式来表达：（a）用限定性情态助动词表达，如 you should know that, I'll help them；（b）用谓语的延伸部分表达：（i）通常由被动词词组表达，如 you are supposed t know that；（ii）通常由形容词表达，如 I am anxious to help him，但是两者不能并用（Halliday，2000: 89）。

4.1.2 情态的三种量值

如上文所提到的，情态指讲话者怎样表达概率、频率、义务和意愿。Halliday 认为情态是介于肯定和否定两极之间的意义领域，即归一度。在这两极之间，讲话者可以把他的命题和提议表达为不同程度的可能性。因此，他把情态系统分为两类：情态和意态。情态是讲话者对命题的可能性判断，包括概率（probability）和频率（usuality），意态指讲话者对提议的可能性判断，包括义务（obligation）和意愿（inclination）。在系统功能语法中，情态又进一步分为低、中、高三种量值。见表 4-1：

表 4-1　情态的三种量值（Halliday，2000: 358）

	概　率	频　率	义　务	意　愿
高	certain	always	required	determine
中	probable	usually	supposed	keen
低	possible	sometimes	allowed	willing

情态助动词的三级量值表现得更为明显,如表 4-2 所示:

表 4-2　情态助动词的三种量值(Halliday,2000:76)

	低	中	高
肯　定	can, may, could, might(dare)	will, would, should, is/was to	must, ought to, need, has/had to
否　定	needn't, doesn't/ didn't+, need to, have to	won't,wouldn't, shouldn't, (isn't/ wasn't to)	mustn't, oughtn't to, can't, couldn't, (mayn't,mightn't, hasn't/hadn't to)

4.1.3　情态附加语

情态附加语(也称情态副词或情态状语,本文统称为情态附加语)表达讲话人对信息所作的适当判断(Halliday,2000: 49)。语篇中的情态附加语明显有人际功能,它告诉我们作者对事物的态度。这些情态附加语主要分成两类:一类称作评价附加语,如 unfortunately;另一类称为语气附加语,它们中许多都用来修饰动词,看起来像环境附加语。然而,它们事实上与动词词组中谓语关系不密切,而是与限定成分关系密切:它们与时态、归一度和情态一起表达意义。一般地说,语气附加语比环境附加语从直观上更合乎文法,尽管在某些情况下是难于区别的,如 already 与时态有关,yes 与归一度有关,maybe 与情态有关等。

讲话人关于完成一个行为或状态的态度不仅可以用一个动词形式或动词词组表达,而且可以通过一系列状语附加语表达,比如 needs, of necessity, perhaps, possibly, etc。状语附加语因此被称作情态状语附加语(Poustma,1926: 163),它们经常伴随情态助动词,强调或增加后者意义的准确性。Quick(1972: 427)等也讨论"一个句子真正的量值或力量能被状语加强或贬低",如:She has been enthusiastic about her work 可以强调陈述的肯定或否定极。

情态附加语的分布：在日常话语中，当有意识地恢复表达情态时，讲话人不是关心交流事实，而是使他的观点在话语中继续。许多学者（如 Lyons，1977；Palmer，1990）发现，情态是非事实，"讲话的行为"仅仅与发话时刻相关（Palmer，1990: 11）。它包括讲话人需要和想要表达他们的观点和态度，而不是认知型的有感情色彩的判断或任务型的允许和义务。

根据语用暗示，情态附加语是以语义侵犯为条件的（Capone，2001: 87）。实际上，它们给情态系统一个明显的而不是纯粹的判断度。其他作者（Kiefer，1984；Hengeveld，1988）也认为附加语表达主观性，它们在一些情境下能组成"主观评价"（Nuyts，2001: 389）。Nuyts（2001: 55）认为情态附加语（或形容词）"可以看作是最纯粹的认知型情态表达"。在这种意义上，它们是标志事件状态可能性的最精确和特殊的有效方式。情态附加语是指讲话人或作者对信息的态度或对相关性、可靠性、兴趣等的评论（Thomas Bloor & Meriel Bloor，1995）。Halliday（2006: 81）把情态附加语分成了"语气附加语"和"评价附加语"。语气附加语与语气系统中的构成意义密切相关，可以进一步分成三个次范畴：

归一度和情态附加语：

(a) 归一度：not, yes, no, so

(b) 概率：probably, possibly, certainly, perhaps, maybe

(c) 频率：usually, sometimes, always, never, ever, seldom, rarely

(d) 意愿：willingly, readily, gladly, certainly, easily

(e) 义务：definitely, absolutely, possibly, at all costs, by all means
时间附加语

(f) 时间：yet, still, already, once, soon, just

(g) 典型性：occasionally, generally, regularly, mainly, for the most part

语气附加语

(h) 明显性：of course, surely, obviously, clearly

(j) 强度 : just, simply, merely, only, even, actually, really, in fact

(k) 程度 : quite, almost, nearly, scarcely, hardly, absolutely, totally, utterly, entirely, completely

（Halliday, 2010: 92）

评论附加语表达说话人对命题的整体态度,同语气的关系不那么密切。因为下文的分析主要涉及语气附加语,所以这里对评论附加语不再进行阐述。

因此,情态附加语出现在对语篇组织有意义的小句中,与语气系统关系密切。显然,这是语气附加语而不是评论附加语（Halliday,2006 : 83）。但是 Thomas Bloor & Meriel Bloor（1995）提议做出如此精细的区别是没有必要的。副词可以看作实现情态附加语功能的原型项目。

4.1.4　情态隐喻

如前所述,情态可以通过情态助动词、情态附加语等来表达。然而,这不是唯一表达情态的方式。在一些情况下,情态也可以由小句表达,Halliday 把这种现象称为情态隐喻（metaphor）。情态也能从主观和客观两个角度来表达, Halliday 称之为取向。取向可以分成四种类型：显性主观、显性客观、隐性主观和隐性客观。主观性是情态的基本特征（Palmer, 1986）。内在的主观取向：情态范围包括个人愿望和判断。因此,主观性是情态的一个基本特征。Palmer（1986: 16）认为主观性是一个主要特征："情态与话语的主观特征有关,甚至可以说主观性是情态的一个基本标准。" Nuyts（2001: 396）说标记着心理状态谓语的主观性在会话语言中是最常用的。心理状态谓语（如：I think）"系统和内在地表达主观性"（Nuyts, 2001: 391）。那么,它们一般出现在语境中,讲话人发出个人观点,经常是个人经历或关注领域的主题,或在涉及讲话人和听话人之间对抗观点的语境中。

在 Halliday 对情态体现类型的研究中,他指出隐性和显性体现为主观性和客观性（Halliday, 1994）。Halliday（2006: 342）把体现在词汇—语法中的语义结构转变成适当的形式和不适当的形式。不适当的形式与语法隐喻有关，它可以进一步分为概念隐喻和人际隐喻。人际隐喻扩展了人际意义的资源和情态理论的范围，包括语气隐喻和情态隐喻。

在讨论情态隐喻时，Halliday（2006: 354）给出了一个隐喻例子：I think it's going to rain。他指出 I think 的概念是一个情态表达，用于表达讲话人的命题态度。换言之，小句是 it's probably going to rain 的一个变体。前者用一个复合句形式，是后者情态表达的一个变体。这是情态隐喻的一个典型例子。类似的表达，如 I doubt, I suppose, it's likely that…，It is certain that…也用来表达讲话人的命题态度。I think/believe/doubt 是显性主观情态隐喻，it's likely/certain that 是显性客观情态隐喻。

情态隐喻与情态的两个取向——主观和客观紧密相连。根据 Halliday（2000: 357），决定情态每个类别是怎样体现的基本区别是取向，即主观情态和客观情态之间的区别，显性变量和隐性变量之间的区别。也就是说，情态可以通过主观角度和客观角度表达，被 Halliday 称为取向。见图 4-3：

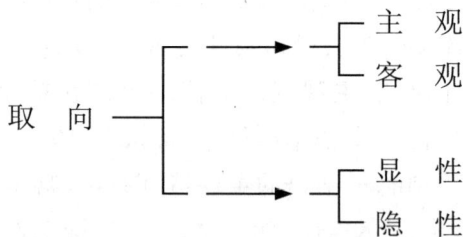

图 4-3　情态中的取向系统（Halliday，2000：358）

当情态在分开的小句中表达时，它是显性的；当情态以相同小句中的情态助动词或情态附加语形式表达时，它是隐性的。取向和类型结合的例子，见表 4-3：

表4-3　取向及类型（Halliday，2000：358）

	主观显性	主观隐性	客观隐性	客观显性
情态：概率	I think [in my opinion] Mary knows	Mary'll know	Mary probably knows	It's likely that Mary knows
情态：频率		Fred'll sit quite quiet	Fred usually sits quite quiet	It's usual for Fred to sit quite quiet
情态：义务	I want John to go	John should go	John's supposed to go	It's expected that John goes
情态：意愿		Jane'll help	Jane's keen to help	

　　在表4-3基础上，Halliday（2000: 354）进一步指出讲话者关于可能性的观点是人际隐喻的一个非常普通形式，因为讲话者的观察是被有效地编码，不是用小句中的情态成分来表示，而是用一个独立的主句构成主从复合句来表达，这个主句就是情态隐喻。Halliday 把通过小句表达情态意义的现象称为情态隐喻。显然，显性主观和显性客观都是隐喻，因为它们都是用小句表达。

　　如果情态是隐喻地嵌在一个显性主观小句中，它可能前景化讲话人自己的观点。例如：I think Mary knows. 这里讲话人的主句在 I think 结构中，作为关于讲话人自己的命题出现。然而在功能术语中，主要命题仍然是 Mary knows，它可以通过添加反问句 I think Mary knows, doesn't she？来证明。反问句要求听话人同样有基本命题 Mary knows。这个情态小句的主要功能实际上是使个人的情态资源明显。另一方面，讲话人也能用一个显性客观形式贬低观点，主张事物的客观可能性，事实上是观点问题（Halliday，2000: 355）。例如：It's likely Mary knows 的客观倾向是很明显的，因为这里的情态在一个分开的小句中表达。这里的代词 it 被描述为 likely；在句子的后半部分，it 是指讲话人的基本立场，即 Mary knows。这个命题因此被看作意义的可定义物，好像它在世界上是一种物，有归结于它的特性——在这种情况下，可能是存在的特性。它的这种表达方法掩盖了可能性的特性，实际上不是属于命题的某物的事实，而是讲话人个人的可能性评价。

4.2　情态的人际意义

根据上面的理论，很容易看出有很多方法体现情态，如词汇层面的情态助动词、情态附加语和小句层面的情态隐喻。语言中的情态，特别是语法上标计时，似乎主要是主观的，因为它通常与讲话人的观点或态度联系在一起。为了表达这一点，Lyons（1977: 330）表明"主观情态比大多数日常语言中的客观情态更普遍"。比如：he may not come，情态助动词 may（可能）是主观的，而不是客观的。在说这句话时，讲话人像中间观察者，可能表达自己的信念和态度或他们自己的愿望和权威，而不是转述。情态可以从主观性和客观性方面表达，也可以从显性和隐性变量表达。取向是基本区别，它决定了情态的每个类别是怎样实现的。Halliday（2006: 355）把情态从此分为隐性主观和显性主观。Nuyts（2001: 392）也说当情态出现在某个语境中时，情态助动词能表达主观解释。Nuyts（2001）引起了我们的注意，他说在实际的认知型情态表达中，真正有关系的是讲话人怎样显示情景而不是它真正是什么。从这点看，我们可以证实主观性是情态助动词中的一个重要部分。

《纪》作为展示社会生活的短篇，深受乔伊斯的喜爱。它是帕奈尔死后爱尔兰政治生活的写照：帕奈尔的死是政治阴谋，投机政客和唯利是图的都柏林市民都不再继承爱尔兰的民族解放事业了。因此，它是一篇以反映都柏林的政治瘫痪为主题的小说，真实反映了当时都柏林社会生活的一个侧面。乔伊斯写实艺术的核心就是真实地反映都柏林的生活场面，政治生活则是其中的重要组成部分。故事是以委员会办公室为背景，集中反映了都柏林市议员竞选期间所发生的故事。小说里的情节很一般,没有生动有趣的场面,从头至尾一直围绕那些竞选代理人的七嘴八舌而展开。他们是支持不同候选人的形形色色的人物,对爱尔兰民族主义运动的态度也不尽相同,但是他们却有一个共同的动机——金钱利益。他们明明知道他们的雇主蒂尔尼是个爱耍花招的家伙,是个蜕化分子,已经成为一个卑鄙的政治小丑的化身与代表,却仍然为他卖命。下面我们将以该篇小说为例,对人物对话中的情态助动词、情态附加语和情态隐喻所体现的人际意义进行分析,试图揭示情态系统是怎样为本故事发挥作用的,从而洞察人物性格特征和他们之间的关系,进一步揭示小说的政治瘫痪主题。

4.2.1　情态助动词

情态助动词,作为表达可能性的主要手段之一,引起多方面的重视。它们是最常见的语言情态实现方式。在分析对话中通过情态助动词体现的意义时,一般最好回顾情态助动词的基本意义和基本用法。情态助动词包括：can，may，might，must，could，would，will，have to，need，ought to 等。Can 意味着能力，may 表示允许，shall 指果断，will 表未来。在这种意义上,他们代表了意志能力。在认知型意义上,can 和 may 理论上意味着可能性,must 是需要,shall 和 will 意味着将来,它们代表了感知能力。然而,情态助动词的意思主要受使用它的语境中互动的影响。在不同情境中，can 可能意味着能力或允许。总之,情态助动词反映说话中的可能、需要、义务、允许、强迫、愿望。分析情态助动词体现的人际意义,有必要对每种情态助动词的分布和频率做一个简单的数据统计。

在对《纪》的考察中,我们发现情态助动词使用相当频繁,不仅突显了《纪》中人物的性格特征,而且突出了小说集的政治瘫痪主题。这里,有关对话中情态助动词的调查将要完成。该小说主要是由一系列的对话构成,共出现了八个人物,有老管家杰克、奥康纳先生、海因斯先生、汉基先生、克劳夫顿先生、莱昂斯先生,还有基翁神父和小男孩。小说始终围绕这些人物的谈话展开叙述。我们将全面观察该故事中四个重要人物,即老管家杰克、奥康纳先生、海因斯先生、汉基先生在整个故事对话中所使用的情态助动词。对比分析用在他们之间是为了得到人物性格方面的异同,同时,将这四个人物放在一起考虑是为了找出他们的共同点。下面数据统计主要来自《纪》中老管家杰克、奥康纳先生、海因斯先生、汉基先生话语中情态助动词的分布(凡是在情态小句中出现的情态助动词,将在 4.2.3 情态隐喻的人际意义部分进行分析)。对他们对话中的情态助动词分析,将从情态角度突显人物性格和政治瘫痪主题。表 4-4 是根据相同量值的情态助动词组成:

表 4-4　情态助动词在老管家杰克、奥康纳先生等话语中的分布

情态助动词的量值分布		老管家杰克		奥康纳先生		海因斯先生		汉基先生	
		数量	频率	数量	频率	数量	频率	数量	频率
高	must	1	6.67%					3	9.09%
	can't							4	12.12%
	couldn't							4	12.12%
中	will	3	20%	1	16.67%	4	66.67%	10	30.30%
	would	6	40%			1	16.67%	6	18.18%
	should	1	6.67%	1	16.67%				
	won't	1	6.67%	3	50%	1	16.67%	4	12.12%
	wouldn't			1	16.67%				
低	can	1	6.67%					1	3.03%
	may								
	could	2	13.33%					1	3.03%
总　数		15	100%	6	100%	6	100%	33	100%

表 4-4 显示,在对话中,老管家杰克用了 15 个情态助动词,其中 7 个是以 I,3 个以 he 和 2 个以 you 作小句的主语,其他的主语还有 who 等等;奥康纳先生和海因斯先生各用了 6 个情态助动词;汉基先生用的情态助动词最多,有 33 个,远远超过其他三人所用的。这四个人

都使用了中量值的情态助动词,尤其是奥康纳先生和海因斯先生全部用的中量值情态助动词。我们知道,这些情态助动词有它们的基本含义,can 意味着能力,may 表明允许,must 指义务,will 意思为意愿。根据 Halliday,它们是行动的先行部分。一般地说,"情态建立在话语的权威程度上"(Kress,1993:93)。我们将在下文对体现人物性格特征的一些典型的情态助动词进行分析。

4.2.1.1　老管家杰克使用的情态助动词分析

在老管家杰克的话语中,would 是使用频率最高的情态助动词,达到 40%。其次是 will。这两个词都是中性量值,与他的身份,即都柏林的普通市民相符合。尽管 would 有时候是 will 的过去式形式表示将来和意志,或可能性(表示将来的 will 或 would 这里不计算在内)。他所使用的情态助动词中还有 can、could 和 should。下文是对其中一些情态助动词进行讨论。

Will 意味着意愿或预示。如在 4(1) 中:

4(1) I'll get you a match.[①]

根据上下文可知,这里的 will 指意愿,表示老管家杰克想给奥康纳先生提供帮助。

4(2) I sent him to the Christian Brothers and I done what I could for him, and there he goes boozing about.

4(3) Only I'm an old man now I'd change his tune for him. I'd take the stick to his back and beat him while I could stand over him.

4(4) I won't keep you.

4(5) You must get a job for yourself.

4(6) you'd keep up better style than some of them.

4(7) Of course, the working-classes should be represented

---

①　引文 4(1) 至 4(64) 全部出自《都柏林人》中的《纪念日,在委员会办公室》,起始页码为 78-90。

4(2) 至 4(5) 是老管家杰克向奥康纳先生谈论他儿子时所说。4(2)和 4(3) 中的 could 表示能力，4(3) 中的第一个 would 在句中暗含老管家杰克的意愿和他强烈的决心，第二个 would 表达可能性。4(4) 中的 won't 表达了老管家杰克的决心，他不会养活他儿子的（这里的 you 指他儿子）。这种表达暗示他年纪大了，已经没有能力养活儿子。在 4(5) 中，他使用了一个高量值的情态助动词 must，暗示了他让儿子找到一份工作是被强迫的，是一种强加到儿子身上的义务，反映了他的强烈愿望，也蕴含了作者的评价，他现在之所以这样做是为了让儿子找到一份工作。同时使读者卷入互动中，作者与读者共同承担责任，激起读者的注意。4(6) 是老管家杰克对汉基先生说的，would 指意愿，表达了他的态度。显然，老管家杰克在恭维汉基先生。4(7) 是老管家杰克紧接着海因斯先生说的，should 表达义务，但是这里用的是被动语态，责任强加到谁身上没有说明。显然，老管家杰克改变了对海因斯先生的态度，因为毕竟那是一个讲原则的人，他也没有表明把责任强加于谁身上，避免了承担责任。

分析表明，老管家杰克话语中的情态助动词主要用在向奥康纳先生谈论他儿子时，表明了他的意愿和决心，也表明了他的能力，说明了他的无奈，是当时的社会情境使他为不能自立的儿子苦恼，他目前所关心的是工资问题。

4.2.1.2 奥康纳先生使用的情态助动词分析

表 4-4 显示，奥康纳先生在话语中使用的情态助动词全部是中性量值，其中 will 和 won't 用得较多，各用了 3 次。Will 提供信息，表示将要发生的，一般建立在讲话人的信心、预测或意图的基础上。另外，will 和意志意义联系在一起时，可能被描述为意图、意愿和坚持。简而言之，will 意味着预示或意志。下面是奥康纳先生言语中的几个情态助动词：

4(8) Never mind, this'll do.

4(9) Our man won't vote for the address.

4(10) How does he expect us to work for him if he won't stump up?

4(11) Why should we welcome the King of England?

　　4(8) 中的 will 表达可能性；4(9) 和 4(10) 中的 won't 表示对将来的判断,传达了奥康纳先生强烈的愿望。这两句的主语 he 和 Our man 都是指蒂尔尼。4(9) 表达了他对蒂尔尼的判断,他希望蒂尔尼不会背叛祖国。但是 4(10) 显示了他对蒂尔尼的怀疑,虽然奥康纳受雇于蒂尔尼,但是对于工作之后是否能够得到报酬,他不敢确定,显示了他处于弱势地位。尽管他已经背叛了帕奈尔,但是如今投靠的并为之卖命的政客蒂尔尼不能让他有一定信心,显示了他的无奈。他如今所关注的是金钱,他之所以这样做是为了生计,受环境所迫。4(11) 中的 should 是指义务,用于表示建议或主张,一般在给出主观意见时使用。显然,这里的 should 表示义务,表明了奥康纳先生对欢迎英国国王的强烈不满,含有讲话人的个人观点。主句的主语是 we,显然,他把责任完全强加于他们自己身上。虽然奥康纳先生已经背叛了帕奈尔,但是从他反对欢迎英国国王的态度来看,他还是爱国的。

　　从表 4-4 可见,奥康纳先生使用的情态助动词都是中性量值,使用频率最高的是 won't 和 will,表达了他的意愿和将来,也表达了他对未来的担忧。尽管他已经背叛了帕奈尔,受雇于蒂尔尼,但是他不能保证是否得到回报。可见他是谨慎的,同时又是个没有主见的人。他的无奈与被动激起了读者的同情,从他的境况我们可以看到广大都柏林普通市民的情景,他们都不能把爱尔兰民族独立运动继续下去。分析也显示了奥康纳先生为了钱而工作和免费啤酒的承诺,而没有真正投入到当时的政客蒂尔尼政治中去,在人格上存在"精神瘫痪"。

4.2.1.3　海因斯先生使用的情态助动词分析

　　海因斯先生用的情态助动词有 6 个,而且他使用的情态助动词主要是 will,有 4 个,还有一个 won't 和一个 would。可见海因斯先生说话更客观。他使用的 will 都是表示将来的,说明他对未来寄予希望。当他用 will 时,有两个句子的主语指的是 he（蒂尔尼）,他要为命题的有效性负责,如 4(12) 和 4(13)：

4(12) O, he'll pay you, never fear.

4(13) Won't he? Wait till you see whether he will or not.

4(14) It'll be all right when King Eddie comes.

4(15) "If this man was alive," he said, pointing to the leaf, "we'd have no talk of an address of welcome."

4(12) 中的 he 指蒂尔尼,表达了海因斯先生对蒂尔尼的态度。4(13) 中的 won't 表达他对蒂尔尼的不信任,随后的 will 进一步表明他怀疑奥康纳先生说蒂尔尼不会投票赞同欢迎词那件事。4(14) 是海因斯先生第一次离开委员会办公室时说的一句话,这里的 will 表达了可能性,也是他的一种意愿。Would 在 4(15) 中表达意愿。Would 在虚拟句中出现,显然与事实相反,显示了他的无奈。

根据上下文可知,海因斯先生代表帕奈尔忠实的支持者,可谓是帕奈尔真正的追随者,因为他像一位男子汉始终如一地追随着帕奈尔,他把帕奈尔的死看作永远使爱尔兰剥夺了权利和身份的一件事。作者还借他之口表达了爱尔兰人民对自己的民族领袖帕奈尔的崇敬与怀念之情。面对其他背叛帕奈尔的人,他显然提出了自己的观点,反对当时的政客,如蒂尔尼,同时也反映了他的无奈,不得不安于现状。后来,他向屋里的人朗诵他以前写的纪念帕奈尔的一首诗。虽然朗诵的语调有些俗气,但感情却非常真挚,以至于他坐着脸红了。这是一个可敬的人哀悼英雄和失败的原因,他仍然没有动摇地为之奉献。乔伊斯就是通过海因斯先生来讽刺、揭露都柏林的政治腐败和这座城市的道德瘫痪,而他朗诵的那首诗是最好的一次"显现"。

4.2.1.4 汉基先生使用的情态助动词分析

汉基先生是他们四人中使用情态助动词最多的一个,达到 33 个,有 10 个 will,6 个 would,4 个 won't,这些都属于中量值的情态助动词;他还用了 11 个高量值的词,有 3 个 must,can't 和 couldn't 各有 4 个;低量值的有 2 个,could 和 can。大量使用情态助动词,对其性格塑造起到很大作用。鉴于使用过多的情态助动词,我们这里仅仅列举其中一些主要的情态助动词进行分析,看它们是如何在汉基先生的性格塑造中起作用的。

4(16) You must owe the City Fathers money nowadays if you want to be made Lord Mayor. Then they'll make you Lord Mayor.

4(17) By God, I'll say for you, Joe!

4(18) The king's coming here will mean an influx of money into this country.

上面 4(17) 和 4(18) 中的 will 指意愿，4(16) 的表示可能性。作者借汉基先生的这句话揭示了爱尔兰当时有头有脸的政治人物的为官之道也无非是 "要想当市长大人，就得花钱，捐给市里的神父，孝敬够了他们就会叫你当上市长啦"（乔伊斯，1984: 142-143）。可见，都柏林的政治生活笼罩在金钱的光芒之中，政治上的瘫痪恰好全部否定了民族主义政治的意义。4(17) 表明他转变了对海因斯先生的态度。他之前一再谴责海因斯先生，现在却赞扬他，以至于他还说 No, by God, you stuck to him like a man! 在他和莱昂斯先生、克罗夫顿先生谈到帕奈尔民族英雄之后，看见海因斯先生出现在门口，他不仅大声招呼其进来，而且一改常态表扬了他，因为他也意识到只有海因斯先生才是帕奈尔忠实的追随者。4(18) 表明汉基先生唯利是图的性格特征是很明显的：国王来访的事实代表了英国压迫的政治统治得到爱尔兰的认可，汉基先生对此没有考虑，他也不希望考虑帕奈尔和爱德华国王之间的类推。

4(19) Would you like a drink, boy?

4(20) Won't you come in and sit down?

4(21) But won't you come in and sit down a minute?

4(22) They won't suspect you.

4(19) 是汉基先生对小男孩用的一个问问题的礼貌形式。小男孩是蒂尔尼派来给他们送啤酒的。可见，汉基先生唯利是图，即便是小孩，他也是以礼相待。4(20) 和 4(21) 是基翁神父出现在委员会办公室时，汉基连续用了两个 won't 表示礼貌邀请，也暗示了他的奉承。4(22) 中的 won't 表示判断。

4(23) Usha, how could he be anything else?

4(24) I can understand a fellow being hard up.

4(23) 和 4(24) 是汉基话语中两个低量值的情态助动词，4(23) 中的 could 表示可能性，是针对 he（蒂尔尼）说的，他在谴责蒂尔尼。4(24) 中的 can 表示能力。

另外，汉基的话语中有 11 个高量值的情态助动词，包括 couldn't、can't 和 must。其中，must 是最强的可能性判断，表达义务。它用来传达讲话人的判断，不是表达命题在任何严格的逻辑意义上都是真实的，但是至少有成为真实的可能性。它也用来提出义务或要求，要求听话人顺从。

4(25) I can understand a fellow being hard up, but what I can't understand is a fellow sponging. Couldn't he have some spark of manhood about him?

4(26) There must be some left.

4(27) You must owe the City Fathers money nowadays if you want to be made Lord Mayor.

4(25) 中的 couldn't 表达能力，否定形式加强了语气，表示强调、怀疑，表达讲话人对命题的不确定性。在 4(26) 中，汉基先生用了表示较强义务的情态助动词 must，而不是礼貌可协商的情态传达他对老管家杰克的命令，把义务强加给他，汉基先生真正地对他所说的话作出了判断。4(27) 中的 must 和第二人称代词一起使用，概括了说话人的霸权或听话人的义务。You 指政客，表达了讲话人强烈的态度，诱发读者卷入；但是和第一人称代词使用时，通常显示讲话人自己去执行义务的行为（Hoye，1997：104）。另外，在汉基先生的话中，还有一句 O， now Mr Henchy，I must speak to Mr Fanning... 是汉基先生提到小鞋匠（蒂尔尼）时，转述小鞋匠对他说的话，这里不再赘述。

　　从汉基先生使用的情态助动词来看，他是一个没有原则的人。他一开始的原则是私利，他关心的不是自由的事业而是许诺的啤酒。虽然与其他代理人的身份相同，但是他使用了大量的情态助动词，而且不仅使用中量值和低量值的词，还使用了高量值的词。情态助动词的对比有助于刻画他是一个没有原则的人物。

　　由上分析可见，情态助动词是塑造人物的主要成分。不同人物拥有不同的个人特征。一些人喜欢用高量值的情态，一些人喜欢用中或低量值的情态。讲话人的个人特征决定了他或她量值取向的选择。他们都频繁使用中性量值的情态助动词表明，一方面，他们在互动中没有惊人的权势区别；另一方面，我们看出一个事实，老管家杰克和汉基先生，尤其是汉基先生用了许多高量值情态。从表 4-4 可见，大多数高量值的情态助动词是意态中的义务。尤其是在汉基先生的言语中，高量值表示义务情态助动词达到 11 个，而老管家杰克只用了 1 个。在汉基先生的言语中，有 1 个 you 和 1 个 I 在主语的位置，表现了汉基先生把义务强加于政客 1 次，加压力给他自己承担责任 1 次，还有 1 次是强加给老管家杰克的。相反地，老管家杰克用 must 时，主语用的是 you，指他儿子，他把义务强加于儿子。海因斯先生和奥康纳先生言语中不同情态量值分布略有不同，表明海因斯先生相对于奥康纳先生来说更断言和权威。

4.2.2　情态附加语

　　众所周知，情态和意态与语言的功能相关：情态与命题相关（陈述句和疑问句）；意态与提议有关（提供和命令）。Martin（1992）指出问题的目的是引起情态化；然而陈述提供了表达情态化的机会。另一方面，与意态相关的，提供与愿望或意愿有关，而命令表达义务和引起意愿。比如：

A: Get me a drink, would you?

B: I'm willing/keen/determined to.

语篇中的情态附加语具有明显的人际功能，所以情态附加语被看

作体现情态的一个重要手段。本文将它们放在情态下对所选对话进行分析,见表4-5:

表4-5　情态附加语在老管家杰克、奥康纳先生等话语中的分布

类型 人物	归一度	频　率	时　间	强　度	可能性	明显性
老管家 杰克	not (7) no(3)	never(1)	now(6) yet(1)	only(2)		of course(1)
奥康纳 先生	not(9) nothing(1)	never(1) often(1)		just(1)	perhaps(1)	of course(1)
海因斯 先生	not(7)	never(1) always(1)	yet(1) now(3)	only(1)		
汉基 先生	no(2) not(32) nothing(1)	never(1) ever(2)	now(12)	just(4) only(2)	Perhaps(1)	
总　数	62	8	21	10	2	2

在表4-5中,除了归一度,表示时间和强度的情态附加语相对来说比其他类型的要多,其次是表频率的情态附加语。这三种类型详细的出现频率,如表4-6所示:

表4-6

时间、强度和频率附加语在老管家杰克、奥康纳先生等话语中的分布

类　型	时　间		强　度		频　率			
	now	yet	only	just	never	ever	often	always
发　生	19	2	5	5	4	2	1	1
频　率	90.48%	9.52%	50%	50%	50%	25%	12.5%	12.5%

由表 4-6 可见，时间附加语主要有两个词，now 和 yet。其中，now 出现的频率占 90.48%，yet 占 9.52%；在强度附加语中，主要有 only 和 just 两个词，出现的频率一样，各占 50%；在频率附加语中，never 占了较大比例，达到 50%，ever 占了 25%，其他两个词 often 和 always 各占 12.5%。因此，我们将对占比例较大的各种情态附加语进行详细分析，阐释它们在刻画人物中所起的作用。

Now 是一个时间副词，强调的是他们仅仅关注现在而不是过去或将来，频繁使用 now 明显表达了他们避免承担责任。比如：

4(28) There's a lineal descendant of Major Sirr for you if you like! O, the heart's blood of a patriot! That's a fellow now that'd sell his country for fourpence - ay - and go down on.

4(29) what kind of people is going at all now?

4(30) Many's the good man before now drank out of the bottle.

4(28) 中的 now 修饰 a fellow，与前面的描述 a lineal descendant of Major Sirr、a patriot 形成鲜明对比。现在的他可以 sell his country for fourpence，含有很大的讽刺口吻，揭示了爱尔兰当时的政治生活及爱尔兰人的政治腐败，描写了失去民族领袖帕奈尔后的爱尔兰民族主义运动一蹶不振，毫无生气。根据上下文，4(29) 中 going 的对象是 the Mansion House，这里指都柏林市长为了一顿正餐派人买一磅排骨进市府大厦。因此，这里的 now 反映出当时在都柏林，为了一磅排骨也可以让人出入市政基地，再现了爱尔兰政治生活腐败的又一面。4(30) 描写了当时都柏林人嗜酒成瘾，酒好像代表了一种逃避。像在许多故事中出现的一样，酒是一种意象，表明都柏林人在一种严酷的现实面前希望用自我麻醉达到暂时忘却一切。

Only 作为一个强度副词，有 "仅仅" "单独" 的含义。当位于动词前，它代表更改的意思（Poutsma，1928：446）。Quick et al（1972：431）把 only 划分为聚焦副词，它帮助限制交际的应用，排斥聚焦部分。它能伴随第一人称代词，也能伴随第二人称代词。当用在不同情境下，意思也稍有变化。如：当和第一人称代词一起用时,讲话人用 only 限制跟在后面的动词,产生聚焦效果,集中读者的注意力,这种用法有助于讲话人聚焦信息或目的。

4(31) "He's not a bad sort,"said Mr Henchy,"only Fanning has such a loan of him."

4(32) Look at all the money there is in the country if we only worked the old industries, the mills,……

4(33) Only I'm an old man now I'd change his tune for him.

4(34)"To be sure it is,"said the old man."And little thanks you get for it, only impudence."

4(35) This fellow you're working for only wants to get some job or other.

4(31) 和 4(32) 的引文是汉基先生所言。4(31) 是他看到蒂尔尼派小男孩送来酒时说的。之前他一再谴责蒂尔尼,得到赞助的酒之后立刻变了态度,马上说蒂尔尼不错,而把矛头指向了范宁。4(32) 是他谈论英国国王来访的事。他认为英国国王会给他们国家带来资金,只有这样,才能让他们国家的工业运转起来,突出了汉基先生没有意识到英国国王来访的事实代表了英国压迫的政治统治得到爱尔兰的认可。因此,他不仅没有感到可耻,反而以之为荣,表明他思想上的麻痹。

4(33) 和 4(34) 是老管家杰克所言。4(33) 强调他现在虽然老了,但是他会尽其所能让儿子改邪归正的。4(34) 说明都柏林的年轻人对老一辈对他们的尽心尽责并不感激,相反地,是粗暴无礼。显然, only 用来加强语气。

4(35) 是海因斯先生说的一句话, This fellow 指的是蒂尔尼, you 指奥康纳先生等为蒂尔尼拉选票的代理人。这里,海因斯先生一语道破了政客蒂尔尼的目的无非就是得到工作或为了其他目的。作者借海因斯先生之口道出了当时都柏林的政治腐败。

Just 的意思同 merely、simply 或 only,也用于加强语气。在他们的谈话中，just 共出现了 5 次，其中有 4 次出自汉基先生之口，如下：

4(36) I think he's a man from the other camp. He's a spy of Colgan's, if you ask me. Just go round and try and find out how they're getting on.

4(37) Well, I wouldn't go over while he was talking to Alderman Cowley. I just waited till I caught his eye.

4(38) "I was just telling them, Crofton," said Mr Henchy, "that we got a good few votes today. "

4(39) "Let bygones be bygones,"said Mr Henchy."I admire the man personally. He's just an ordinary knockabout like you and me."

4(36) 是汉基先生在谈论海因斯先生。他认为海因斯先生与他们不是同一阵营里的人，用 just 强调海因斯先生到处转的目的。显然，他在谴责海因斯先生。4(37) 是汉基先生谈论蒂尔尼，说明他为了他的薪资，有足够的耐心等候蒂尔尼。4(38) 中的 just 表达了汉基先生的坦率和直言不讳。而4(39) 是汉基先生与克罗夫顿先生等谈论帕奈尔时所言。虽然他说他崇拜帕奈尔，但是从他的言语表达中可以看出他对帕奈尔的不满，尤其是 just 的运用，明确表明了他的观点。

在一个命题中，肯定和否定极的意义是断言和否定：肯定 it is so，否定 it isn't so。有两种中间可能性：（i）可能程度；（ii）通常程度。（Halliday，2006: 89）Never 属于通常性，表示事情怎样发生的频率。我们经常用 always，usually，sometimes，seldom，never 等表示频率。见图 4-4。

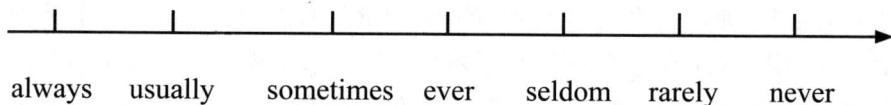

always　　usually　　sometimes　　ever　　seldom　　rarely　　never

图 4-4：表示频率的词

Never 在词源词典上来自古英语单词 naefre，它是由 ne "not，no"

naefre "ever" 组成。早期用作 not 的强势形式（如 never mind）。作为一个副词，它基本上有两种意义：（i）在过去或将来没有过，决不，如 I have never been to China；（ii）一点儿也不，当然没有；不在任何情况下，如 what is morally wrong can never be politically right。

　　Never 有时与 ever 相关，"决不"的意思，有时用作加强语气或强调的词。Poustma（1926: 677）提出 "never 有时是一个比 not 或 or 更强的否定"。从图 4-4 可见，never 表示通常性。详细研究后，这些 never 可分成两类：表达不曾有过或 not 的强调形式，它们的主要功能是表达比 not 或 no 更强的否定。例如在下面引文中：

　　4(40) Never mind, this'll do.

　　4(41) Sure, amn't I never done at the drunken bowsy ever since he left school?

　　4(42) O, he'll pay you. Never fear.

　　4(43) Did you never hear that?

　　4(44) The old one never went to see these wild Irish.

　　上面例子中的 never，除了 4(40) 中的 Never mind 和 4(42) 中的 Never fear 是固定搭配以外，其他都表达强烈的否定。它们都含有 not，是比 not 或 no 更强的形式，表达讲话人强烈的情感或过分的信心，能帮助我们判定讲话人的性格，说明他们有时候是意志坚强的人，有充分的信心。比如 4(41) 表达老管家杰克对自己行为的断言，他为了使儿子不染上酒瘾煞费苦心。4(43) 中的 that 指蒂尔尼老爹在玛丽胡同经营廉价商品铺的时候。这里汉基先生用 never 加强讽刺意味，他在嘲笑蒂尔尼。4(44) 是汉基先生谈论到英国国王时所说。The old one 指英国老王后，用 never 表达老王后对爱尔兰人的鄙视。汉基先生对此不但没有感到侮辱，而是洋洋得意地谈论，与他的名字 henchman（忠实的走狗）完全相符。

　　由上文分析可见，情态附加语作为表达情态的一个手段，在整个情态表达中起了很大作用，对表达人物感情和思想也起到一定作用。它们用来解释人物的个人特征,帮助塑造人物。它们和其他情态表达一样,将使人物更生动、形象。情态附加语 now 强调现在,表明与过去和将来没有关系。Now 的频繁使用表明说话人避免承担责任。情态附加语 only 和 just 的运用,强调他们谈话时的语气,突出他们的观点。情态附加语 never 在具体语境中使用时,能把人物刻画成一个意志坚强,有充分信心的人,帮助读者判断讲话人的性格特征,进一步突出了小说的政治瘫痪主题。

4.2.3　情态隐喻

我们已在上文讨论过,情态通常可以通过情态助动词、情态附加语来体现,这些在功能标注中都是恰当形式或未标记形式。但是说话者除了用这些未标记形式来表达他们的观点或掩饰他们正在表达观点的事实以外,还不时地使用许多其他方法。其中一个最常用的方法就是在一个从属小句复合体中使用一个分开的投射小句(情态小句),用来表达情态。在《纪》的人物对话中,除了大量使用情态助动词和情态附加语以外,还有一些隐喻变量传达他们的意愿和观点。在他们的整个对话过程中,我们发现所有的情态小句都是显性主观小句,这前景化了讲话人的主观观点。虽然主观隐性表达(will, must 等)和客观隐性(probably, certainly 等)在上文已经提到,但是在收集的数据中,作者观察到在人物的语言中没有出现客观显性表达,都是主观显性表达。所以下文将对《纪》中老管家杰克、奥康纳先生、海因斯先生和汉基先生话语中出现的主观显性小句表达,如 I think,I'm certain 等进行分析。见表 4-7。

表 4-7　主观显性情态隐喻在老管家杰克、奥康纳先生等话语中的分布

量值	情态隐喻	老管家杰克	奥康纳先生	海因斯先生	汉基先生	总数
高	I believe				2	2
	I'm sure	1			1	2

				1	6	8
中	I (don't) know					
	I suppose				1	1
	I (don't) think(thought)	1	4		5	10
	I hope		2			2
高	I wish		1			1
总　数		2	7	1	15	25

从取向角度分析,他们话语中所使用的情态隐喻都属于显性主观情态,没有客观显性隐喻。显性主观情态强调主观性,通过使用显性主观情态,讲话者表明他的态度,对他或她所说的话承担全部责任。因此,我们可以得出一个结论:他们不是没有判断力的人,而且,他们想用一种主观的方式表达他们的判断或态度,尤其是汉基先生和奥康纳先生。

显性主观情态(如 I think, I suppose, etc)强调主观性。一般地讲,讲话人用情态隐喻是为了突出他或她自己的观点或关注。因此,根据这些情态隐喻,我们可以从两个角度分析老管家杰克、奥康纳先生、海因斯先生和汉基先生。一方面,情态隐喻可以提醒我们奥康纳先生和汉基先生是一个有思想的人,想把自己的观点强加到他人身上;另一方面,情态隐喻(如 I believe)揭示了讲话人是胆大、轻率的。尽管他们表露了自己的观点或关注,然而他们没有给听话人留出时间表达他们不同的观点。因为 I believe 是一个很强的主观隐喻,它表达讲话人绝对把握他所说的话。

通过使用情态隐喻表达可能性,讲话人明显地表明他的态度,为他们说的话承担所有责任。其中汉基先生用的情态隐喻最多,有 15 个小句;其次是奥康纳先生,用了 7 个小句;老管家杰克和海因斯先生分别用了 3 个小句和 1 个小句。这些小句中情态隐喻的体现形式主要是:I think, I suppose, I hope, I believe 等。

汉基先生用了 15 个情态小句。使用较多的情态隐喻告诉我们,他渴望引起听话人的注意力,成为对话的主角。那么,情态隐喻表达他的观点或假设,或表达对他所说的话的不确定性。例如:

4(45) I suppose he forgets the time his little old father kept…

4(46) I think he's a man from the other camp.

4(47) I think he's traveling on his own account…

4(48) I think he's a stroke above that...

4(49) I thought he was the dozen of stout.

4(50) I think I know the little game they're at.

汉基先生的看法都是基于肤浅的表面现象所作出的主观猜测。他所用的这 6 个小句都是主观显性表达,而且都是中量值的情态,表示自己很不确定,是没有根据的推测。其中 4(45) 中的 he 指蒂尔尼,这是汉基先生对蒂尔尼的主观判断。虽然他在为蒂尔尼效力,但是他并不忠心于蒂尔尼。4(46) 和 4(47) 等小句中的 he 指海因斯先生,这是在海因斯先生离开之后,汉基先生跟老管家杰克、奥康纳先生谈论时所说。显然,他在谴责海因斯先生。4(50) 中的 they 指政客。这一句一语道破,彻底暴露了都柏林的政治腐败。作者借汉基先生之口,揭露了都柏林议会选举充满了肮脏的金钱交易,从而使这个瘫痪的城市变得更加腐朽与黑暗。除了使用中量值的情态隐喻以外,汉基先生还使用了高量值的情态隐喻,如 I believe 在下列句子中:

4(51) Mmm yes, I believe so…, I think he's what you call a black sheep.

4(52) I believe half of them are in the pay of the Castle.

4(51)、4(52) 都表达了一个心理过程,强调说话者本人看法的主观性,说明他对 he(海因斯先生)的判断。如上面谈到的一样,他在谴责海因斯先生。另外,在汉基先生的话中,有一句 Yerra, sure the little hopo' my thumb has forgotten all about it.显然, sure 前面省略了 I am,这是他在转述蒂尔尼的话,这里不做讨论。

4(53) Do you know what my private and candid opinion is about some of those little jokers?

4(54) He means well, you know, in his own tinpot way.

在 4(53) 中，some of those little jokers 指的是海因斯先生等支持科尔根的那些人。这里，汉基先生用高量值的情态小句表达他对他们的态度，明显地含有鄙视之意。4(54) 是蒂尔尼让小男孩送酒之后，他对蒂尔尼的态度。他一改原来对蒂尔尼的态度，用 He means well 表达，与之前对蒂尔尼的谴责形成了鲜明对比。之前他一再谴责、诅咒蒂尔尼是"卑鄙恶劣的小丑"，得到他赞助的酒后态度立即变了。可见，他是一个没有原则的人，他唯利是图，他所关注的不是自由的事业，而是蒂尔尼许诺的一天的报酬和一打啤酒。因此，在他眼里，金钱是唯一的动机，付薪资是爱尔兰腐败政治的平凡琐事。

另外，通过上下文我们知道，汉基先生是该故事中真正的坏人，伪君子，他对任何人都公平地说话，他唯利是图。他向海因斯先生批评蒂尔尼，但是当海因斯先生不在场时，他谴责海因斯先生对科尔根的忠诚；他对基翁神父是礼貌的，给男孩酒喝等。像所有真正的恶人一样，他想利用一切机会制造混乱。他谴责一个爱国者出卖国家，而他自己却出卖给蒂尔尼、牧师和英国。他在最后口里说忠诚，然而总是要背叛帕奈尔。因此，他是背叛帕奈尔的典型代表。

奥康纳先生用了 7 个情态小句，其中多数是中量值的情态隐喻，如：

4(55) I think you're right.

4(56) But I think he'll be all right.

4(57) I think it'll be all right.

4(58) I think Joe Hynes is a straight man.

这些情态隐喻的使用都表明了他很不确定，是没有根据的推测。其中，4(55)、4(56) 和 4(57) 表明他是一个没有独到见解的人，似乎总在附和他人、认可他人的观点。4(58) 是当汉基先生在海因斯先生离开后对他谴责时，奥康纳先生对海因斯先生的态度，表明了他的观点。

4(59) I hope to God he'll not leave us in the lurch tonight.

4(60) I hope he'll look smart about it if he means business.

4(61) Anyway, I wish he'd turn up with the spondulicks.

4(59) 和 4(60) 表达他对 he（蒂尔尼）的态度,使意态中表示意愿的个人态度很清楚。通过突出他对蒂尔尼的态度,奥康纳先生希望蒂尔尼能够给他们付薪资,不会让他们白白做事。而低量值 I wish 在 4(61) 中的运用,加强了他对 he（蒂尔尼）是否出现的怀疑,进一步强调他对蒂尔尼能否付薪资的不确定性。中低量值情态隐喻的运用,表明奥康纳先生是一个没有独到见解、没有自信的人,但他是谨慎的,避免事端。

与汉基先生和奥康纳先生相比,老管家杰克和海因斯先生使用了较少的情态隐喻。我们知道,情态隐喻是显现主观,用的情态隐喻越少,命题听起来越客观。因此,在互动中,老管家杰克和海因斯先生暴露了他们的一些个人观点。他们试图使他们的观点更客观,使批评更少。其中,老管家杰克用了 2 个情态小句:

4(62) Who'd think he'd turn out like that!

4(63) But, sure it's worse whenever he gets a job.

4(62) 表明他的不确定性。4(63) 中的 sure 前面省略了 I am,表示可能性。当老管家杰克提到他儿子是否能找到一份工作时,凭自己的主观猜测认为他对儿子的担忧。因此,他用了高量值的主观显性表达,强调他的判断是正确的。可见,老管家杰克对儿子能否自立担忧,他也很担心他的儿子有步他后尘的趋势。在老管家杰克的话语中还有一个小句,即 And do you know what he told me? 是他在转述看门人老基根的一句话,这里不做讨论。

海因斯先生仅用了 1 个情态小句,而且是高量值的句子,表明他经过仔细推敲,对所说的话有了基本判断,并且把握性很大,即:

4(64) Don't you know they want to present an address of welcome to

Edward Rex if he comes here next year?

在这句话中，you 指老管家杰克，they 指爱尔兰政客。海因斯先生使用这个高量值的情态小句表明他强硬的态度，他对政客们向英国国王爱德华王来访时呈献欢迎词强烈不满。这说明他是爱国的，他始终是民族英雄帕奈尔的追随者。他是有原则的、谦虚的。除此之外，海因斯先生没有使用其他情态隐喻。从他使用数量较少的情态隐喻来看，他对直接表达自己的观点方面很不自信，说明海因斯先生是一个有原则的人，他是冷静的，对事物有一定的判断力。从上下文我们知道，海因斯先生支持代表工人阶级的科尔根，因为他像帕奈尔一样，为了特殊的利益和英格兰而工作。

总之，在他们的语言中没有客观显性情态隐喻，所使用的都是主观显性隐喻。据此，我们可以得出结论：他们不是没有判断力的人，他们想用主观方式表达他们的判断或态度，尤其是汉基先生和奥康纳先生。同时，他们也是有自由思想的人，敢于向听话人表达他们的观点。

4.3　小结

在本章中，人际意义分析主要是根据情态进行的。情态被认为是人际意义的一个主要代表，因为它能强有力地表达个人态度和意愿。本文对《纪》中情态的分析主要涉及到老管家杰克、奥康纳先生、海因斯先生和汉基先生使用的情态助动词、情态附加语和情态隐喻。分析不仅揭露了他们不同的性格特征，而且进一步揭露了都柏林的政治瘫痪，突出了小说主题。

情态助动词在塑造人物性格方面起到了重要作用，情态助动词量值的使用与讲话人的个人特点有关。通过对情态助动词的分析可见，老管家杰克是帕奈尔的老一辈代表，已经被像他儿子那样被非难的社会置换了。明显的，老管家杰克和奥康纳先生并不是全心全意为蒂尔尼工作，他们仅仅是为了钱。事实上，就是这个严格的工作态度存在于普通的蒂尔尼的游说者之间。在帕奈尔时代，一个人应该主动为事业、为理想工作,但现在金钱是唯一的动机,正如奥康纳先生所说:How does he expect us to work for him if he won't stump up? 可见为蒂尔尼工作,金钱是他们卖命的唯一动力。尽管他们回忆帕奈尔,但既不是奥康纳先生也不是老管家杰克希望看到他的理想完成,因为他们对为腐败的蒂尔尼工作并没有感到后悔。汉基先生的态度是唯利是图,反对已故的民族运动领袖帕奈尔。他的名字 henchman 是小人,忠实的走狗。他当然不是,他谴责、诽谤他的老板蒂尔尼,他指责海因斯先生是 a man from the other camp,He's a spy of Colgan's,他对基翁神父用双关语 I think has traveling on his own account,他模棱两可地宣布 Parnell is dead。可见汉基先生明显地代表了同时代的政治群体。从上下文可知,他伪善自私的态度从他进入委员会办公室那一刻起,他的话和他的行为就背叛了他的真实性格。他认为虚弱的奥康纳先生和解除僧衣的基翁神父是他的私人秘书和他的牧师。他唯利是图的双重标准,他自私的抱负和思想狭隘的评判思想,是爱尔兰人想摧毁帕奈尔回忆仅仅减轻他内心受折磨的良心的典型。

情态附加语,是情态表达中的另一个重要成分。当被放入某些情境中时,就具有一些情调,在某种程度上是主观的,人物的个性将从他经常选择的情态附加语中阐明。

情态隐喻能直接揭示人物的个性特点,无论他是否主观或客观,我们能对讲话人使用的主观隐喻和客观隐喻的数目作一个比较。我们在分析中发现,《纪》的四个主要人物在对话中使用的都是主观隐喻,可以说明他们是主观的而不是客观的。

通过对《纪》人物对话中情态系统体现的人际意义分析,情态助动词、情态附加语和情态隐喻的选择符合故事情节的发展和主人公的性格特征和态度。因此,分析情态有助于情节发展的理解和断定主人公的性格特征、态度。分析从情态角度再现了乔伊斯笔下形形色色的都柏林人在人格上都存在"精神瘫痪",表达了都柏林人对投机政客、英国国王、帕奈尔的态度,充分揭示了爱尔兰的金钱政治和社会黑暗,这种政治上的瘫痪否定了民族主义政治的全部意义。但是,本章对情态的分析只局限于短篇小说集《都柏林人》中的《纪念日,在委员会办公室》一篇小说，至于其他小说中情态的体现方式还有待作进一步研究。

第五章　引语的人际意义

　　人际意义即人际功能，是 Halliday 提出的系统功能语言学的三大元功能之一，是指语言具有表达说话人与受话人关系以及说话人态度、评价等的功能。李战子（2004）分析了自传话语中直接引语的人际意义，并且指出直接引语是实现话语的人际意义的手段之一。本章将以Halliday 提出的系统功能语言学的人际意义为理论基础，结合话语理论和评价理论的介入，尝试分析直接引语、自由直接引语、间接引语和自由间接引语在《都柏林人》中所体现的人际意义。本章主要探究引语的人际意义，共分三部分。第一部分为相关理论介绍，包括评价理论的介入和话语理论；第二部分为本章的核心——引语的人际意义；第三部分为本章小结。

5.1　相关理论

　　这一部分的理论将涉及话语理论以及 Martin 评价理论的介入。下文将首先简单介绍介入理论，然后是话语理论。这些理论将作为探讨《都柏林人》中直接引语、自由直接引语、间接引语和自由间接引语的人际意义的补充工具。

5.1.1　介入

　　评价理论是 Matin 在系统功能语言学基础上，在 20 世纪 90 年代发展起来的，它是对功能语言学人际意义框架的扩展。（李战子，2004）我们将引入其中的评价系统加以说明。Martin 将用于表达作者或说话者观点、态度和立场的语言资源称为评价系统。（Martin，2003）评价系统包括态度、级差和介入。如图 5-1 所示。

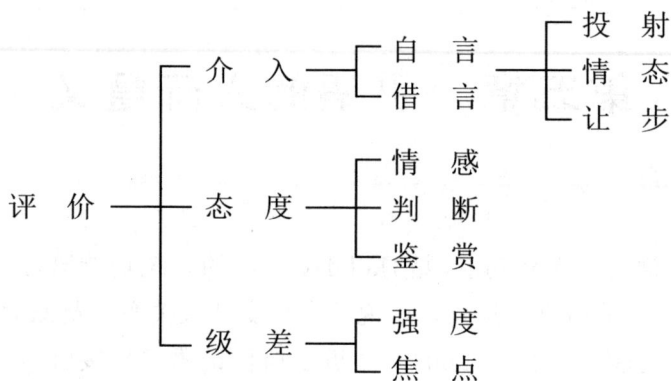

```
                                    ┌─ 投  射
                  ┌─ 自  言 ──┬─ 情  态
       ┌─ 介  入 ─┤  借  言     └─ 让  步
       │          └
       │          ┌─ 情  感
评  价 ─┼─ 态  度 ─┼─ 判  断
       │          └─ 鉴  赏
       │          ┌─ 强  度
       └─ 级  差 ─┴─ 焦  点
```

图 5-1：评价系统（Martin & Rose, 2003：54）

从图 5-1 可见，评价系统是由　系列的语法范畴来实现的。其中，态度范畴包括情感、鉴赏和判断；级差包括强度和焦点；介入子系统由单声性和多声性组成。评价理论特别关注语篇中的评价性资源，并把评价性资源按语义分为三个方面：态度、介入和分级。所谓介入是指评价者参与话语的方式和程度，是评价主体与客体，主体与主体间相互参照、唤起或协商彼此的社会地位的语言资源，具有主体间（intersubjectivity）的特征。可见，介入是评价系统中的一个次系统，用以表示说话人或作者对语篇中命题和主张所负责任的大小。介入系统包括自言或借言。"所谓自言，是指叙述者不再隐蔽自己，而是公开身份，利用自己的声音，告诉读者如何看待故事中的人物和事件，如何领悟作品的意义和述说对故事的理解和对人生的看法等。这种评价活动主观性较强，明显带有叙述者的主观痕迹。叙述者利用自言来反映他对虚构世界的主观介入"。（唐伟清，2008：105）而借言则表示叙述者的客观取向，是借言介入。作者为了追求纯客观叙述往往运用借言的评价手段。投射、情态和让步都是实现借言的资源，其中投射是指在语篇中引用或报告别人的所思所说。"作家对其笔下人物的评价基本上是按照"态度—介入—级差"的评价系统模式进行的"。（王振华，

2004：43）作者写小说的目的就是将自己的意识形态传递给读者,借助小说中的人物表达自己的情感,这就是态度。态度促使作者介入,"介入系统论较面子理论更重视读者所发挥的作用,将语篇看作和实际的或潜在的读者协商意义的方式"。"作者如何通过语篇与读者展开对话在 Bakhtin 的对话理论中找到理论依据,并且在评价理论中得到系统的体现和诠释"。(唐丽萍,2005：3)

Thompson & Hunston（2000）指出评价系统具有以下功能：表达作者或说话者的观点并且反映其所在社会、地区的价值观念系统；建立并保持交际双方的关系；构建语言的功能。这和 Halliday（2000）的语言的三个元功能理论相一致,即概念功能、人际功能和语篇功能。Martin 对评价理论的定义是关于评价的,即语篇中所协商的各种态度、所涉及的情感的强度以及表明价值和联盟读者的各种方式。(Martin,2003: 23)"评价系统的中心是'系统',焦点是'评价'。语言在该系统中是'手段',透过对语言的分析,评价语言使用者对事态的立场、观点和态度。换句话说,评价不只停留在语言的表层意义上,而是通过表层意义看深层的意义取向,就是我们常说的'通过现象看本质'"。(王振华,2001：14-15)

Halliday（1978: 112）认为人际功能代表了说话者作为入侵者的意义潜势,是语言的参与功能,用语言来做事的功能。通过这种功能,说话者入侵到环境语境中去,表达其态度、评判,并影响别人的态度和行为。胡壮麟等也指出"语言的人际功能是讲话者作为干预者（as intruder）的'意义潜势',是语言的参与功能"。(胡壮麟等,2009:115）"在语言这一功能作用下,叙述者使自己参与和介入到叙事情景语境中,以表达他对故事事件等的态度和判断,并试图影响故事人物或读者的态度和行为。语言是区分声音强弱的资源,叙述者可以通过不同的叙述话语（如（自由）直接 / 间接引语）的运用来介入故事事件"。(唐伟清,2008: 104)

一般地说,人们对语言的人际功能的研究主要是通过语气和情态,然而在书面语篇中,读者除了直接接触到书面语的词汇和语调以外,还有由作者刻意突出形式上的一种文体特征,如标点符号的使用。黄国文

（2001: 44）指出，"从功能语言学角度看，任何选择都是有意义的"。"选择就是意义"（Choice is meaning）。Halliday 认为，在交际过程中，交际对象可以分为两类，言语的人际功能分为四种，鉴于在第三章语气中已经提及，这里不再赘述。但是在不同文体中，事件中的人物、作者与读者之间存在着不同的人际关系。如在小说体裁中，人物与作者之间是给予信息与接收（或质疑）信息的关系，而作者与读者之间又是一层给予信息与接收信息的关系，可用图 5-2 表示.

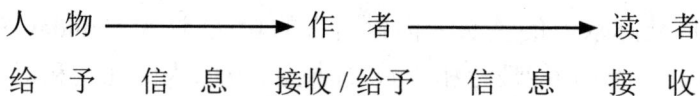

人 物 ━━━━━━➤ 作 者 ━━━━━━➤ 读 者
给 予 信 息 接收/给予 信 息 接 收

图 5-2：人物、作者与读者间的关系

但是鉴于小说的内容并非完全真实，甚至是完全虚构，因此，作者在转述时可能把接收到的信息经过加工、改良甚至扭曲。换言之，人物到作者的信息并非完全与作者到读者传达的信息相同，所以图 5-2 应改为图 5-3。

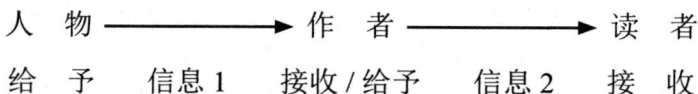

人 物 ━━━━━━➤ 作 者 ━━━━━━➤ 读 者
给 予 信息 1 接收/给予 信息 2 接 收

图 5-3：人物、作者与读者间的关系

因此，当作者接收到人物给予的话语信息时可能会产生认同或质疑信息。当认同信息时，作者可能完整地向读者转达这一信息，此时从人物到作者，再从作者到读者所给予的信息都是信息 1；当质疑信息时，作者会根据个人目的或需要，给予读者他希望传递的信息，即信息 2。那么，作者在小说中采用什么样的话语形式向读者表达其转述内容的态度必然有他的好处。换言之，作者是怎么通过小说文本所带来的视觉效果来塑造人物、作者与读者之间的人际关系的呢？下面我们将对《都柏林人》中引语的人际意义进行详细探讨。

5.1.2　话语

话语（discourse）或者热奈特命名的叙事话语（narrative discourse）是叙事学家们的人物话语，是用以调节叙述者和作者、读者三者之间的叙事距离的一种手段。换句话说，叙事学家更关注文本的外部结构。而"文体学家主要从语言学的角度考虑每个语句的语言特效。他们侧重于强调具体措辞的选择及这一选择的效果。而叙述学家的兴趣并不在于语句的语言特点本身，而主要在于这一语句所调节的叙事距离"。（魏莅娟，2007：5-6）这种对话的语理解差异使我们可以从叙事学和文体学两个角度，以系统功能语言学的人际意义为理论基础，以评价理论的介入为指导，结合话语理论，对《都柏林人》进行文本分析和解读，探讨引语①的人际意义。话语一般是指直接引语和间接引语。然而在现代英语的实际使用中，尤其在文学作品中，经常可以看到另外两种形式的引语，即自由直接引语和自由间接引语。它们既有直接引语和间接引语的特征，在形式上又不尽相同。在 20 世纪的时候，又有两个新的引语形式即自由直接引语和自由间接引语出现。它们各有特色，使用方法灵活，符合小说中作者隐退的写作风格，消除了叙述者存在的痕迹，更好地自由表达自我的话语和思想。

引语是语言使用的一种特殊形式，一直受到一些语言学家的关注，并根据自己的看法给出了不同的分类，但一般的分类比较繁杂，本文不再一一概述。根据英语传统语法，引语分为两类：直接引语和间接引语。直接引语是指引述别人的原话，经常用引号括起来，完全显示原句的特征，不改变原来的时态、语气、人称代词、指示代词、限定词、时间状语和地点状语；间接引语就是用自己的话转述别人的原话。在转述时，人称代词、指示代词、限定词、时间状语和地点状语，甚至谓语顺序等都要根据实际情况作相应的调整和变化，引语中的时态还须根据引述动词作相应的变化。这两种引语之间的界限明显，有一定的规则可循，是很容易识别的。其中也有一些分法较简单，比如 Leech & Short（2001: 218）在 Style in Fiction 一书中把小说中人物话语的表现形式分为以下五类。

---

① 本文中的引语指直接引语、间接引语、自由直接引语和自由间接引语。

直接引语（DS）、间接引语（IS）、自由直接引语（FDS）、自由间接引语（FIS）和人物说话的叙述性报道（NRSA）。本章分析的引语是采用Leech & Short 观点中的前四类，即直接引语、间接引语、自由直接引语和自由间接引语。在小说中，作者往往运用几种不同的表现方法来呈现人物的语言和思想。鉴于我们对直接引语和间接引语非常熟悉，本文就不再做进一步解释，仅对引语的另外两种形式：自由直接引语和自由间接引语作简单阐述。

5.1.2.1 自由直接引语

自由直接引语在 20 世纪初已在文学作品中出现，只是没有得到语法学家的重视。"自由直接引语在微观语法特征上与直接引语几乎完全相同，只是没有引号；但在宏观上（使用范围、引述动词的使用频率等）则与直接引语有很大差别。自由直接引语的使用受到文体、作家风格、作品描写对象等多种主、客观因素的影响"。（常维贤，1983：24）自由直接引语是直接引语和间接引语的混合形式，但具备直接引语的多数特征，如动词时态不要改变等。自由直接引语是一种不同于直接引语的更加自由的形式。这种引语在保持直接引语语法特点和指示词的基础上，省略了直接引语的显著标志，"即引号和引述句"。（Leech & Short，1981: 322）人称代词、指示代词和某些限定词仍保持原样；时间状语和地点状语一般也不变等。同时又具有间接引语的某些特征，如不用引号、不省略引述分句等。它与自由间接引语的区别仅在于人称和时态。自由直接引语无疑有更明显的直接性与生动性。

自由直接引语中会出现各种人称代词。人称代词的所指基本同于直接引语，但不同于间接引语和自由间接引语。自由直接引语的时态与引述动词的时态不要求呼应，而且是无条件的，这与直接引语完全相同。在自由直接引语中，各种时态都会出现，尤其是一般现在时出现的频率最高，其他时态出现的频率则相当低。自由直接引语中的疑问句都是直接疑问句，时态、人称、次序、时间和地点状语等均同于直接引语中的疑问句，不可改成间接疑问句。自由直接引语一般有引述动词，但和直接引语一样，无引述动词的情况也很多。有无引述动词是由具体的上下文条件决定的，与是否为自由直接引语无关。只要能表明引述人是谁,就可以省略引述动词。

　　自由直接引语使用范围较广,"这是叙述干预最轻、叙述距离最近的一种形式"。(申丹,2007:299)其主要分布在文学作品中,尤其是小说中。这与当代某些作家擅于使用意识流方法进行创作有关。因此,自由直接引语的独特性在于省略引述句,充当中介的叙述者隐退幕后,悬念随即产生;另一个独特性在于省略引号,人物话语融入了叙述流这一省略"使得话语同叙述流融为一体,并且不可分离"。(Leech & Short,1981:323)第二个特点几乎在乔伊斯的所有作品中都有所反映。

5.1.2.2　自由间接引语

　　自由间接引语是 19 世纪以来西方小说中较为常见,也极为重要的引语形式。它与直接引语、间接引语、自由直接引语等都是表示人物话语的不同形式。然而,在 20 世纪之前,直接引语和间接引语仅是语言学领域的术语,并未出现自由间接引语这一名称(英美评论界直至 20 世纪 60 年代才赋之以固定名称)。后来,尤其是 20 世纪 60 年代以来,越来越多的文学批评家开始用语言学的理论和方法分析文学作品,因而,人物话语的不同表达形式也越来越受到批评家的关注。(方英,2004:67)Leech & Short 在 Style in Fiction 一书中对小说中表达人物言语和思想的各种方式及其语言特征、功能和文体价值进行了探讨,他们根据叙述者介入的不同程度对引语形式进行了排列。见图 5-4。

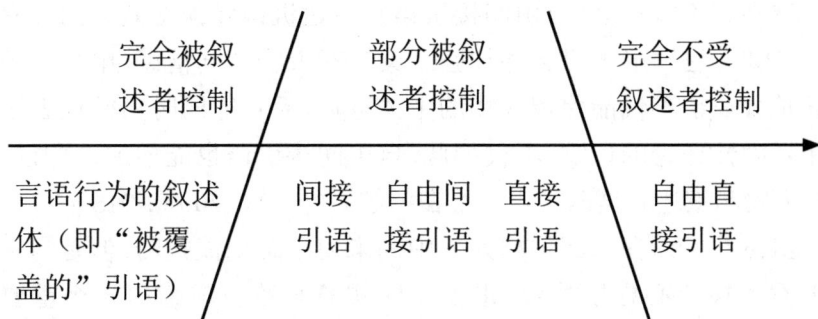

完全被叙述者控制	部分被叙述者控制			完全不受叙述者控制
言语行为的叙述体(即"被覆盖的"引语)	间接引语	自由间接引语	直接引语	自由直接引语

图 5-4　引语的排列形式(G. Leech & M. Short,1981:324)

　　在小说中,人物话语是重要的组成部分,人物话语的不同表达形式是小说艺术的"专利"。"在小说中,人物的话语则需由处于另一时空的叙述者转述给读者"。(申丹,2007:287)因而,同样人物话语采用不同的表达方式就会产生不同的效果。从 Leech & Short 对引语的排列形式可以看出,自由间接引语的自由程度介于间接引语和直接引语之间,既具有间接引语的简洁性与流畅性,又具有直接引语的直接性与生动性。自由间接引语是"一种介于直接引语和间接引语之间的形式……通常把它看作是间接引语更为自由的一种形式"。(Leech & Short,1981:325)从技术层面上讲,"自由间接引语尽管在人称和时态上形同间接引语,但在其他语言成分上往往与直接引语十分相似"。(申丹,2007:290)所以,自由间接引语保留了间接引语的时态和代词形式,却省略了引述句。这种省略消除了叙述流的突兀,是对人物话语和思想高层次的总结。自由间接引语与叙述者保持着适中的距离,不仅能独立地表达人物话语,而且又在一定程度上保留了叙述者的声音,"能使人物的意识更自然地与叙述者的话相混合","有利于表达人物仅感受到但'并未形成语言'的心理活动"。(方英,2004:68)由于叙述者声音的存在,往往能拉近读者与叙述者乃至人物之间的距离,增强读者对人物的同情感以及对人物的理解,达到作者刻画人物的效果。自由间接引语同自由直接引语一样,是内心独白的一种表现形式。内心独白是现代主义小说的重要特点,也是乔伊斯在《都柏林人》中使用的一个创作特点。

许多评论家认为,自由间接引语是表达讥讽和诙谐效果的最有效手段。同时,这一形式引起并加强了读者对人物的同情感。申丹曾经指出其长处在于不仅能保留人物的主体意识,而且能同时巧妙地表达出叙述者隐性评论的口吻。不仅如此,自由间接引语也能增加语意密度,使得人物和叙述者这两种声音混在一起。(申丹,2007:313)

虽然乔伊斯在《都柏林人》中尚未使用意识流技巧,但是它"标志着乔伊斯决心告别传统、走上文学实验与革新道路的一个重要开端"。(李维屏,2000:87)"在《都柏林人》中,乔伊斯已经开始将他的创作视线转向了人物的精神世界"。(李维屏,1996:69)内心独白是《都柏林人》的一个创作技巧。"从语言的引述形式来看,内心独白可分为直接内心独白和间接内心独白。""引述别人的意识活动可有多种形式,内心独白使用一般直接引语、自由直接引语和自由间接引语三种。""直接内心独白包括一般直接引语和自由直接引语;间接内心独白即自由间接引语(郭春兰,2008:79)。"自由直接引语和自由间接引语是描写人物心理活动的有效手段,它可以让读者直接观察人物内心活动,缩短读者与人物之间的距离。乔伊斯在《都柏林人》中不仅使用了直接引语、间接引语,还使用了自由直接引语和自由间接引语,而且,直接引语、自由直接引语和自由间接引语出现了多次,加上大量间接引语的运用,构成了他小说的一个艺术特色。下文的分析语料来自《都柏林人》,研究结果也只局限于该小说集。

5.2　引语的人际意义

引语在修辞中称为"引用",是指对他人的话语、典籍或文章的引用。"从叙述学(narratology)的角度讲,人物话语在小说中的作用是小说家用以控制叙述角度和叙述距离,变换感情色彩及语气的有效工具(张薇,2002:57)。"现代文体学研究表明,引语不仅是一种语法现象,而且还体现了作者、人物和读者之间的相互关系。在小说中,作者使用直接引语是为了表明小说内容的真实可靠性而采用的一种写作手段。"叙述者似乎是不加修饰和改变地把人物对话原原本本地记录下来,我们几乎感觉不到叙述中介的存在(张薇,2002:60)。"通过直接而生动地记录人物的特定话语,不仅有利于塑造人物性格,而且可以客观地介入对人物和事件的评价。Halliday(2000)认为直接引语是投射小句再现所说的话,他强调指出被投射的小句代表所说的言辞。而直接引语是乔伊斯在《都柏林人》中所采用的一种话语表达形式,从语料统计来看,直接引语占了一定的比重,可以说是作者有意的安排,是"有动因的突出",本文认为主要是完成语篇的人际意义。也正是通过别人的声音作为证据,创造出一个被社会、读者所承认的看法,从而达到与读者交流的目的。而文学作品在呈现人物的语言和思想的过程中,经常运用不同的表现手法。乔伊斯的《都柏林人》也不例外。在

《都柏林人》中,除了直接引语,还有大量的间接引语、自由直接引语和自由间接引语。

在《都柏林人》中,作者为了表达小说主题和适应现代小说受众语境的需要,往往引用原话使之成为直接引语,表明作者、读者及原话语发出者即人物之间的关系,通过蕴涵自己的价值判断,实现语篇的人际功能,完成 Austin(1962)提出的"以言行事行为"。以言行事行为"指说话人旨在通过话语实施某个交际目的或执行某个特定功能的行为"(何自然,陈新仁,2004:63)。当然,为了表达所需,作者还采用其他话语表达形式,实现语篇的人际意义。我们将从直接引语着手,分析《都柏林人》中引语的人际意义。

5.2.1　直接引语

《都柏林人》共有十五篇小说,最突出的特点之一是大量使用直接引语构成人物对话,体现了传统的戏剧化手法的运用。人物对话是推动小说情节、塑造人物和让读者了解人物的主要手段;一部分小说除了人物对话,还有描写和叙述,而部分小说只有人物对话,没有叙述、描写、评论等表达形式。因为直接引语能使人物对话更加直接和客观,能吸引读者对人物进行分析和理解,所以这种手法并没有让读者感到乏味。直接引语能够直接描写人物言辞,具有直接性和生动性,是体现个性化语言、塑造人物性格的传统手法。除了人物对话中的直接引语以外,还有一些出现在叙述语言中的直接引语。因此,下文将首先对《都柏林人》中直接引语的人际意义进行分析,语料选择来自其中一些短篇小说中的人物对话和叙述语言,然后再分析自由直接引语、间接引语和自由间接引语所体现的人际意义。

5.2.1.1　人物对话中的直接引语

我们在语气成分分析部分已经提到,在这部小说集中,大部分故事是通过叙述语言(如《偶遇》《阿拉比》、《伊芙琳》《土》等)或人物对话(如《纪》、《圣恩》)为主发展的,或者是兼叙述语言和人物对话(《姐妹们》《两个浪子》《一朵浮云》《死者》等)形式发展的。为了分析方便,我们将分别对叙述语言和人物对话中的直接引语进

行分析。下文首先是人物对话中的直接引语,其人际意义主要体现在:

第一,使读者卷入,拉近读者与人物之间的距离。

在《都柏林人》中,我们发现,直接引语可以使人物和读者同时作为听众听取人物对话。如在《姐妹们》中,当姑妈与伊丽莎长篇对话时,叙述者小男孩没有说一句话,他好像从故事中消失了。结果,这个长对话的解释更多取决于直接引语和自由直接引语,主要是直接引语。在言语呈现中,直接引语或自由直接引语的运用制造的印象是人物在跟我们交谈,越来越没有作者的干预。因此,作者试图给我们的印象是姑妈和伊丽莎在跟读者交谈,使读者感到自己处于主人公的位置,和小男孩一起作为听众,体会他的内心感受。同时,我们必须意识到这个故事是第一人称叙述,而且,这个效果是直接传达小男孩的心理经验。事实上,当读这部分故事时,读者很容易有这种感觉,他们是和小男孩一起作为观众。因此,直接引语拉近了读者和人物之间的距离,增加了读者对人物的同情。

除了上面《姐妹们》中提到的直接引语可以使人物和读者同时作为听众听取人物对话,还有一种情况就是让读者直接作为听众,如在《纪》中。《纪》主要描写几个中心人物之间七嘴八舌的谈话。先是老管家杰克与奥康纳先生,然后是海因斯先生的加入,再就是汉基先生的加入等等,总共出现了八幕不同的对话场景。在此过程中,作者不加任何评论,把一幕幕对话场景直接展现给读者,使读者除了阅读,还要作为听众,卷入到故事情景中去。可见,直接引语能产生真实感,保留了人物的语言特点,为读者提供了充足的个人信息,有助于形成自我观点,给读者留下最大的自由判断和思考空间,能在最大程度上参与文本中去。同时,直接引语的运用解决了作者不便说出但又需要表达观点的难题。

在《一朵浮云》中,小钱德勒在朋友那里受挫后,情绪低落地回到家中,看到的是妻子冷淡的面孔,想静下心来读些诗却让儿子嚎啕的哭声搅乱。在冲孩子歇斯底里地喊 Stop 之后,遭到了妻子的呵斥,如下引文:

5(1)"What is it? What is it?"she cried.

The child, hearing its mother's voice, broke out into a paroxysm of sobbing.

"It's nothing, Annie... it's nothing... He began to cry... "

She flung her parcels on the floor and snatched the child from him.

"What have you done to him?"she cried, glaring into his face.

Little Chandler sustained for one moment the gaze of her eyes and his heart closed together as he met the hatred in them. He began to stammer:

"It's nothing... He... he... began to cry... I couldn't... I didn't do anything... What?"

Giving no heed to him she began to walk up and down the room, clasping the child tightly in her arms and murmuring:

"My little man! My little mannie! Was 'ou frightened, love? '... There now, love! There now!... Lambabaun! Mamma's little lamb of the world!... There now!"

(Joyce, 1991: 54)

从引文中的直接引语可见，面对妻子的呵斥，小钱德勒试着与妻子合作，但是他不能。他的回答仅仅是重复这句话 it's nothing，与其说是对妻子的回答不如说是对他自己的回答。他没有能做的事情。他从言语受挫到拙于言辞加强了他的挫折感，这种感觉在他妻子 Giving no heed to him 和重复一些如 My little man! My little mannie! 等时达到了极限。以至于最后小钱德勒完全陷入了沉默，达到了顿悟。这里的直接引语好像使读者深陷其中，体会当时小钱德勒的窘境，拉近了读者与人物之间的距离，增加了读者对人物的同情。

第二，借人之口，表达作者的评判。

Maynard（1997）指出，"篇章中的声音是由作者创造、控制和协商的，作者像一个作腹语者，通过别人的嘴达到自己的劝说目的"（李战子，2004：231）。在语篇中，直接引语已不再是简单的人物与人物之间的交流，而是经过选取、剪辑，传递或蕴涵了作者的评判。作者通过相关人物之口表达了自己的评判，表达对事件或人物的态度，本文称之为

"借人之口"说话。这一人际意义表现为以下三个方面：

1）揭露批判，揭示主题。

作者借用人物之口，让他说出当时的一些想法，把自己的态度传达给读者，讽刺那些丑恶的社会现象，达到对主题的揭露和批判。例如，《纪》是一篇反映都柏林真实社会生活、以政治瘫痪为主题的小说。整篇小说是以几个中心人物的七嘴八舌展开，绝大部分是由直接引语构成，产生一种真实感，为读者提供了足够的信息，有助于读者形成自己的观点，进一步理解小说主题。这种叙述方式疏远了叙述者和人物之间的距离，使叙述者客观、生动地讲述故事，增加说服力。同时，作者借人物之口说出真相，揭露批判，表达了对都柏林政客、英国国王、帕奈尔以及党派斗争的态度，重复揭示了爱尔兰的政治腐败和社会黑暗。下面是海因斯先生与奥康纳先生的一段对话：

5(2) Mr Hynes leaned against the mantelpiece and asked:

"Has he paid you yet?"

"Not yet,"said Mr O'Connor."I hope to God he'll not leave us in the lurch tonight."

Mr Hynes laughed.

"O, he'll pay you. Never fear."he said.

"I hope he'll look smart about it if he means business."said Mr O'Connor.

(Joyce, 1991: 80)

从他们的这一小段对白中可见，当时的议会选举中充满着肮脏的金钱交易。奥康纳先生明明知道他们的雇主蒂尔尼是一个滑头（已经背叛了帕奈尔），却心甘情愿地看在钱的分上继续为他卖命，使这座瘫痪的城市变得更加腐朽与黑暗。5(3)是汉基先生所言，这一句话更好地揭示了整个都柏林的政治生活全部笼罩在金钱的光芒之中。这种政治上的瘫痪由上至下，恰好否定了民族主义政治的全部意义。

5(3) "I think I know the little game they're at."said Mr Henchy.

"You must owe the City Fathers money nowadays if you want to be made Lord Mayor. Then they'll make you Lord Mayor. By God! I'm thinking seriously of becoming a City Father myself. What do you think? Would I do for the job?"

(Joyce, 1991: 84)

这里，作者借汉基先生之口，一语道破，彻底暴露了都柏林的政治腐败。整个都柏林的议会选举充满了肮脏的金钱交易，足见这个瘫痪的城市是何等腐朽与黑暗。

2）借人之口，对他人进行评判。

在《纪》中，作者借人之口还表达了对不在场人物的评价，如对政客蒂尔尼、海因斯先生的评价和对民族英雄帕奈尔的怀念等。

5(4) "O, he's as tricky as they make `em,"said Mr Henchy. "He hasn't got those little pig's eyesfor nothing. Blast his soul!"

5(5) "To tell you my private and candid opinion," he（Mr Henchy）said. "I think he's a man from the other camp. He's a spy of Colgan's, if you ask me. Just go round and try and find out how they're getting on. They won't suspect you. Do you twig?"

"Ah, poor Joe is a decent skin."said Mr O'Connor.

5(6) "Listen to me,"said Mr Henchy. "What we want in this country, as I said to old Ward, is capital. The King's coming here will mean an influx of money into this country. The citizens of Dublin will benefit by it."

（Joyce, 1991: 81-87）[②]

5(4) 是汉基先生对雇他们游说的政客蒂尔尼的评价。作者借人之口，道出了这个投机政客早已蜕化变质，背叛了帕奈尔，堕为一个卑鄙的政治小丑。而 5(5) 是海因斯先生第一次离开委员会的时候，作者借

---

② 此加注为引文 5(4)、5(5)、5(6) 的出处。

汉基先生和奥康纳先生之口表达了对海因斯先生的评价。他们自己背叛了帕奈尔,不但没有觉醒,反而对于追随帕奈尔的海因斯先生大加贬低,他们为了钱而陷入了爱尔兰政治的泥泞中,政治上的瘫痪压力已经影响到普通市民。5(6) 表明了汉基先生对英国国王来访的态度,他没有意识到国王来访的事实代表了英国压迫的政治统治得到爱尔兰的认可,不但没有感到可耻,反而以之为荣,表明了他思想上的麻痹。

5(7) "If this man was alive," he said, pointing to the leaf, "we'd have no talk of an address of welcome."

5(8) "There's one of them, anyhow," said Mr Henchy, "that didn't renege him. By God, I'll say for you, Joe! No, by God, you stuck to him like a man!"

5(9) "What do you think of that, Crofton?" cried Mr Henchy. "Isn't that fine? What?"

（Joyce, 1991:81- 90）③

5(7) 是作者借海因斯先生之口表达了爱尔兰人民对自己的民族领袖帕奈尔的崇敬与怀念之情。5(8) 是借汉基先生之口对海因斯先生的评价中提到了他（帕奈尔）,说明了对帕奈尔的崇敬。而且,后来海因斯先生念了一首诗纪念帕奈尔,这首诗是以直接引语呈现的。作者借故事中人物之口不但表达了对帕奈尔的怀念,而且讽刺、揭露了都柏林的政治腐败和都柏林这座城市的道德瘫痪。5(9) 是汉基先生在海因斯先生朗诵完悼念帕奈尔的一首诗后所言。该句用直接引语,肯定了汉基先生和委员会办公室里的其他人一样赞成帕奈尔,认为他是伟大的,是他们心中的英雄,是爱尔兰最宝贵的财富。

总之,在《纪》中,作者采用直接引语这种叙述方式疏远了叙述者和人物之间的距离,使叙述者客观、生动地讲述故事,增加了说服力。同时,作者借人物之口说出真相,揭露批判,表达对都柏林政客、英国国

---

③　此加注为引文 5(7)、5(8)、5(9) 的出处。

王、帕奈尔以及党派斗争的态度,重复揭示了爱尔兰的政治腐败和社会黑暗。可见,他们为了钱而陷入爱尔兰政治的泥泞中,政治上的瘫痪压力已经影响到普通市民。另外,在《一朵浮云》中,我们也可以看到作者借人物之口揭露瘫痪主题的例子,如:

5(10) "…… I feel a ton better since I landed again in dear, dirty Dublin…"

"Ah, well," said Ignatius Gallaher, "here we are in old jog-along Dublin where nothing is known of such things."

"How dull you must find it," said Little Chandler, "after all the other places you've seen!"

（Joyce, 1991: 49）

在 5（10）中,作者借小钱德勒与加拉赫之口暴露了对都柏林这座瘫痪城市的厌恶。从引文中的形容词 dirty, old jog-along, dull 可以看出,他们对都柏林的印象是瘫痪、麻木、死气沉沉,从而揭示了小说主题——瘫痪。这种借助直接引语说话,可以借人物之口说出作者想表达而不便自己公开表达的观点和立场,尤其是涉及政治问题的时候。在《死者》中,我们也可以发现通过人物之口揭示都柏林瘫痪主题的直接引语,如加布里埃尔在回答艾弗丝小姐的问题时冒冒失失地宣称:

5(11) I'm sick of my own country, sick of it!
(Joyce, 1991: 129)

这句直接引语反映了都柏林令加布里埃尔痛苦和厌倦。这种主题通过晚会中的客人对爱尔兰美好过去的缅怀被表达得更加清晰。

3）激活不在场景中的声音——为了评价

李战子曾经指出直接引语可以"激活不在场景中的声音——为了评价"（李战子,2004: 240）。我们发现在《都柏林人》中,直接引语也有类似的用法。例如在《纪》中,汉基先生的话语中提到了另外一个不在场的人物的声音，而且转述时用了直接引语，这种用法激活了不在场景中的人物的声音，也是为了评价。

5(12) "It's no go," said Mr Henchy, shaking his head. "I asked the little shoeboy, but he said:'O, now, Mr Henchy, when I see the work going on properly I won't forget you, you may be sure.'

He hasn't got those little pig's eyes for nothing. Blast his soul! Couldn't he pay up like a man instead of: 'O, now Mr Henchy, I must speak to Mr Fanning... I've spent a lot of money.' "

（Joyce, 1991: 82-83）

　　汉基先生在上面引文中两次提到 the little shoeboy（小鞋匠，即政客蒂尔尼）。作者通过汉基先生之口激活了对小鞋匠的评价。第一次提到说明小鞋匠对汉基先生的感激，但第二次提到的与第一次提到的截然不同，他的态度非常强硬，因为涉及了金钱问题。这种先后态度发生了明显的变化，说明政客自己的灵魂和政治意识已经扭曲了，他背叛了自己和互相背叛，表现了政治上的瘫痪和金钱交易。

　　第三，表达了多声性，反映了角色之间的权势关系。

　　"正如福柯所说，话语中的权势反映在有权利的一方控制没权力的一方的发话。其控制及限制可表达在发话的内容、参与者的社会关系及主题上。其控制及限制可以表达在发话的内容、参与者的社会关系及主题上"（冯洁茹，2007：33），这一点可以从人物角色所获得的发话机会看出。我们在语气部分对《姐妹们》中姑妈和伊丽莎的长篇对话进行了语气系统选择分析。在统计她们谈话中所使用的直接引语的数目时发现，姑妈和伊丽莎分别说了 51 句和 21 句。姑妈和伊丽莎在话语数量上悬殊极大，表明伊丽莎在会话中处于强势地位，拥有话语权，而姑妈处于从属地位。她们的谈话反映了人物角色之间的话语权势关系，是伊丽莎始终控制着话语权，她在向姑妈提供大量的信息，而姑妈在被动地接收伊丽莎提供的有关弗林神父的信息。

　　《两个浪子》中的对话部分主要发生在两个主要人物莱内汉和科

利之间。Christ Kennedy 对其中的概念功能、人际功能和语篇功能进行了分析。在他们的会话中,科利的发言远远超过了莱内汉的发言。科利说了 50 句,莱内汉说了 28 句（Carter，1982: 94）。从话语数量来看,这两个人物的权势关系是很明显的,科利处于强势地位,他不停地说话或回答,有时候甚至不回答莱内汉的问题。同时,他大部分时间谈论他自己,或者是谈论一个女人,或是他认识的或他那天晚上要约会的（他多次使用代词 I 或 she）。即使他不谈论自己,他谈论的某个人与他的行为直接相关。在某种程度上,他关心的完全是他自己,而不是他人。另外,他从来不叫莱内汉的名字。相反,莱内汉处于弱势地位,他不断地奉承科利,多次提问问题,多次用 you 作称呼语,很少使用代词 I,还多次叫到科利的名字。可见他处于顺从地位,他关注的不是他自己,而完全在科利那儿,主要目的是为了与科利建立和维持关系。

詹韵对《死者》中的对话片段,即发生在加布里埃尔、格莉塔、凯特姨妈和朱莉娅姨妈之间的话轮次数统计得出下表（詹韵，2004：59）：

表 5-1　加布里埃尔、格莉塔、凯特姨妈和朱莉娅姨妈话轮次数

Total	Aunt Kate	Gabriel	Gretta	Aunt Julia
16	6	4	3	3

凯特姨妈的说话机会最多,共有 6 次,加布里埃尔有 4 次。尽管格莉塔说话仅仅 3 次,但是她在会话中用的小句数目远远超过加布里埃尔的,仅次于凯特姨妈。具体地说,凯特姨妈主要说了 21 句,加布里埃尔 11 句,格莉塔 16 句,朱莉娅姨妈 3 句。另外,加布里埃尔仅仅在他被涉及时才说话。会话主要是格莉塔发起的。因此,加布里埃尔不是会话的主要人物,像朱莉娅姨妈,他是无希望取胜者,他的被动很明显地可以从会话交流中的小句数目可以看出。

在《都柏林人》中,除了上面提到的《姐妹们》和《死者》中的直接引语以外,这样的例子还有许多,如《一朵浮云》中小钱德勒与加

拉赫对话中的直接引语等等，这里不再一一列举。在这种人物背景下，读者会对人物的话语方式或要表达的思想有一种期待。如果人物话语表达与读者期待的不同，读者就会质疑作者转述话语的真实程度，思考作者是否有意扭曲信息，还是出于什么目的。这种情况表达了在角色—作者—读者的话语传递关系中，角色—作者之间的关系并非平等，从而影响了作者—读者之间的协商，产生了多声性，反映了角色之间的话语权势关系。

5.2.1.2　叙述语言中的直接引语

在《都柏林人》中，《偶遇》《阿拉比》《伊芙琳》《土》等主要是以叙述语言为主发展故事情节的，《姐妹们》《两个浪子》《一朵浮云》《死者》等是以叙述语言和人物对话形式发展的。下面我们将以这些故事中叙述语言中的一些直接引语为例，分析直接引语的人际意义。

第一，向读者展现人物性格特征，表达作者对人物的评价。

作者可以通过直接引语刻画人物，向读者展示人物的性格特征。在《两个浪子》中的结尾部分，莱内汉连续对科利发出四句直接引语：

5(13) "Hello, Corley!"

"Hello, Corley!"

"Well?" he said. "Did it come off?"

"Can't you tell us?" he said. "Did you try her?"

(Joyce, 1991: 37)

虽然莱内汉迫切想知道科利是否弄到一枚金币，但是对于莱内汉的话，科利仿佛没有听到，没有给出言语回答。这里作者通过直接引语不仅表达了莱内汉的性格特征，他为了维持与科利的关系，对科利是奉承、低三下四的；而科利是傲慢的，他目中无人。直接引语使人物刻画更深刻，人物形象更生动，同时也使读者对这两个主要人物有了更好的了解。作者利用直接引语表达了对人物的评价，有时是借人物之口，有时是直接通过人物的话语对人物自身进行评价。例如在《土》中，作者借人物之口表达了对玛丽亚的评价。下面引文中的直接引语分别来自

《土》中的女总管、乔和孩子们：

5(14) One day the matron had said to her:

"Maria, you are a veritable peace-maker!"

5(15) Joe uede often to say:

"Mamma is mamma, but Maria is my proper mother."

5(16) Everybody said:"O, here's Maria."

5(17) Maria gave the bag of cakes to the eldest boy, …..and made all the children say:

"Thanks, Maria."

(Joyce, 1991: 64-67)

作者通过女总管、乔和孩子们的直接引语，突现了玛丽亚优秀的性格特征。她是非常善良的，无论在家还是在工作上都是受欢迎的。作者通过人物之口，表达了自己对玛丽亚的评价，使评价显得很客观。显然，这里作者对玛丽亚用的是讽刺的口吻，她对自己相当满意，自我感觉良好，但是她对一些事情并没有真正清醒的认识。从上下文我们可以看出，比如别人说的玩笑话，讽刺的语气，对她来说都是十分严肃认真的。

在《死者》中，加布里埃尔的长篇演讲是用直接引语呈现的。他使用的首语重复修辞、问题矫揉造作、冗词赘句，说明他本人就是一个"思想烦乱"的"怀疑论者"。通过考察，读者一定会发现，作者用直接引语的形式把他的演讲一字不漏地完全展示出来，字里行间隐藏了他对艾弗丝小姐这新一代人的蓄意挖苦和中伤。他滔滔不绝、口若悬河，充分展示了他的学识与才华。然而就在他陶醉于夸夸其谈时，忘记了他自己也属于"新的一代"中的一员，具有讽刺意味。批评家 C·皮克认为，陈词滥调暴露了加布里埃尔演讲的虚伪性。另外，他华而不实的演讲与后来他夫人向他讲述她的哀婉而浪漫的故事时的简朴形成了鲜明的对比，使他进行自我反省和评价。

第二，拉近读者和人物之间的距离，表达读者对人物的同情。

直接引语能真实地表达说话人的感情，给读者直接感和亲切感，强化了读者对人物的同情感。在《阿拉比》中,小男孩与曼根姐姐的第一次亲密邂逅之后有四句直接引语,其中三句是他和曼根姐姐在一起的时候说的:

5(18) I pressed the palms of my hands together until they trembled, murmuring:"O love! O love!" many times.

"And why can't you?"I asked.

"It's well for you."she said.

"If I go,"I said, "I will bring you something."

(Joyce, 1991: 16-17)

作者毫不保留地表现了小男孩对曼根姐姐的爱慕,拉近了人物和读者之间的距离,使读者对小男孩充满同情。同样在《伊芙琳》中,我们也可以看到直接引语的这种用法:

5(19) A bell clanged upon her heart. She felt him seize her hand: "Come!"

"Come!"

"Eveline! Evvy!"

（Joyce, 1991: 23）

上文中水手弗兰克的直接引语表达了他对伊芙琳的感情及强烈的渴望。面对弗兰克的呼喊,她却是被动的。不能跟他逃走的现状,拒绝了弗兰克可能给她带来的未来和新生活的召唤,否定了她以前的选择,她的精神瘫痪使读者对她充满了同情。在《偶遇》中,利奥·迪伦在上课时看《半便士奇观》时被勃特勒神父发现,遭到了巴特勒神父的训斥,如5（20）所示:

5(20) One day when Father Butler was hearing the four pages of Roman History, clumsy Leo Dillon was discovered with a copy of The Halfpenny Marvel.

"This page or this page? This page? Now, Dillon, up. "Hardly had the day"... Go on! What day? "Hardly had the day dawned"... Have you studied it? What have you there in your pocket?"

Everyone's heart palpitated as Leo Dillon handed up the paper and everyone assumed an innocent face. Father Butler turned over the pages, frowning.

"What is this rubbish?"he said."The Apache Chief! Is this what you read instead of studying your Roman History? Let me not find any more of this wretched stuff in this college. The man who wrote it, I suppose, was some wretched fellow who writes these things for a drink. I'm surprised at boys like you, educated, reading such stuff! I could understand it if you were... National School boys. Now, Dillon, I advise you strongly, get at your work or..."

(Joyce, 1991: 8-9)

通过神父对孩子的长篇训斥,我们可以看到学校对孩子们的约束力,学校成了他们生活的一个主要压力,所以他们迫切想从现实中逃脱,以至于发生后来逃课一天的故事。这里的直接引语不仅突出了宗教势力对孩子们的影响,而且让读者体会到小男孩的处境,拉近了读者与人物之间的距离,使读者对小男孩充满了同情。

第四,激活不在场景中的声音——为了评价。

与人物对话中的直接引语一样,叙述语言中的直接引语也能激活不在场景中的人物的声音,突出评价。在《伊芙琳》中,当伊芙琳在回忆过去时,想到那位不知名的神父,还有挂在她家墙上发黄的照片时,叙述者用了她父亲的一句直接引语:

5(21) Whenever he showed the photograph to a visitor her father used to pass it with a casual word:

"He is in Melbourne now."

(Joyce, 1991: 20-21)

另外，还有她父亲的其他两句直接引语。一句是表达他禁止伊芙琳与水手交往，另一句是在她母亲生病的最后一个夜晚听到街道远处有一架街头风琴的声音时说的，见例 5(22) 和 5(23)：

5(22) Of course, her father had found out the affair and had forbidden her to have anything to say to him.

"I know these sailor chaps." he said.

5(23) She remembered her father strutting back into the sick-room saying:

"Damned Italians! coming over here!"

（Joyce, 1991: 22）

在伊芙琳的回忆中，读者除了听到她父亲的声音以外，还有她母亲的声音：

5(24) She trembled as she heard again her mother's voice saying constantly with foolish insistence:

"Derevaun Seraun! Derevaun Seraun!"

（Joyce, 1991: 23）

此外，她同事的声音也是以直接引语的形式出现：

5(25) Miss Gavan would be glad. She had always had an edge on her, especially whenever there were people listening.

"Miss Hill, don't you see these ladies are waiting?"

"Look lively, Miss Hill, please."

（Joyce, 1991: 21）

以上引文是伊芙琳在回忆他父亲提到神父、水手等时用了直接引语，她母亲反复念叨的声音，还有她同事的话语也用了直接引语的形式，所有这些都反映了神权、父权和家庭责任感。她父亲十分凶悍，女总管对她百般刁难,使她的生活沉闷、单调得令人室息,暗示出她在家庭生活、工作环境中的压抑,迫使她离开现状,促使她跟情人逃离,过一种幸福的生活。同时,她跟情人的逃离意味着她要背弃家庭,远离祖国,使她处于两难境地。她在面临两难选择时深深的无奈和内心激烈的冲突,也道出了她人生所处的左右为难、进退不得的困苦境地。然而,在小说的最后,伊芙琳动摇、害怕了,她发现自己没有勇气逃离现状,去跟情人开创新的生活。心灵的瘫痪导致她最后完全成了一个麻痹的人,她的精神瘫痪也表达了小说的瘫痪主题。

总之,在《都柏林人》中,作者运用直接引语就是尽量让位于小说人物,由人物直接展示自己的所思所言,也是叙述者为了追求纯客观叙述而采取的一种评价手段——借言,意味着叙述者的客观取向。叙述者采用直接引语来传递信息,语言的评价资源就是直接引语,从而减少或避免叙述者介入,让人几乎感觉不到叙述者的存在,使叙述者与人物保持较远的距离,其态度也显得十分客观。同时,作者运用直接引语帮助传达小说主题,表明主观倾向,揭示作者与读者及引语的原发出者之间的关系。通过蕴涵作者的价值判断实现语篇的人际功能,蕴含作者的说话意图,完成了"行事行为",有利于保持小说话语的客观性,增强说服力。

5.2.2　自由直接引语

乔伊斯在《都柏林人》中对意识流手法的运用虽不及在《尤利西斯》中那样炉火纯青,但也已初现端倪。在这部小说集中,乔伊斯运用内心独白、自由联想、幻觉和梦境等,来展示人物头脑中纷乱如麻的意识、感觉、印象、回忆,以及那些稍纵即逝、难以名状的直觉、灵感和顿悟。在《都柏林人》中,大量的内心独白多用来描述人物的自我剖析、感情波动、未来幻想、往事回忆等等(金光兰,1996:39)。而自由直接引语是内心独白的一种表达形式,是叙述干预最轻、叙事距离最近的表达形式。自由直接引语表达的人物思想,比直接引语表达更流畅、更逼真,缩短了读者与人物之间的距离。在自由直接引语的表达中,作者完全从话语中退了出来,完全让人物说话,使读者相信他脱离了对人物话语内容的干预。换言之,在推动情节发展的人物话语中,作者独立于人物之外,退居为"观察者",使读者感到所有的话语都是人物自己口中说出来的真实话语,使话语表达更客观、更可信,更易于作者形成"同盟"关系。这样作者给读者一个暗示:读者现在所接受的信息完全来自人物角色,见图 5-5:

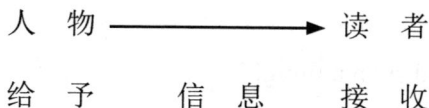

人　物　————————→　读　者

给　予　　信　息　　接　收

图 5-5　人物与读者之间的关系

另外,自由直接引语的主要语义特征之一是表现更直接,它实现了小说人物的充分表演,一切事物通过小说人物自己的语言,表达出他们自己的思想和主观世界(黄纪针,1999:50)。对此,英国语言学家 Leech & Short 在 Style in Fiction 一书中,用图表表达了小说中人物话语的五种表现方式在功能上的差异:

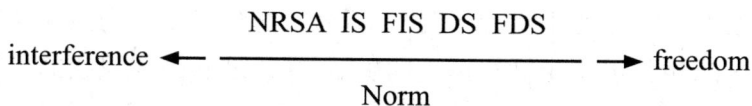

NRSA IS FIS DS FDS

interference ←—————————————→ freedom

Norm

图 5-6　小说中人物话语的五种表现方式 (Leech & Short, 1981 : 344)

由此可见,直接引语是常规表现方式,而自由直接引语使小说人物自由度最大,作者似乎完全退出了舞台,实现了小说人物与读者的直接交流。作者采用自由直接引语的话语表达形式是想把信息源完全投射到人物本身,虽然不含引述句,但是读者很容易判断话语信息是作者借人物之口说出传递到读者的,因而属于"借言"。借言减轻了作者对信息所承担的责任,使作者向读者传递的信息更接近于从人物到作者发出的信息,其人际意义更明显。

第一,使读者卷入,实现小说人物与读者交流的直接性。

作者利用自由直接引语可以促使读者卷入,拉近读者与人物之间的距离,实现读者与人物之间的直接交流。在《阿拉比》中,小男孩在阿拉比市场听到一个女士跟两位青年男子打情骂俏,在心中引起了强烈反响。这里,叙述者用自由直接引语呈现人物话语:

5(26) I remarked their English accents and listened vaguely to their conversation.

"O, I never said such a thing!"

"O, but you did!"

"O, but I didn't!"

"Didn't she say that?"

"Yes. I heard her."

"O, there's a... fib!"

(Joyce, 1991: 19)

读到这里,读者会感觉自己在扮演小说中主人公的角色,与主人公小男孩一起听这段庸俗的对话。其实这段对话只是男女之间调情的玩笑而已,却在孩子心中引起了强烈的震撼,导致了少年幻想的破灭。即便是少年,也只能安于循规蹈矩的生活,缺乏追求改变现状的勇气。自由直接引语的运用,使读者深刻体会到小男孩的内心感受,拉近了读者与人物之间的距离,增加了读者对人物的同情。

第二,反映人物之间的权势关系,即强权对弱势。

上文已经提及话语中的权势反映在发话的内容、参与者的社会关系及主题上,这一点可以从人物角色所获得的发话机会看出。"自由直接引语形式的使用一方面是作者向读者显示话语或思想完全出自人物之口;另一方面是作者选择与人物角色保持相等的权势关系(冯洁茹,2007: 33)。"在《一朵浮云》中,小钱德勒意气风发地赶往酒吧与从伦敦回来的加拉赫见面。加拉赫八年前还是个穷光蛋,各方面都不如他。然而,如今的加拉赫却是伦敦报界的红人。整篇小说主要部分是描写两个人在酒吧的会面与长谈,谈话本身就是一面镜子,反映各自的精神面貌。他们的对话是以加拉赫的一段自由直接引语开始的：

5(27) "Hallo, Tommy, old hero, here you are! What is it to be? What will you have? I'm taking whisky: better stuff than we get across the water. Soda? Lithia? No mineral? I'm the same. Spoils the flavour... Here, garçon, bring us two halves of malt whisky, like a good fellow... Well, and how have you been pulling along since I saw you last? Dear God, how old we're getting! Do you see any signs of ageing in me - eh, what? A little grey and thin on the top - what?"

......Little Chandler shook his head as a denial.

(Joyce, 1991: 47)

从上面引文可见，加拉赫的长篇自由直接引语的对象不仅有小钱德勒，还有酒吧伙计。他是健谈的，态度是强势的。他问了一系列问题，而不需要对方回答。对于加拉赫的长篇话语，小钱德勒没有说一句话，只是摇摇头以示否定。这种言语模式从自由直接引语到叙述语言的转换使我们突然转到叙述者的视角，暗示小钱德勒心理的突然变化。因此，我们可以看出他们的对话从一开始就是加拉赫拥有话语权势，小钱德勒处于弱势地位，为后面他在会话中处于从属地位、语言受挫等埋下了伏笔。

第三，反映说话人的内心感受，给读者留下无限想象空间。

作者刻意通过自由直接引语反映说话人的内心感受，给读者留下无限的想象和思考空间。这里我们主要以《姐妹们》和《伊芙琳》中的自由直接引语为例。《姐妹们》中的小男孩幻觉弗林神父在棺材中微笑时，叙述者用了一句自由直接引语：

5(28) The fancy came to me that the old priest was smiling as he lay there in his coffin.

But no.

(Joyce, 1991: 4)

这句自由直接引语表达了小男孩的内心感受,他不再对弗林神父的死亡怀疑。这不仅使读者充满了想象,而且对小男孩充满了同情。即便小男孩已经看到弗林神父躺在棺材中,还以为他在微笑。这说明弗林神父虽然死了,但是对小男孩已经产生了深刻的影响。另外,《姐妹们》是以伊丽莎的自由直接引语结尾的:

5(29)"Wide-awake and laughing-like to himself... So then, of course, when they saw that, that made them think that there was something gone wrong with him..."

(Joyce, 1991: 7)

这里,叙述者没加任何评论,直接以伊丽莎的自由直接引语结束故事。这种开放式的结尾给读者留下无限想象的空间和思考余地,完成了"取效行为"。在《伊芙琳》中,伊芙琳在回忆过去时,作者用了很丰富的话语形式,有助于小说主题的形成。当她回忆过去时,叙述者是这样描述的:

5(30)That was a long time ago; and besides, her mother was alive… Everything changes. *Now she was going to go away like the others, to leave her home.*

(Joyce, 1991: 20)

引文 5(30) 中斜体部分采用的是现在时,是一个自由直接引语,因为现在时的使用和引号省略。在伊芙琳刚刚回忆完过去,突然冒出 Everything changes 这样一句话。虽然这句话只有两个词,说明伊芙琳禁不住叹息着,她在感叹自己的生活将要发生变化,但是这些变化发生得太快,强调了她对现实生活的不满和对未来的期待,暗示了她即将做出的决定。这种描述给读者错觉,认为她最终会逃离现状,奔向幸福生活。

5(31) Home! She looked round the room, reviewing all its familiar objects…

(Joyce, 1991: 20)

5(31) 表现了伊芙琳对家的留恋,凸显了她犹豫的心情和纷乱的思绪,为她最后不能跟情人逃离埋下了伏笔。但是在下面一句自由直接引语中,我们可以发现伊芙琳不情愿拒绝弗兰克,内心极度矛盾:

5(32) No! No! No! It was impossible. Her hands clutched the iron in frenzy. Amid the seas she sent a cry of anguish.

(Joyce, 1991: 23)

作者通过自由直接引语表达她的内心抉择。在关键时刻,伊芙琳却动摇了,她失去了逃离的勇气,决定留下来。她要留下来,等待她的将是什么样的前景? 重蹈她母亲的悲惨命运? 如果真的与弗兰克私奔,会是什么样的情形? 这里自由直接引语给读者留下了无限的思考空间。

第四,蕴涵作者的观点,起到反讽作用。

有时候,作者借助自由直接引语表达反讽效果,讽刺丑恶的社会现象,批判人物狭隘的个人观点,揭露主题,反映对现实的批判。如在《死者》中:

5(33) Very good: that was one for Miss Ivors. What did he care that his aunts were only two ignorant old women?

(Joyce, 1991: 131)

这是加布里埃尔在与艾弗丝小姐交谈受挫后,当他想到自己要在演讲中提到新一代缺乏美德时所用的一句自由直接引语。这里的新一代是指艾弗丝小姐这一代,字里行间隐藏着对艾弗丝小姐这新一代的蓄意挖苦和中伤。然而,他没有想到自己与艾弗丝小姐是大学同学,后来同做教师。显然,他们是同一代人。所以,这里的自由直接引语起到了反讽效果。再如在该小说中晚会结束时有一段自由直接引语:

5(34)"Well, good night, Aunt Kate, and thanks for the pleasant evening."

"Good night, Gabriel. Good night, Gretta!"

"Good night, Aunt Kate, and thanks ever so much. Good night, Aunt Julia."

"O, good night, Gretta, I didn't see you."

"Good night, Mr D'Arcy. Good night, Miss O'Callaghan."

"Good night, Miss Morkan."

"Good night, again."

"Good night, all. Safe home."

"Good night. Good night."

（Joyce, 1991: 144-145）

在这段自由直接引语中,我们没有必要判断这些话语出自谁口,但是结论可以逐渐在读者脑海形成。在日常生活中,寒暄交际表达一种社会凝聚。但是因为故事是作者和读者之间的对话,作为读者,我们必须注意到人物之间重复使用的 Good night 暗示了作者对单调乏味语体的厌恶,突出了整个都柏林那种死气沉沉、麻木不仁、无所事事、碌碌无为的瘫痪状态,是该小说的主题所在,同时也是《都柏林人》的共同主题。

有时,自由直接引语含有叙述者和聚焦人物的双重声音,蕴含讥讽,产生话语的多声性,如《死者》中：

5(35) She turned away from the mirror slowly and walked along the shaft of light towards him. Her face looked so serious and weary that the words would not pass Gabriel's lips. No, it was not the moment yet.

(Joyce, 1991: 147)

这句自由直接引语包含了双重声音——人物加布里埃尔的声音和叙述者的声音。不过作者的作用只是一种附和的声音,并不等于作者在代表人物说话,作者是借人物之口表达自己的看法。虽然作者同人物的观点相同,但是语言还必须是人物自己的语言。

因此,自由直接引语这种话语形式反映了作者与读者之间给予信息——接收信息的资源,形式上受作者干预越小或作者对信息所负责任越小,从作者向读者传递的信息同从人物向作者发出的信息就越接近。自由直接引语作为乔伊斯在《都柏林人》中使用的一种话语表达形式,表达其潜意识的心理活动,与叙述话语交叉出现,表现力很强,能使读者和人物连在一起,使读者更好地了解人物性格。同时,它的运用"有利于展示人物瞬息万变的内心世界,充分表现人物意识的流动过程,直接将人物的思想记录下来,并且保持了文学语言的流畅和美感"(贾梦姗,2007:29)。对它的选择表达了作者试图在读者心中建立起一种信任关系,使读者相信其提供的话语和思想的真实性,并且来影响读者的态度。自由直接引语可以使读者毫无准备地接触到人物内心,在读者和人物之间建立起另一层直接的人际关系,使人物和读者连在一起,提高了作者和读者深入探索人物内心世界的自由度,使读者卷入到作品所描绘的事件中去,体会人物的内心感受。可见,自由直接引语不但丰富了人物形象,而且缩短了读者与人物之间的距离,使小说人物特点能够更直接、形象地出现在读者面前,真实地表现人物复杂的思想和瞬间的感受,加深了读者对人物的印象,还能给读者留有无限的想象和思考空间,这种效果是其他话语表达方式所无法比拟的。

5.2.3　间接引语

间接引语即转述引文大意,自行组织话语表达引文内容,省略引号。间接引语使叙述语的作用贯彻始终,原来的人称和语气发生了变化。间接引语是借言的另一种形式,叙述者来转述人物话语或内心表白。在书面语中,间接引语与直接引语形成鲜明对比,有助于刻画人物性格,由使叙述者有机会对人物的话语进行总结,加快叙述速度,推动故事情节发展。与直接引语相比,间接引语不是让人物直接说话或自我内心表白,而是叙述者来转述。因此,叙述者的介入也不明显。间接引语在《都柏林人》中所体现的人际意义主要表现在以下几个方面:

第一，展现人物的内心，实现读者与人物之间的交流。

在《阿拉比》中，叙述者用间接引语表明人物内心活动，实现读者与人物之间的思想交流：

5(36) I did not know whether I would ever speak to her or not or, if I spoke to her, how I could tell her of my confused adoration.

（Joyce, 1991: 16）

上面引文中，叙述者用间接引语向我们忏悔他对曼根姐姐莫名的眷恋。句中 confused 表达了叙述者自己的心情，对理解全文起到关键作用。再如：

5(37) It would be a splendid bazaar; she said she would love to go. … She could not go, she said, because there would be a retreat that week in her convent.

（Joyce, 1991: 17）

这是表达曼根姐姐忧郁的两个间接引语，句中用了情态动词 could 和 would，表明在小男孩眼中，曼根姐姐是很害羞的。《土》中，表达玛丽亚心理活动的间接引语如：

5(38) She used to have such a bad opinion of Protestants, but now she thought they were very nice people, a little quiet and serious, but still very nice people to live with.

（Joyce, 1991: 65）

上述引文是间接引语。这些话表明叙述者主动进入人物的内心世界，用概括的话讲出她内心的想法。我们可以看出玛丽亚毕竟不是个完人，她也有偏见。《死者》中，我们也可以发现类似的展现人物内心的间接引语：

5(39) Gabriel asked himself was he the cause of her abrupt departure.

（Joyce, 1991: 133）

这种间接引语有助于叙述者展现人物内心，使叙述流不受任何阻碍，加快语言节奏，让读者与人物进行思想交流。

5(40) The indelicate clacking of the men's heels and the shuffling of their soles reminded him that their grade of culture differed from his. He would only make himself ridiculous by quoting poetry to them which they could not understand. They would think that he was airing his superior education.

(Joyce, 1991: 121-122)

上述引文中的动词 reminded 可以看作思想再现的标志。这里虽然没有明确的标记，但是可以看作间接引语。借助间接引语，叙述者才有机会总结人物话语，加速故事情节的进展。

第二，蕴涵作者的观点，表达反讽效果。

作者可以借助间接引语介入话语，蕴涵自己的观点，起到反讽作用。在《两个浪子》中，莱内汉吃完晚餐后遇到了两个朋友：

5(41) His friends asked him had he seen Corley and what was the latest.

（Joyce, 1991: 35）

这是一个有引述句的间接引语。这里，叙述者重新讲述了对朋友的询问，表达了叙述者对话语的介入，暗示了某种讽刺性。间接引语可以间接表达作者对人物的评价，如：

5(42) The kitchen was spick and span: the cook said you could see yourself in the big copper boilers. ... These barmbracks seemed uncut; but if you went closer you would see that they had been cut into long thick even slices and were ready to be handed round at tea. Maria had cut them herself.

(Joyce, 1991: 64)

在上述引文中，除了第一句话以外，其他都是间接引语，这里的动词都是过去时，引号被省略。引述句是 the cook said，这些话都是出自厨师之口。然而，作者通过厨师之口试图委婉地告诉我们玛利亚的善良，暗示了自己对玛丽亚的评价态度，人称代词 you 表达了一种亲近感，拉近读者和主人公之间的距离，激起读者对玛利亚的同情，同时使叙述语言显得更加正式、客观，作者不承担任何责任。再如《土》中：

5(43) Maria thought she would put in a good word for Alphy. But Joe cried that God might strike him stone dead if ever he spoke a word to his brother again and Maria said she was sorry she had mentioned the matter.

(Joyce, 1991: 67)

这些话都是间接引语。读者很容易从这些话中看出兄弟俩已经无法和好，但是间接引语使我们看到了他们和好的希望，作者正是借间接引语表达了他们和好的可能性。如果换作直接引语，就没有这种可能性。这里，玛丽亚提及阿尔弗，暴露了玛丽亚和乔的弱点：玛丽亚的弱点是为一件小事伤心，而乔是不能原谅自己的兄弟。这种间接引语蕴涵作者对人物的评价。再如在《死者》中：

5(44) A look of perplexity appeared on Gabriel's face…He did not know how to meet her charge. He wanted to say that literature was above politics. But they were friends of many years' standing and their careers had been parallel, first at the University and then as teachers: he could not risk a grandiose phrase with her. He continued blinking his eyes…

(Joyce, 1991: 128)

上述引文虽然没有明显的标志,但是可以看作间接引语,是人物思想的再现。这里,叙述者从一个侧面告诉我们加布里埃尔假装不知道艾弗丝小姐在说什么,好像出于对她的关照。在叙述者眼里,加布里埃尔是一个正直、有耐力、有品格的人。与艾弗丝小姐相比,他既友好又有风度。

第三,推卸责任,增加说服力。

作者可以通过间接引语让人物自己讲解,增加对命题的说服力,使读者容易接受,同时起到推卸责任的作用。在《偶遇》中,孩子们渴望冒险而逃学一天。然而,他们却偶遇一位老神父。作者在描写老神父的话语时用了大量的间接引语,尤其是用间接引语表达他谈论到他那个年代时的女孩和严惩男孩子的话题。如:

5(45) He began to speak to us about girls, saying what nice soft hair they had and how soft their hands were and how all girls were not so good as they seemed to be if one only knew. There was nothing he liked, he said, so much as looking at a nice young girl, at her nice white hands and her beautiful soft hair.

（Joyce, 1991: 12-13）

5(46) He said that if ever he found a boy talking to girls or having a girl for a sweetheart he would whip him and whip him; and that would teach him not to be talking to girls. And if a boy had a girl for a sweetheart and told lies about it, then he would give him such a whipping as no boy ever got in this world. He said that there was nothing in this world he would like so well as that.

(Joyce, 1991: 14)

从上面引文可以看出,作者用间接引语进一步揭示了宗教本质:一方面表达了那个老神父对女孩的手和头发的盲目崇拜诱使人们"作恶";另一方面对粗野的男孩抽鞭子暗中准备给予打击。这些间接引语使主人公小男孩由开始对老神父的好奇、不解到后来的惊愕、恐慌。虽然小男孩不能认识到他对性的兴奋,但是他意识到他内心的矛盾。但是他反复说到鞭打男孩,暗示出宗教人士的变态心理,表面上看起来是光明正大,背地里男盗女娼。这样,作者通过间接引语使自己的命题更具有说服性,再现小说的瘫痪主题。在《土》中,叙述者利用间接引语形式表明玛丽亚经济上的独立:

5(47) How much better it was to be independent and to have your own money in your pocket.

（Joyce, 1991: 66）

上述引文是以间接引语形式呈现。虽然叙述者在叙述,但是人称代词 your 好像他在对我们说话一样。这种表达无疑拉近了读者与人物之间的距离。在《纪》的结尾部分,汉基先生在海因斯先生演讲之后用直接引语打破了房间的沉默:

5(48)"What do you think of that, Crofton?"cried Mr Henchy. "Isn't that fine? What?"

Mr Crofton said that it was a very fine piece of writing.

(Joyce, 1991: 90)

对于汉基先生的提问,奥康纳先生却以间接引语的方式回答,把读者带入了现实,作为一个旁观者反思故事。这种从客观到主观的转变,使读者能更好地理解人物和故事,留下思考余地。乔伊斯正是通过这个间接引语引起了显现。

总之,间接引语是通过叙述者这一中介将人物的意识活动转述给读者,表现人物的言语行为,这就隐含了叙述者的介入,但是叙述者的介入不明显。显然,间接引语不如直接引语的客观性,因为叙述者在转述时往往融入了个人的理解,人物原话经过了变化,而且在转述过程中人物、时间或地点都有可能发生变化。因此,作者通过间接引语这种表达,不仅可以增加对命题的说服力,使读者容易接受,而且起到推卸责任的作用。

5.2.4　自由间接引语

乔伊斯曾经表达过这样的观点："像造物主一样,艺术家隐匿于他的作品之内、之后或之外,无影无踪,超然物外(白玉,2005:39)。"在《都柏林人》中,作者隐退是叙述技巧之一。事实上,作者的声音是永远不会消失的,"叙述者不论如何隐蔽,或者自称如何中立、如何处在于所叙述的人物与事件、与所讲述的故事产生多大的距离,都会在叙事作品中以种种方式或隐或显地进行干预"(谭君强,2005:210)。

自由间接引语是《都柏林人》的一种话语表达形式,强调探索人物的精神世界,在表现人物思维方面发挥着重要作用。"自由间接引语的形式最能如实地记录人们的意识活动,表现出人物的理性、情感、本能、直觉、官感或梦幻等,用内心独白、自由联想、旁白等手法予以再现(王黎云,张文浩,1989:61)。"自由间接引语表现人物内心,容易拉近读者与人物之间的距离,增加读者对人物的理解。"很多评论家认为,自由间接引语是表达讥讽和诙谐效果的最有效的手段。同时,这一形式也引起并加强读者对人物的同情感。不仅如此,自由间接引语也能增加语意密度,使得人物和叙述者这两种声音混在一起(武术,2009:92)。"

第一,反映话语的多声性,增加命题的说服力。

自由间接引语省略了导入语,它是自由的,保持了意识活动中最初的语言形式;它又是间接的,因为在人称、时态方面和第三人称叙述者保持一致,而在时间和空间方面与人物保持一致。所以,它具有直接引语和间接引语的优点,把叙述者的声音与人物的声音结合在一起,具有人物和叙述者的双重声音,形成了话语的多声性。如在《伊芙琳》中:

5(49) She had consented to go away, to leave her home. Was that wise? She tried to weigh each side of the question...... both in the house and at business. What would they say of her in the Stores when they found out that she had run away with a fellow? Say she was a fool, perhaps; and her place would be filled up by advertisement.

（Joyce, 1991: 21）

这里，自由间接引语与自由直接引语一样是描写人物心理活动的主要手段，使读者直接了解人物的心理活动，体会到她在做出决定时的矛盾心情，感受到她的痛苦心理，缩短了人物与读者之间的距离。同时，读者可以听到两个不同的声音，一个来自伊芙琳，另一个来自叙述者本人。两种声音的结合，产生很强的反讽效果，增加了读者对人物的同情。这种反讽又在叙述者和人物、人物和读者之间建立一种张力。同时，这种对自己的质问会影响她最后的决定，动摇她最终跟情人离开的决心。在《两个浪子》中，我们也可以发现类似的自由间接引语：

5(50) Would he never get a good job? Would he never have a home of his own?

（Joyce, 1991: 35）

这两个句子省略了引号和引述句，是自由间接引语。问号的使用表明人物的主体意识，造成人物与读者之间的距离，表达莱内汉对未来的迷茫。自由间接引语的模糊性帮助作者顺利地从集体视点转移到对个人的描写，还具有双重声音：叙述者的声音和人物莱内汉的声音。这种双重声音导致了句意的模糊。再如《死者》中最后一部分主要是由自由间接引语组成：

5(51) Yes, the newspapers were right: snow was general all over Ireland. It was falling on every part of the dark central plain, on the treeless hills, falling softly upon the Bog of Allen and, farther westward, softly falling into the dark mutinous Shannon waves. It was falling, too, upon every part of the lonely churchyard on the hill where Michael Furey lay buried. It lay thickly drifted on the crooked crosses and headstones, on the spears of the little gate, on the barren thorns. His soul swooned slowly as he heard the snow falling faintly through the universe and faintly falling, like the descent of their last end, upon all the living and the dead.

（Joyce, 1991: 152）

这一段自由间接引语的使用使读者得以从加布里埃尔的视角对他的经历感同身受,产生共鸣,更好地了解人物的内心世界。加布里埃尔感到自己的爱情以及他、他的妻子以及他周围的人们都死了——他们都面临一场可怕的精神死亡。自由间接引语使人物的声音与叙述者的声音融合在一起,让人物的声音更加真实可信,增强了说服力。

第二,使作者卷入,表达人物思想,给读者留下悬念。

叙述者可以借自由间接引语进入人物内心世界,从叙述者的角度表现人物的思想活动,体会人物的内心感受,给读者留下悬念。这种技巧避免直接刻画,进行间接内心独白,比使用第一人称更好地展现人物的精神世界,给读者留下想象和评价余地。例如在《伊芙琳》中:

5(52) Then she would be married ——she, Eveline. People would treat her with respect then. She would not be treated as her mother had been. Even now, though she was over nineteen, she sometimes felt herself in danger of her father's violence……

（Joyce, 199: 21）

上述引文中,叙述者用了大量的自由间接引语讲述伊芙琳的思想,讲述她和情人弗兰克逃离后的未来,她的生活将发生重大变化。她被描述成一个徘徊在人生十字路口、渴望着和情人过上美好、幸福的生活的人。

5(53) She stood up in a sudden impulse of terror. Escape! She must escape! Frank would save her.

（Joyce, 1991: 23）

在上面这类自由间接引语中,省略的引述动词往往是 thought,而不是 said。它不是原封不动地记述人物的话语,而是叙述者进入人物内心世界后,受人物思想和感情的支配,从叙述者的角度表现人物的思想活动,反映叙述者的心情（思想斗争）,暗含对现实的不满,给读者错觉,认为她一定会逃离现状,过上一种幸福的生活。

5(54) Could she still draw back after all he had done for her?

(Joyce, 1991: 23)

这句自由间接引语采用的是叙述者为基准的人称 she,同时又省略了引述语 she thought,进一步表现了伊芙琳激烈的思想斗争,在即将跟情人离开的时刻,她仍然处于进退两难境地。自由间接引语表明了伊芙琳放弃一切逃离的努力,重新回到自己原来的生活,为读者留下了更大想象的空间和思考余地：她真的要退缩了,放弃原来的决定? 促使读者读下去,急于了解她最后的决定。在《两个浪子》中,莱内汉与科利分手之后,他在约定时间等待朋友科利,可是科利没有在约定时间内出现。这时,作者使用了自由间接引语：

5(55) His mind became active again ....*All at once the idea struck him that perhaps Corley had seen her home by another way, and given him the slip.... Would Corley do a thing like that?*

（Joyce, 1991: 36）

显然,引文中斜体部分写的是人物的心理活动,并不是人物真正所说的话。自由间接引语表现了莱内汉对朋友科利爽约的担心,因为他没有在约定时间出现。读者可以体会到莱内汉的焦急心情,会同他一起担心：科利拿到钱了吗,他会不会失约呢? 再如在《死者》中：

5(56) How cool it must be outside! How pleasant it would be to walk out alone, first along by the river and then through the park! The snow would be lying on the branches of the trees and forming a bright cap on the top of the Wellington Monument. How much more pleasant it would be there than at the supper-table!

（Joyce, 1991: 130）

　　通过上下文,我们知道这部分的自由间接引语是加布里埃尔在艾弗丝小姐那里受挫,加上与妻子产生不和,他气恼、窘迫、失落,使读者感觉到加布里埃尔在不愉快的氛围中感到窒息。这种窘迫使他想到外面呼吸新鲜空气,想到他会在屋外明亮的环境中感到舒适。这给读者留下悬念：加布里埃尔会到外面去吗?

　　第三,产生反讽效果,使读者卷入。

　　"任何引语形式本身都不可能产生讥讽的效果,它只能呈现人物话语中或语境中的讥讽成分,但自由间接引语能比其他形式更有效地表达这一成分（申丹,2007: 307）。"从读者的角度来说,自由间接引语中的过去时和第三人称拉开了读者和人物之间的距离,使读者感受到其中存在着一种矛盾性和张力,这恰恰是叙述者滑稽模仿的语气体现,形成强烈的反讽效果。如在《阿拉比》中：

5(57) What innumerable follies laid waste my waking and sleeping thoughts after that evening! I wished to annihilate the tedious intervening days.

(Joyce, 1991: 17)

　　这是小男孩终于有机会跟曼根姐姐说话后,女孩请求他去一次"阿拉比"。为了自己心爱的女孩,为了达成自己为女孩带回一件礼物的心愿,男孩充满了无限幻想。这里,作者通过细腻的内心独白,使读者仿佛进入少年的心灵,感受他内心的不安和对爱的憧憬,揭示小男孩对曼根姐姐熊熊燃烧的激情。叙述者的自我嘲笑和讽刺,激起读者对男孩的深切同情。而后来在等待去阿拉比的过程中,不守信用的姑父延长了等待过程,这个过程是焦虑、烦躁和不安的。姑父的耽搁可以看作是社会现实对少年幻想摧残的象征,没有经济实力的孩子成了牺牲品,他们

的愿望往往是无法实现的。再如在《两个浪子》的结尾部分,莱内汉终于再次看到了自己的朋友科利:

5(58) He started with delight and keeping close to his lamppost tried to read the result in their walk.

(Joyce, 1991: 36)

自由间接引语的运用再现了人物的思想,让读者感受到叙述者的讽刺口吻。在《死者》中,我们同样也可以发现这种表达人物内心活动的自由间接引语,如:

5(59) She turned away from the mirror slowly and walked along the shaft of light towards him. Her face looked so serious and weary that the words would not pass Gabriel's lips. No, it was not the moment yet.

(Joyce, 1991: 147)

这是加布里埃尔与妻子格莉塔在晚会结束后回到旅馆时,他期望并渴望着在这个特殊的夜晚对妻子敞开心扉。然而,当他注意到妻子脸上的倦容,他犹豫了。显然,上段中的最后一句采用了自由间接引语,省略了引述句和引号。引文中的双重声音——加布里埃尔和叙述者的声音,蕴含了讥讽,使我们感受到作为丈夫,加布里埃尔的内心矛盾和痛苦。下面的例子更使我们感觉到叙述者的嘲讽口吻:

5(60) *He was trembling now with annoyance. Why did she seem so abstracted? He did not know how he could begin. Was she annoyed, too, about something? If she would only turn to him or come to him of her own accord! To take her as she was would be brutal.* No, he must see some ardour in her eyes first. He longed to be master of her strange mood.

(Joyce, 1991: 148)

第五章 引语的人际意义

上述引文中,除了 No, he must see some ardour in her eyes first 可以看作自由直接引语以外,其他斜体部分都是自由间接引语。内心独白真实再现了加布里埃尔的思想感情。但是叙述者只描述了加布里埃尔的内心,使他妻子对他的反应感到很纳闷,从而揭示了两人之间的沟通和交流的困难。通过叙述者的描述,读者可以形成自己的观点和主张。同时叙述者似乎在嘲笑加布里埃尔男人身份的丧失,反过来,加布里埃尔好像也在嘲笑自己。后来,当他意识到妻子根本不爱他时,他感到寒冷、愤怒,与之前的自信、满怀激情形成鲜明对比,产生很强的张力。再如:

5(61) The air of the room chilled his shoulders. He stretched himself cautiously along under the sheets and lay down beside his wife. One by one, they were all becoming shades. Better pass boldly into that other world, in the full glory of some passion, than fade and wither dismally with age.

(Joyce, 1991: 152)

引文中的斜体部分是自由间接引语。加布里埃尔感觉到他的爱情、他、他妻子以及周围的人全死了。这里,自由间接引语与叙述者的声音融合在一起,使读者感觉到人物的声音更加真实可信,增加了说服力。这种表达不仅使读者更好地深入人物内心,感受到主人公的内心经历,而且也意识到他们都面临一场可怕的精神死亡,对人物处境产生同情。

第四,蕴涵作者的评判,增加命题的客观性。

有时,自由间接引语的强硬语气表达对人物的评价。一般情况下对人物的评价大部分都不说出来,而是藏在心里进行,形成叙事隐蔽,即叙述者不公开发表自己的意见,而是把声音糅合到人物的声音中,表面上是叙述者在说话,实际上是人物在表达自己的观点;表面上是人物在说话,实际上人物的言行在暗中受到叙述者的规范。例如在《悲痛的往事》第 10、11 段中,作者运用了大量的自由间接引语。自由间接引语不需要引导词,但是人称和时态又与一般的间接引语一致。自由间接引语最能自然地如实记录人们的意识活动,表现人物的情感、直觉、本

能等,如:

5(62)……where he had felt himself a unique figure amidst a score of sober workmen in a garret lit by an inefficient oil-lamp. When the party had divided into three sections, each under its own leader and in its own garret, he had discontinued his attendances. The workmen's discussions, he said, were too timorous; the interest they took in the question of wages was inordinate. He felt that they were hard-featured realists and that they resented an exactitude which was the produce of a leisure not within their reach. No social revolution, he told her, would be likely to strike Dublin for some centuries.

(Joyce, 1991: 72)

这段中的 unique 显然是达菲先生的自我评价。叙述者在转述时保留了这个独特的词汇,其实叙述者与他的声音并不完全一致,叙述者与达菲先生的双重声音具有某种反讽效果。句中的第三人称和过去时具有疏远的效果,使读者以旁观者的眼光来体会叙述者的讥讽语气。达菲先生自认为自命不凡,具有远大的政治抱负,再如:

5(63) (She asked him why did he not write out his thoughts.) For what? he asked her, with careful scorn. To compete with phrasemongers, incapable of thinking consecutively for sixty seconds? To submit himself to the criticisms of an obtuse middle class which entrusted its morality to policemen and its fine arts to impresarios?

(Joyce, 1991: 72)

上面引文中的自由间接引语也是达菲先生的自我评价,他认为自己有远大的政治抱负,虽然壮志未酬,但是比起都柏林的平庸和自命不凡,他觉得自己是一个很不平凡的人物。再如在《死者》中:

5(64) Miss Ivors had praised the review. Was she sincere? Had she really any life of her own behind all her propagandism? There had never been any ill-feeling between them until that night.

（Joyce, 1991: 131）

这里自由间接引语用了两句问句,语气强硬,表明加布里埃尔对艾弗丝小姐生活的怀疑。这种叙事导致了叙事的客观性,与作者追求冷静、客观的创作原则密切相关。自由间接引语的运用为这一原则的实现奠定了语言基础。

总之,自由间接引语的基本特点是能保留人物话语的色彩,使读者直接进入人物内心世界,同时也意味着叙述者与人物的思想无关。自由间接引语不仅保留了人物的主体意识,还巧妙地表达出叙述者隐蔽评论。自由间接引语是《都柏林人》中表达人物思想的一种特殊的方法,可以说是人物内心的语言,是内心独白的一种表现形式。自由间接引语是用第三人称过去式代替第一人称直接引语表达内心思想和行为的写作手法。这种写作手法围绕人物的精神状态,进行间接内心独白,比使用第一人称能更好地展现人物的精神世界,为作品加入复调的音乐性,丰富了作品内涵,给读者留下无限想象和评价空间。自由间接引语的运用,使读者能直接进入人物的意识中去,使难以直接描述的非理性的内心意识活动充分表现出来。可见,通过自由间接引语表达的人物思想活动,具有独特的人际功能,如有效地表达讽刺效果,增强对人物的同情,反映话语的多声性,表达作者的评论,增加命题的说服力等等。这也是叙述者干预更多,叙述者声音更强的话语表达形式。

5.3　小结

这一章主要讨论了《都柏林人》中直接引语、自由直接引语、间接引语和自由间接引语的人际意义。通过分析发现,作者采用不同的话语形式是为了调节叙述者和作者、读者三者之间的叙事距离,体现人物、作者和读者之间不同的人际关系。具体地讲,作者运用直接引语就是尽量让位于小说人物,由人物直接展示自己的所思所言,从而减少或避免叙述者介入,让人几乎感觉不到叙述者的存在,使叙述者与人物保持较远的距离,其态度也显得十分客观。同时,作者运用直接引语帮助传达小说主题,揭示作者与读者及引语的原发出者之间的关系,通过蕴涵作者的价值判断实现语篇的人际功能。自由直接引语这种话语形式反映了作者与读者间给予信息——接收信息的资源,形式上受作者干预越小或作者对信息所负责任越小,从作者向读者传递的信息同从人物向作者发出的信息就越接近。对它的选择表达了作者试图在读者心中建立起一种信任关系,使读者毫无准备地接触到人物内心,在读者和人物之间建立起另一层直接的人际关系。间接引语是通过叙述者这一中介将人物的意识活动转述给读者,表现人物的言语行为,这就隐含了叙述者的介入,但是叙述者的介入不明显。自由间接引语的运用,使读者能直接进入人物的意识中去,使难以直接描述的非理性的内心意识活动充分表现出来。可见,通过自由间接引语表达的人物思想活动,具有独特的人际功能。

但是,我们对引语的分析限定在短篇小说集《都柏林人》的人际意义研究是远远不止的。对人物话语的人际意义研究,不能单独停留在每种引语的人际功能上,还应该从语境和各种表达形式的交互作用来考虑。

第六章 视角的人际意义

"叙事视角是故事叙述者的所见所闻与价值观的焦点。视角的目的就是要表明作者／叙述者的价值观或是对事件、人物的态度与评价。对叙事视角的选择，可表明作者／叙述者对叙事的介入程度及对人物和事件主观和客观的态度与评价（王雅丽，管淑红，2006：9）。"根据杨信彰（2004：11）的观点，语言中存在着许多评价性手段，并在各个层面上表现出来，如在音系层、词汇层、语法层和语篇层（在语篇层可表现在叙事视角和语义连贯上）。本章主要依据 Halliday 系统功能语法中人际意义理论和 Martin 评价理论的介入，结合视角理论，解读视角在《都柏林人》中所体现的人际意义。本章主要包括三部分内容。第一部分主要介绍视角理论（本章还涉及 Martin 评价理论的介入，鉴于在第五章中对此已作阐述，本章不再赘述）；第二部分为视角（第一人称视角、第三人称视角和视角转换）的人际意义；第三部分为本章小结。

6.1 视角

视角一词源于英文 point of view。视角（point of view）或叙事视角（perspective or narrative perspective），或热奈特提出的聚焦（focalization）是关于一个故事从哪个观察角度叙述的理论，是小说话语研究的核心问题之一，是叙事学家和文体学家共同关注的一个领域。他们认为视角是作家采用的一种技巧，是一个情况相对复杂的话语系统。叙事学家们关心叙事时采取的叙事角度，认为"视角和话语都是用以调节叙述者和作者、读者三者之间的叙事距离的一种手段"。文体学家们则更"关注句子语法、视角或语气变化给小说叙述带来的不同效果"（魏莅娟，2007：5-6）。正如叙事学家和文体学家对话语的理解差异一样，他们对视角的理解差异使我们也可以从叙事学和文体学两个角度，以系统功能语言学的人际意义为理论基础，以评价理论的介入为指导，结合视角理论，对《都柏林人》进行文本分析和解读，探讨视角的人际意义。Chatman（1978:151-152）和 P. Stevick（1967: 85）对视角的内涵进行了界定。Chatman（1978: 151-152）认为视角有三个普遍意义：（一）字面意义：也就是某人的眼光（感知能力）；（二）寓意（引申含义）：某人的世界观（意识形态、观念系统、世界观等）；（三）转义：某人的兴趣支点（说明他的一般兴趣、利益、实惠、良好状况的出发点等）。P. Stevick(1967: 85) 认为视角可以涵盖：（1）一部作品的思想指向（如基督教视角、马克思主义视角等）；（2）叙事作品的语气中作者的情感指向（如讽刺的视角等）；（3）一部虚构作品的叙述角度。Halliday 将他对语言功能的研究以一定的相关性准则与文学作品的文体研究结合起来，创立了功能文体学的基本理论。他（1981）在 Linguistic function and literary style 一文中对语言的三种元功能，即概念功能、人际功能和语篇功能作了区分。而他们中的（三）与（2）表达的内容相近，恰好与 Halliday 在 Linguistic function and literary style 中所提出的语言系统所具有的三种元功能或纯理功能中的人际功能对应。这里所说的人际功能表达说话者的态度、评价以及交际角色之间的关系等因素，是指"语言对讲话者的身份、地位、态度、动机等的表达"（张德禄，1998: 9）。Halliday 认为三种元功能相互关联，在特定的情境选择中构成语义层或意义潜势，而视角选择也是通过情境转换来建构自己，因此也具有意义潜势。可见，Halliday 的功能文体学理论为探讨叙事视角的文体功能奠定了基础。

对有些批评家来说，叙述的视角就是写小说的基本手法。也就是说，小说技巧的关键就是一个叙事的角度问题。福特斯在《小说面面观》中引用了勒伯克的话："在写小说的技巧方面，我认为整个复杂的方法问题的关键，就在于叙事的角度问题——这就是叙述者和故事之间的关系问题（福斯特，2002：205）。"这种说明肯定了叙事视角是小说艺术中的一个重要问题,但他并没有完全接受勒伯克认为作品中应该具备一个贯彻始终的叙事角度,他认为:"写作这玩意儿的规律并非如此。如果这样做对小说家并不碍事的话,他就尽管变换他的叙事角度……的确,这种扩大和缩小认识范围的权利(变换叙事角度就意味着扩大和缩小认识范围),这种使叙事产生间歇状态的权利,我认为恰恰是小说这一艺术形式的巨大长处之一(福斯特,2002:213)。"

因此,小说是叙述的艺术,视角的选择是叙述技巧的关键。"小说的叙述视角是作者叙述故事的方式和角度,并通过这种方式和角度向读者描绘人物、讲述事件、介绍背景、突出主题等。一部小说的成功与否跟作者选择何种叙述视角来叙述故事有着密切的关系,视角的选择在小说的构思和主题表现上起着极其重要的作用,也是小说魅力的关键所在(孙晓青,2003:74)。"叙事视角内容极其丰富,涉及作者与人物,作者与读者等之间的关系。根据叙述者与作品人物的关系,叙事视角可以分为第一人称叙述(the first-person narrative)和第三人称叙述(the third-person narrative)。第一人称的叙述或者是作品的主角,或者是讲述主角的故事,但一定是事件的参与者。第一人称的叙述者虽然拉近了作者和作品同读者之间的距离,却失去了无所不知的能力。第三人称的叙述者是一个隐藏的观察者,并不出现在作品中,因而可以知道全部事件或至少所选择知道的事件,同时也能洞悉作品人物的心理和思想。"根据叙述者对作品事件的了解程度,叙事视角又可分为全知的叙述者(omniscient narrator)、限知的叙述者(selective omniscient narrator)、客观叙述者(objective narrator)和天真的叙述者(innocent eye)。全知的叙述者洞察一切;限知的叙述者了解所有事实的一部分;客观叙述者只是记录而非讲述故事;天真的叙述者参与作品事件,可能是也可能不是主角人物,最突出的特征是其知道的甚至少于读者(梁西智,2005:98)。"

Renette(1980)在 Narrative Discourse 中提出了自己的三分法:零聚焦或无聚焦,即无固定时间的全知叙述,其特点是叙述者说出来的比任何一个人物知道的都多;内聚焦,其特点为叙述者仅说出某个人物知道的情况；外聚焦，其特点是叙述者所说的比人物所知的少。

申丹（2007: 201）认为："若要合理区分视角，首先必须分清叙述声音与叙述眼光（'叙述声音'即叙述者的声音；'叙事眼光'指充当叙事视角的眼光，它既可以是叙述者的眼光也可以是人物的眼光）。"根据申丹（2007: 218），我们需要区别四种不同类型的视角或聚集模式：（1）零视角或无限制型视角（即传统的全知叙述）；（2）内视角（包含热奈特提及的三个分类）；（3）第一人称外视角（即固定式内视角）；（4）第三人称外视角（同热奈特的"外聚焦"）。这一四分法的独特之处在于它区分了"第一人称"和"第三人称"外视角。

语言的人际功能是由语气和情态来体现的。"语气结构主要体现话语角色关系。各种具体的话语角色关系都可概括为两类：（1）给予；（2）求取。"这两个动作过程蕴涵着给予物与求取物的存在，"由此产生四种言语功能：提供、命令、陈述、提问"（张德禄，2006: 104）。"叙事视角提供了发话人 / 叙述人与受话人 / 受述人两种角色关系。他们之间的关系是由叙述人给予受述人作为叙述内容的信息，提供 / 陈述的言语功能。视角的人际功能强调的是叙述人与受述人之间的角色关系。作家在设计如何让这两个角色之间的互动产生意义的时候，就是在实现视角的人际功能。""从大的方面看，即使受述人是作品中并不出现的（隐含）读者，叙事作品的（隐含）作者也可以根据读者形成对作家评价标准的逐步识别与隐性认同（secret communion）的原则展示叙述信息；从小处讲，作品内部人物之间的信息传递过程更需要体现具体言语活动与交际活动的言语行为原则（speech act principle），如接受、拒绝、肯定、否定等原则。受述者可以表示肯定、否定、怀疑、反驳、坚持、遗憾等（王菊丽，2004: 61）。"

至于作品中的隐含作者或隐含读者，Leech & Short 借用了 W. Booth（1961）关于隐含作者与隐含读者的意义，将叙述作品情境中的话语参与者及文本信息的联系用图 6-1 表示：

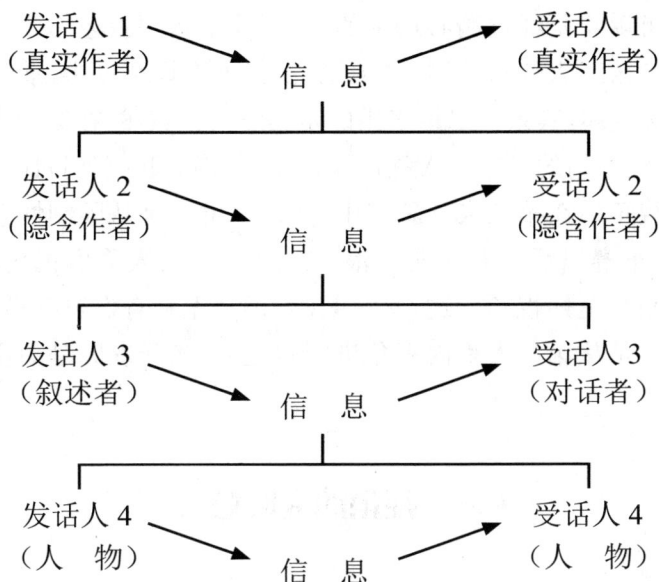

图6-1　话语参与者及文本信息的联系（Leech & Short, 1981：269）

　　Leech & Short 的话语结构图示表明叙事视角是一个情况相对复杂的话语系统。这一复杂性从另一个方面也说明了不同叙事视角带来了不同的叙事效果，具有很强的文体功能。叙事作品中的话语结构系统也说明叙述过程把叙述人—信息—受述人联系在一起，形成完整的叙事语篇。叙述者叙述他所在位置或他所聚焦对象这一信息"给予"过程，叙事视角不仅实现了信息发送者在传递信息内容，而且也以一定的口吻、语气将自己的态度以及人格特征、所属阶层、社会地位等属性表露出来，所有这些都体现着叙事视角的人际功能。

　　"《都柏林人》标志着乔伊斯决心告别传统、走上文学实验与革新道路的一个重要开端（李维屏，2000：87）"。他的改革从短篇小说开始，在创作技巧上体现了自然主义与象征主义相结合，特别是在小说的背景、结构、语体和技巧方面进行了大胆试验，是小说技巧的革新派。而叙事视角是小说叙述技巧的关键。乔伊斯在《都柏林人》中选择了最佳的叙述视角，视角成了他发展人物的手段之一，以一个全新的切入点使小说的内容和形式完美地统一起来。在《都柏林人》中，乔伊斯对视角的运用可以说是经过精心选择的,主要采用两种叙述方式——第一人称叙述和第三人称叙述。具体地说,在其十五篇小说中,前三篇采用了第一人称叙述,其余十二篇采用的是第三人称叙述。在第一人称叙述中,《姐妹们》用的是第一人称内视角,《偶遇》和《阿拉比》用的第一人称外视角;在第三人称叙述中,《伊芙琳》是从限制性全知视角叙述的,《车赛以后》和《两个浪子》是从第三人称内视角叙述的,《寄宿》是从全知视角叙述,《一朵浮云》《无独有偶》《土》和《悲痛的往事》是从第三人称内视角进行叙述的,《死者》是由全知叙述者来叙述的。

6.2　视角的人际意义

根据功能语法中的人际功能,在评价系统的框架下,语言使用者利用叙事视角的选择传递着话语信息所承担的责任。语言使用者可以根据交际目的的需要采用不同的表达方式表达自己的观点和态度。而视角"是通过话语结构所表达的隐含作者或小说中的其他人物的情感态度和价值判断,包括叙事者声音的介入等表现手法"(Leech & Short,1981:272)。《都柏林人》是由十五篇小说组成,整部小说集的创作围绕着人生的四个阶段:童年、青少年、成年和社会生活,体现了作者的巧妙设计和精心编排。叙事方式灵活多样,乔伊斯使用不同的叙述者,提供了不同的视角。第一个阶段即童年期是由《姐妹们》《偶遇》和《阿拉比》三篇小说组成。这三篇是全由一个不知名的孩子用第一人称陈述,构成一个三部曲,通过小孩的视角反映都柏林的道德瘫痪。其余十二篇是以第三人称叙述,通过成年人的视角描写都柏林令人窒息的生存环境和无处不在的瘫痪状态。乔伊斯在《都柏林人》中不但采用了不同的叙事视角,而且不断灵活地进行视角转换。在前三篇第一人称叙述中,视角转换主要表现在叙述者叙述自我和经验自我之间,而在后十二篇第三人称叙述中,视角转换主要表现在叙述者和主人公之间,即将主人公设定为聚焦人物。叙事视角直接影响到语言形式的选择,不同的叙事视角会产生不同的表达效果。因此,下文将分别考察第一人称视角、第三人称视角及视角转换在《都柏林人》中所体现的人际意义。通过分析不同视角可以体现叙事者与事件或人物之间的不同距离，以期揭示作者／叙述者对叙事的介入程度及对人物和事件主观和客观的态度与评价，加深对该小说集的深刻理解及欣赏。

6.2.1 第一人称视角

《都柏林人》头三篇采用的是第一人称叙事，小主人公们纯真朴素的叙述虽带有幼稚的孩子气，却给人以真实、贴近的感觉，但是故事的叙述者有所不同。具体地讲，《姐妹们》是从第一人称内视角进行叙述，故事主要是关于叙述者"我"的一次难忘经历。虽然"我"亲身经历了一系列事件，但讲述的却是弗林神父去世的故事。换言之，"我"是以一个不在场的见证人的身份讲故事。本故事采用了第一人称见证人叙述中观察位置处于故事边缘的"我"的眼光；而《偶遇》和《阿拉比》运用的是第一人称外视角。另外，故事中的小男孩角色也有所不同。在《姐妹们》中，他是第一见证人（Genette，1980：186），正在经历整个事件；而在《偶遇》和《阿拉比》中，他成了第一人称主人公（Genette，1980：187），故事中的叙述者"我"，采用了第一人称见证人叙述中观察位置处于故事中心的"我"正在经历事件时的眼光。通过考察发现，《都柏林人》第一人称视角的人际意义主要体现在以下几个方面：

第一，产生话语的多声性，引发读者思考。

介入的核心是多声（heteroglossia）的协商（negotiation）。第一人称视角采用的是第一人称叙述，"我"与叙述者形成复调双声，形成多种声音的共存。"我"与讲故事的人往往在身份或者观点上存在较大的差距，"我"与叙述者之间的张力形成了小说复调双声的特点。例如在《姐妹们》中，说话不多的"我"的存在，暗示了看待故事的另一个视角，从而使小说形成了"我"与叙述者之间的对立，产生了复调双声的效果。如小说开头这句话：

6(1) There was no hope for him this time: it was the third stroke.

(Joyce, 1991: 1)

表面上看,这句话说明弗林神父即将死去。如果认真严肃地想,这句开篇的话意义深远、振聋发聩。李开（2009：79）认为这句话"可以看成是男孩叙事者的想法,也可以是某个成年人（很可能是作者）作出的判断"。其实这是发自乔伊斯内心的呐喊。他想告诫同胞:不能再沉睡,要奋发觉醒。可见,这里叙述者"我"的声音与作者的声音形成了复调双声。再如：

6(2) Every night as I gazed up at the window I said softly to myself the word paralysis. It had always sounded strangely in my ears, like the word gnomon in the Euclid and the word simony in the Catechism. But now it sounded to me like the name of some maleficent and sinful being. It filled me with fear, and yet I longed to be nearer to it and to look upon its deadly work.

(Joyce, 1991: 1)

这里三个关键词：paralysis（瘫痪）、gnomon（磬折形）、simony（买卖圣职罪）是一些艰生晦涩的词语,也是乔伊斯别具匠心的选择,显示了他严肃认真的刻薄风格。显然,这些词与幼稚天真的叙述者"我"——形成了鲜明的对比。叙述者之外存在另一个缅怀往事的成年人的声音,从而使小说传达出不同的声音,形成了"我"与叙述者的复调双声,引起读者思考。在《姐妹们》中还可以发现许多类似的例子,如：

6(3) It was an unassuming shop, registered under the vague name of Drapery.

(Joyce, 1991: 3)

从6（3）引文中的两个修饰语 unassuming（不显眼的）和 vague（笼统的）可以看出,这句话显然不是出自一个未成年孩子之口。在这里,我们也可以感觉到一个成人声音的存在。再如：

6(4) It may have been these constant showers of snuff which gave his ancient priestly garments their green faded look, for the red handkerchief, blackened, as it always was, with the snuff-stains of a week, with which he tried to brush away the fallen grains, was quite inefficacious.

(Joyce, 1991: 3)

"这句话的原文结构复杂,冗长拖沓,用词文雅,完全不像出自一个天真少年之口,更像来自一个成熟声音（李开，2009：79）"。在《阿拉比》中,我们也可以发现"我"和叙述者的声音共存。例如在第一段中:

6(5) North Richmond Street, being blind, was a quiet street except at the hour when the Christian Brothers' School set the boys free. An uninhabited house of two storeys stood at the blind end, detached from its neighbours in a square ground. The other houses of the street, conscious of decent lives within them, gazed at one another with brown imperturbable faces.

(Joyce, 1991: 15)

我们可以看出,叙述者采用的是自己的眼光,而不是主人公的眼光,如果是主人公的眼光，when the Christian Brothers' School set the boys free 中的 the boys 应该改成 us。还有这段的 imperturbable 用来描述房屋,按常识,这不是出自一个小孩子之口。显然,这是叙述者在讲述,他以成人的眼光来讲述过去发生的事。同样,这里的"我"与叙述者形成了复调双声,产生多声性效果,引发读者思考。

第二,使读者卷入,拉近读者和人物之间的关系。

第一人称叙事可以将自己的所见所闻、所感所想展现在读者面前,使读者卷入,拉近读者与人物之间的关系,使故事显得真实可靠。其好处在于它拉近了读者与小说人物之间的距离,读者仿佛在听故事,而人物在讲故事,在一定程度上阻止了人物对读者判断的干预,提高故事的可信度。在《姐妹们》《偶遇》和《阿拉比》中,作者采用的是小男孩的叙事视角。小男孩的视角是单纯的,叙述者利用小男孩的眼光观察整个事件,同时忠实记录并毫不干预这个事件的述说。从小男孩的眼中,我们看到了一个没有任何夸大、贬低和扭曲的、毫无遮盖的世界,尤其是都柏林的世界,充满了罪和邪恶。如在《姐妹们》中：

6(6) In the dark of my room I imagined that I saw again the heavy grey face of the paralytic. I drew the blankets over my head and tried to think of Christmas. But the grey face still followed me. It murmured; and I understood that it desired to confess something.

(Joyce, 1991: 2)

这是小男孩在梦中出现的弗林神父的脸。他那种怪异的样子不仅让小男孩感到恐惧和神秘,而且让读者感到不舒服,对小男孩充满了同情。再看下例：

6(7) It was always I who emptied the packet into his black snuff-box……he had taught me to pronounce Latin properly. He had told me stories about the catacombs and about Napoleon Bonaparte……When he smiled he used to uncover his big discoloured teeth and let his tongue lie upon his lower lip—a habit which had made me feel uneasy in the beginning of our acquaintance before I knew him well.

（Joyce, 1991: 3）

这里还是小男孩的眼光。但不同的是,这次小男孩开始回顾曾经发生在他和神父之间的事情,叙述者并没有讲述细节,而是用概括的话语来总结曾经发生的事情,我们可以从一些总结性的词,如 always, used to, in the beginning of our acquaintance 等看出,这种表达使命题更具有说服性,使读者容易接受。在《阿拉比》结尾部分,当小男孩独自一人站在黑暗中时,他到阿拉比集市的旅途和他对未知世界的探求最后象征性地结束于黑暗：

6(8) Gazing up into the darkness I saw myself as a creature driven and derided by vanity; and my eyes burned with anguish and anger.

(Joyce, 1991: 19)

在黑暗中,他仿佛真正看到了自己,读者可以体会到那种理想幻灭的忧伤和无奈。他梦中的新世界竟然如此黑暗、沉寂、丑陋不堪,理想与现实的冲突无情地断送了小男孩天真、浪漫的童年时代,现实以强大的力量战胜了人内心的激情和幻想,粉碎了少年的愿望。这种精神顿悟也是人的情感陷入瘫痪的一个重要体现。虚幻的爱情破灭了,少年又回到了现实,像引文所描写的 my eyes burned with anguish and anger。

第三,蕴涵作者的评判,给读者留下思考余地。

作者采用第一人称外视角,对故事中的人物和事件不加以评论,而是客观地描写人物的思想和行动,与作品中的人物保持一定的距离。作家所表达的思想感情,是通过人物形象的塑造客观地呈现出来,不是通过作家说明,而是把评价融入客观描述中,作者让读者一起参与创作活动,让读者自己去思考。例如在《阿拉比》中,我们找不到对所描写的人物和事件的评论,但是叙述者仍然告诉读者他想表达的,想让读者知道的。这些都是通过第一人称外视角进行叙述、客观描写完成的,我们可以从字里行间看出主人公的性格。如：

6(9) The former tenant of our house, a priest, had died in the back drawing-room. Air, musty from having been long enclosed, hung in all the rooms, and the waste room behind the kitchen was littered with old useless papers. Among these I found a few paper-covered books, the pages of which were curled and damp: The Abbot, by Walter Scott, The Devout Communicant, and The Memoirs of Vidocq. I liked the last best because its leaves were yellow.

(Joyce, 1991: 15)

从这段引文中小男孩喜欢翻阅 a few paper-covered books（旧书废

纸），找到 its leaves were yellow（发黄的书页），表明主人公喜欢这些书的主要原因是因为这些发黄了的书页。从这些不加任何修饰的话语中，我们可以看出这是一个天真稚气、具有怀旧情绪的男孩。同样的例子也可以在《阿拉比》中找到。如 6（10）是关于小男孩跟曼根姐姐谈话时说到去阿拉比集市后，小男孩的内心独白：

6(10) What innumerable follies laid waste my waking and sleeping thoughts after that evening! I wished to annihilate the tedious intervening days.

(Joyce, 1991: 17)

从限定词 that，我们可以看出外视角的存在。叙述者"我"似乎在自我嘲笑和讽刺，揭示了小男孩对曼根姐姐的爱恋之情，饱尝相思之苦，对爱情充满憧憬和希望，激起读者对小男孩的同情，同时也形成一种建立在人物和读者矛盾感情之上的张力。

因此，由于乔伊斯追求客观叙述，在《都柏林人》头三篇小说中他采用了第一人称叙事，即采用涉世未深的少年主人公的视角进行叙事。乔伊斯尽量不用总结性的话语直接说明人物的情感，不对人物做出评价，而是通过生动描写，不加修饰和改变地把人物内心活动和对话原原本本地记录下来，使读者几乎感觉不到叙述中介的存在，体会不到太多作者介入和评价的痕迹。作者运用第一人称叙事视角，使读者感到叙述者较为客观地叙述，不掺杂任何个人感情和眼光地进行观察、叙述。从他的眼中，我们看到的是一个物欲横流、邪恶的世界。

6.2.2　第三人称视角

我们在上文已经提到《都柏林人》的头三篇采用的是第一人称叙事视角，其余十二篇是以第三人称叙述。根据福斯特的观点，乔伊斯用了"部分无所不知的叙述视角"，也就"第三人称限制性外视角"，即"叙述者以第三人称讲故事，但把自己限制在小说内单独一个人物或至多也是非常有限的几个人物的经历、思想和感情的范围之中"（M.H·阿柏拉姆，1987: 269）。第三人称视角在《都柏林人》中的人际意义主要体现在：

第一，给读者制造悬念，激发读者的好奇。

在《伊芙琳》和《悲痛的往事》中，作者采用了第三人称限制性外视角，但两者略有不同。《伊芙琳》的叙述主要是通过主人公自己的思想流、记忆流和感情流展开，采用内心独白的叙述方法，展现给读者的是令人窒息的生存环境和对新生活的向往，但是读者不十分清楚什么原因使她没有勇气去追求幸福的生活。可见，作者给读者设置了悬念，留下很多疑问，同时，读者对弗兰克的认识也相当肤浅，因为仅仅是从伊芙琳的眼光中折射出来的。这种叙事视角使整个故事充满了神秘色彩，引起读者强烈的好奇，缩短了人物和读者之间的距离，使读者对人物充满同情，推动故事情节发展。例如：

6(11) She stood up in a sudden impulse of terror. Escape! She must escape! Franck would save her.

(Joyce, 1991: 23)

这是伊芙琳回忆完过去许多事情之后，再次做出的决定。读者从引文中会感觉出伊芙琳对现实的强烈不满，她脱离痛苦生活的唯一希望就是逃离，她的情人弗兰克会拯救她的。另外，祈使词 Escape 的使用使我们产生错误的假设：她一定会和弗兰克逃离。但是故事的结局并不是我们设想的那样。

《悲痛的往事》采用的是弗里曼所说的"第三人称选择性的全知叙述视角"，指叙述者以第三人称讲故事。乔伊斯在这部小说中尝试了选择性的全知叙述。他以旁观者的身份隐藏在幕后，客观、冷静地透视主人公的内心世界，而让主人公一个人叙述，使读者对他和辛尼克夫人都有比较全面的了解。例如：

6(12) He went often to her little cottage outside Dublin; often they spent their evenings alone. Little by little, as their thoughts entangled, they spoke of subjects less remote. Her companionship was like a warm soil about an exotic. Many times she allowed the dark to fall upon them, refraining from lighting the lamp.

(Joyce, 1991: 73)

这里达菲先生和辛尼克太太频繁约会与亲密接触，使读者看到他们有了精神上的共鸣，相处得很和谐。辛尼克太太的关怀使他获得极大的愉悦，并且变得温和、感性。这种叙述很容易给读者制造悬念，错误认为他们会继续发展这种关系。但是故事的发展与读者的设想相反，达菲先生的自满和他想达到的自我完美境界的抱负遏制了他的激情，使他在感情上瘫痪了。显然，这一叙述视角不仅给作者带来极大便利，而且便于读者参与到文本编码解码的互动中去。

在《两个浪子》中，莱内汉和科利在分手之后，莱内汉在约定时间等待朋友科利，可是不见科利的踪影，叙述者是这样描述的。

6(13) His eyes searched the street: there was no sign of them. Yet it was surely half an hour since he had seen the clock of the College of Surgeons. Would Corley do a thing like that?

(Joyce, 1991: 36)

这里，叙述者的客观描写给读者制造了悬念：科利到底会不会出现，莱内汉会放弃遇见科利的希望吗？这种描写吸引读者继续阅读文本，急于想知道最后的结局。这种叙述者流离于所讲述故事与话语之外，属于有意炫示自身意义的"自我意识"叙述。这种叙述者干预直接涉及作品的创作意图，不仅能推动故事情节的发展，而且给读者制造悬念，吸引读者继续读故事，渴望对人物有全面的了解。

如在《死者》中，从一系列叙述可以看出，叙述者是全知全能的。但是，他假装不知，故意将一些重要信息隐藏，使读者真正进入到文本的解读中。例如，他假装不知道加布里埃尔夫妇迟到的原因。

6(14) Freddy Malins always came late, but they wondered what could be keeping Gabriel: and that was what brought them every two minutes to the banisters to ask Lily had Gabriel or Freddy come.

(Joyce, 1991: 120)

　　叙述者在这里故意隐瞒加布里埃尔迟到的原因,给读者制造悬念,激起读者的好奇心,吸引读者进一步阅读文本,并对每个故事人物作出自己的独立判断。

　　第二,疏远叙述者与人物之间的距离,增加命题的客观性。

　　《纪》是以公共生活为主题的小说,采用的是第三人称外视角,从一个较为客观的视角和语气再现整个政治事件。(申丹 2007:264)"它采用的是全然不涉及人物内心活动的摄像式外视角"。第三人称外视角要求叙述者既要客观、生动地讲述事件,又要同故事叙述保持距离。这样,才能在读者中产生很强的悬念。这种视角无法让读者窥视人物的内心世界,叙述者在故事之外进行叙述。乔伊斯这样写的目的就是要给小说一种客观性和疏远感,客观性地疏远了叙述者和人物之间的距离,使得小说的政治主题凝重,有助于突出小说主题——爱尔兰人对政治腐败的冷漠和在这个问题上交流困难的问题。在这篇小说中,叙述者摄像机式地一次次记录人物的出现场景。从故事一开始我们就可以看到这种外视角的存在。

6(15) Old Jack raked the cinders together with a piece of cardboard and spread them judiciously over the whitening dome of coals.

(Joyce, 1991: 78)

　　显然,叙述者介绍了一个名叫老杰克的中心人物,这并不影响我们对叙事视角的判断。第二个出场人物是奥康纳先生,是通过老杰克介绍的。

6(16) "That's better now, Mr O'Connor."

(Joyce, 1991: 78)

接着是对奥康纳先生的描述,叙述者为我们展现了一个人物全景图。海因斯先生的出场是这样呈现的。

6(17) Someone opened the door of the room and called out.

(Joyce, 1991: 79)

同样,叙述者没有直接告诉我们这个人是谁。后来汉基先生出现了:

6(18) Then a bustling little man with a snuffling nose and very cold ears pushed in the door.

(Joyce, 1991: 81)

还有后面出现的其他人物,叙述者只是客观地记录和讲述出场的人数。稍做描述之后,通过人物之口进行介绍,客观性地疏远了叙述者和人物之间的距离,增加了凝重感。叙述者就像一架摄像机,如实地记录镜头前的所有事件。这种记录人物的方式使得整个事件和人物神秘化,给读者留下很强的悬念。总之,这种客观的视角拉开了人物和读者之间的距离,使读者能不受任何干扰和影响形成自己的判断,同时也给读者最大的自由判断和思考,能在最大程度上参与到文本的解读中。

第三,融评价于叙述中,让读者自己去判断。

作为现代作家的乔伊斯,在作品中不同于传统小说中对人物的描写和叙述事件的态度鲜明,反对作家在作品中直接对人和事物加以评论。他主张客观描写人物的思想和行动,使作者与人物保持一定的距离,给读者留下无限的想象空间,让读者自己去思考,这也是现代小说所称作的作品的客观性。叙述者更多地采用不直接介入,而是将自己的评判不露痕迹地融入到故事叙述中。在《都柏林人》中,大部分故事采用了这一方式,即采用了无所不知的叙述视角。叙述者好像是上帝,俯视一切,洞悉一切,可以是介入的,也可以是不介入的。因此,在故事中,乔伊斯对人物不妄加评价,而是进行客观地描写,让读者自己从字里行间去体会。比如在《一片浮云》中,乔伊斯并未对小钱德勒的性格加以直接评论,但是我们可以通过字里行间清楚地看出他的性格,这些都是通过作者看似平淡的第三人称客观描写来实现的。如：

6(19) He took the greatest care of his fair silken hair and moustache, and used perfume discreetly on his handkerchief. The half-moons of his nails were perfect, and when he smiled you caught a glimpse of a row of childish white teeth.

(Joyce, 1991: 44)

在这段看似无足轻重的细节描写中，读者会捕捉到许多信息：从字面表层意义上看，他很在乎去见他的老朋友，对自己特意修饰一番；透过表层，我们从他那 perfume discreetly on his handkerchief（往手绢上喷香水）和他那 The half-moons of his nails were perfect（完美的半月形指甲），读者可以判断出他的性格中有女性气质的成分（一般只有女士才修指甲），为后面他的语言行为受挫埋下伏笔。从他的 a row of childish white teeth（雪白的贝齿，宛如孩子的稚牙）可以看出，他是一个不谙世事、不够成熟的人。因此，读者很容易看出这些客观描写对刻画人物性格起着重要的作用。另外，还有更多突出人物性格的细节描写，如：

6(20) He remembered the books of poetry upon his shelves at home. …he had been tempted to take one down from the bookshelf and read out something to his wife. But shyness had always held him back; and so the books had remained on their shelves.

(Joyce, 1991：45)

6(21) How he had suffered that day, waiting at the shop door until the shop was empty,…paying at the desk and forgetting to take up the odd penny of his change, being called back by the cashier, and finally, striving to hide his blushes as he left the shop by examining the parcel to see if it was Securely tied.

(Joyce, 1991: 52)

读到这里,读者会发现小钱德勒在性格方面是内向、羞涩的。比如在6(20)中,他曾经想给妻子读诗,但是他的 shyness 使他没有这么做;还有,当他被叫回去拿所找的零钱时,用 striving to hide his blushes 同样表明了他的内向、羞涩。另外,在他的性格中还有深深的自卑感,我们可以从下面引文中发现。

6(22) Walking swiftly by at night …He had always passed without turning his head to look. It was his habit to walk swiftly in the street even by day,…and at times a sound of low fugitive laughter made him tremble like a leaf.

(Joyce, 1991: 45)

从上文中他晚上路过酒吧时的表现以及他的感受,读者很容易感觉到他是一个自卑的人。另外,在《土》中,作者不仅借人物之口对人物进行评价,而且在描述性语言中也有反映。但是,作者不直接评价,而是通过第三人称叙述把评价融入叙述中。

6(23) and when she laughed her grey-green eyes sparkled with disappointed shyness and the tip of her nose nearly met the tip of her chin.

And Maria laughed again till the tip of her nose nearly met the tip of her chin and till her minute body nearly shook itself asunder.

(Joyce, 1991: 65)

从这些对玛丽亚的描述性语言中可以看出,虽然作者没有给予任何评论,但是读者很容易看出她的笑容很独特,表现出由内到外的温柔和善良。如同第一人称叙述。在第三人称叙述中,作者虽然采用的是第三人称视角,但是作者并不对人物或事件进行任何评论,而是融评论于叙述中,给读者留下无限的思考余地。

第四,使叙述者卷入,增加命题的说服性。

无所不知的叙事视角,叙述者仿佛是上帝,可以不受时空限制,俯视一切,洞悉一切,不仅能"目睹"人物的言行,而且可以透视人物的内心,可以是介入的,也可以是不介入的。比如在《死者》的后半部分,作者客观地展示人物的内心世界,而不直接介入,读者主要听到的是聚焦人物及其他人物的声音,大大加强了作品的真实性和生动性,尤其是篇末"雪的形象将死者、生者与虽生犹死者一并陈列在读者面前,供他们去检验、鉴别"。(侯维瑞,1985: 252)如 6(25) 所示。

6(24) A few light taps upon the pane made him turn to the window…
His soul swooned slowly as he heard the snow falling faintly through the
universe and faintly falling, like the descent of their last end, upon all the
living and the dead.

(Joyce, 1991: 152)

显然,全知叙述者具有看穿中心人物内心世界的能力。每个故事中的全知叙述者从自己客观的眼光观察事件,并对中心人物的内心世界精心刻画。(申丹,2007: 211)在《两个浪子》中,我们也可以发现作者客观地展示人物内心世界的表达。

6(25) In his imagination he beheld the pair of lovers walking along
some dark road……He might yet be able to settle down in some snug
corner and live happily if he could only come across some good simple-
minded girl with a little of the ready.

(Joyce, 1991: 35)

In his imagination(在他的想象中)表明叙述者进入了莱内汉的意识,描述他的内心世界。这种描述可以使读者进入人物内心,体验人物的内心活动,从而使作者的描写更具有客观性,增加说服力。

第五,产生话语的多声性,激发读者的同情。

有时两个主体视角的存在,可以让读者感觉到两种声音共存,即叙述者声音和人物声音合二为一,表达话语的多声性。在《伊芙琳》中,我们可以发现这样的例子。

6(26) Her father used often to hunt them in out of the field with his blackthorn stick; but usually little Keogh used to keep nix and call out when he saw her father coming.

(Joyce, 1991: 20)

在 6(26) 中,叙述者和人物伊芙琳的双重声音共存,这里无所不知的叙述者称伊芙琳的父亲 Her father,但是这个词组 used often to hunt them in out of the field 和 keep nix 更像是伊芙琳说的。几种声音共存通常表明多声性。作者通过这种多声性引起读者对伊芙琳的同情,同时提醒读者她受到她父亲和周围环境的控制。再如:

6(27) Why should she be unhappy? She had a right to happiness.

(Joyce, 1991: 23)

上述引文从人称和时态来看是叙述者话语,从内涵和语气看是人物的话语,所以具有双声性特征。叙述者在很大程度上让位于聚焦人物 she,利用她的眼光来观察故事内的情景,但是叙述者又不放弃自己的身份。显然,这两种声音——叙述者和伊芙琳的声音,前者是伊芙琳的,后者明显带有叙述者的痕迹,使人物语言与叙述者语言合二为一。这种双重声音加强了两个说话人(叙述者和伊芙琳)的不满情绪,似乎伊芙琳在嘲弄自己,读者也能感觉到一种强烈的不满。

总之,第三人称视角显示了作者隐退的叙事技巧,突出了作者的写实艺术,在人际意义方面主要表现在:给读者制造悬念,激发读者的好奇心;疏远叙述者和人物之间的距离,使命题具有说服力;融评价于叙述中,让读者自己作出判断,等等。

6.2.3　视角转换

第六章 视角的人际意义

"现代主义小说技巧在叙述领域的一个突出表现就在于作品中常常出现叙述视角的频繁转换。通过采用不同人物的视角叙事,叙述者让读者有机会从不同的侧面观察同一事件,并依此作出自己的判断。(白玉,2005:37)。在《都柏林人》的前三篇小说中,作者主要采用了第一人称叙事视角,即采用涉世未深的小男孩主人公的视角进行叙述,视角转换主要发生在叙述者叙述自我和经验自我之间。在其他十二篇小说中,主要采用第三人称叙述,视角转换主要表现为叙述者本人和主人公之间,即将主人公设定为聚焦人物,通过他的视角叙述,间或以自己的眼光进行叙述。但是并非所有的小说中都有视角转换,如在《土》中,采用的是第三人称内视角叙述,叙述者全知全能、无所不知。故事中的玛丽亚是主人公,她也是全知叙述者观察的对象。但是在全文中,叙述者的眼光并未发生任何变化。《纪》采用的是第三人称外视角,从一个较为客观的视角和语气再现整个政治事件,给小说一种客观性和疏远感。另外,同一篇作品内叙事视角的转换可以表达多声性。视角转换不仅可以让读者感觉到两个视角主体的存在,而且感觉到多声性,这是显然的。视角转换在《都柏林人》中的人际意义主要有:

第一,增加命题说服力,突出小说主题。

《姐妹们》中,作者采用的是第一人称视角。主人公小男孩是聚焦人物,充当事件的观察者,而叙述者"我"正是借用了他的眼光。因此,正在经历事件的小男孩的任务是观察事件,"叙述自我"的任务是叙述。我们在上文提到过,在第一人称叙述中,视角转换主要表现在叙述者叙述自我和经验自我之间。

6(28) There was no hope for him this time: it was the third stroke.

(Joyce, 1991: 1)

这是故事的开始:"这次他是没指望了:这是第三次中风。"小男孩的一句内心独白暗示了死亡的预兆。然而,作者并没有告诉我们谁一定要死,为什么要死?叙述者在掩盖死者的身份,我们还无法判断故事究竟是从哪个视角叙述的,给我们制造了很强的悬念。在随后的叙述

中,如下文:

6(29) Every night as I gazed up at the window I said softly to myself the word paralysis. It had always sounded strangely in my ears, like the word gnomon in the Euclid and the word simony in the Catechism. But now it sounded to me like the name of some maleficent and sinful being. It filled me with fear, and yet I longed to be nearer to it and to look upon its deadly work.

(Joyce, 1991: 1)

我们可以从这段引文中看出,叙述视角发生了叙述自我到经验自我的转变,叙述者放弃了自己的视角,采用了小男孩的视角。指示词now 表明叙述者是经验自我,表达了很强的即时性和直接性,借此给读者展现了小男孩眼中简单的世界,同时展现人物的内心世界,叙述距离得以缩短,增加读者对人物小男孩的同情和怜悯。再如:

6(30) It was an unassuming shop, registered under the vague name of Drapery. The drapery consisted mainly of children's bootees and umbrellas; and on ordinary days a notice used to hang in the window, saying: Umbrellas Recovered. No notice was visible now, for the shutters were up.

(Joyce, 1991: 3)

这里指示词now 再次表明,叙述者采用的是小男孩的眼光,叙述者又一次从自己的视角转向了小男孩的视角。修饰词vague 和ordinary 表达了很强的感情色彩,从小男孩的眼光中,我们看到了他对弗林神父的爱戴和尊敬。

在《死者》中,故事开始就用叙述者自己的视角,描述三位莫坎小姐举办一年一度的圣诞舞会开始前的情景和到场的客人。当女佣莉莉帮聚焦人物脱掉大衣时,加布里埃尔注意到了Gabriel smiled at the three syllables she had given his surname and glanced at her（她称呼他的姓氏时说出口的那三个音节，微微一笑），而感官动词 glanced at（扫视）更表明叙述者采用了加布里埃尔的眼光观察。显然，叙述者的视角已经转到了聚焦人物加布里埃尔的眼光，因为只有他这个有学问有见识的大学教授才会对语言的正确用法特别关注，随后的 smiled（微微一笑）既有嘲讽又有理解。显然，他年轻自负，自命不凡，洋洋得意，相对莉莉来说，他明显地占有优势。如引文 6(31) 所示：

6(31) She had preceded him into the pantry to help him off with his overcoat. Gabriel smiled at the three syllables she had given his surname and glanced at her. She was a slim, growing girl, pale in complexion and with hay-coloured hair. The gas in the pantry made her look still paler.

(Joyce, 1991: 120)

几行描述之后，视角发生了转变，叙述者又采用了自己的眼光，给我们描述了一个精力充沛的年轻人。见引文 6(32)：

6(32) He was a stout, tallish young man. The high colour of his cheeks pushed upwards even to his forehead, where it scattered itself in a few formless patches of pale red; and on his hairless face there scintillated restlessly the polished lenses and the bright gilt rims of the glasses which screened his delicate and restless eyes. His glossy black hair was parted in the middle and brushed in a long curve behind his ears where it curled slightly beneath the groove left by his hat.

(Joyce, 1991: 121)

引文中的 the polished lenses and the bright gilt rims of the glasses（亮闪闪的镜片和镀金眼镜框架）、his delicate and restless eyes（那双柔和、不安的眼睛）显然，在叙述者看来，他受过良好教育，学识渊博。

以上视角的频繁转换表达了无论是从人物本人视角，还是从叙述者的视角,都显示出主人公加布里埃尔的优势,与他后来连续三次受挫、他的虚荣心和自尊心一扫而光,最终认识到自己的自高自大形成了鲜明对照,这些都是他的精神瘫痪所致。因此,视角转换有助于增加命题的说服力,突出小说主题。

第二,蕴含作者对人物的评价,起到推卸责任或承担责任的作用。

有时候,视角转换可以完成对人物的评价,起到推卸责任或承担责任的作用。

为了表达客观性,作者把对人物的评价强加于人物身上,从人物的视角对其他人物进行观察描写,这时候视角转换可以起到推卸责任的作用。例如在《两个浪子》中,我们可以看到叙述者视角与人物视角之间的转换:

6(33) Corley did not answer. He sauntered across the road swaying his head from side to side. His bulk, his easy pace, and the solid sound of his boots had something of the conqueror in them. He approached the young woman and, without saluting, began at once to converse with her. She swung her umbrella more quickly and executed half turns on her heels. Once or twice when he spoke to her at close quarters she laughed and bent her head.

Lenehan observed them for a few minutes. Then he walked rapidly…

(Joyce, 1991: 33)

显然,这段叙述语言前面的对话部分采用的是叙述者的视角,而从 Lenehan observed them for a few minutes(莱内汉注视了他们几分钟)可以看出,对话后面采用的是莱内汉的视角,这种叙事视角的转变给读者展现了莱内汉的独特眼光。从他眼里,我们看到一个走路姿势非常奇特的人,其中 His bulk, his easy pace, and the solid sound of his boots had something of the conqueror in them(左右摇摆,庞大的身躯,敏捷的步伐,显示征服者的气派)等这些修饰语都暗示了莱内汉对朋友科利的不屑。通过他的描述,我们看到一个走路像钟摆一样的男人。虽然之前莱内汉对科利一再奉承,实际上从他对朋友的不屑,我们可以看出他虚伪的本性。这样,通过视角转换,作者完成了对人物的评价,同时也完成了人物塑造。可见,视角转换有利于作者刻画人物。

　　以上例子表明视角转换完成了对人物的评价,这种视角转换能起到推卸责任的作用。但是有时候,作者又会主动承担对人物评价的责任。例如在《无独有偶》中,叙述者主要通过他的视角进行叙述,将主人公设定为聚焦人物,间或有一些叙述者重又以自己的眼光进行叙述的例子。

6(34) The man glanced from the lady's face to the little egg-shaped head and back again; and, almost before he was aware of it, his tongue had found a felicitous moment:

"I don't think, sir,"he said, "that that's a fair question to put to me."

There was a pause in the very breathing of the clerks. Everyone was astounded (the author of the witticism no less than his neighbours)…

(Joyce, 1991: 58)

　　这里的 felicitous(绝妙的),如果说是傅林敦因为羞辱了老板而洋洋得意,那么 witticism(妙语)显然来自叙述者本人对傅林敦愚蠢行为的善意的嘲讽。这里叙述视角暂时出现了从主人公到叙述者的转变,暗含了作者对人物的评价。

　　第三,有利于形成读者与人物之间的张力,引发读者的同情或不满。

　　作者巧妙地进行视角转换,可以在读者与人物之间形成张力,拉近或拉开读者与人物之间的距离,使读者对人物充满同情或感到愤慨。在《阿拉比》中,作者主要采用的是第一人称视角,聚焦主人公经验自我,但其中不乏有叙述者经验自我和叙述自我之间的视角转换。比如,叙述者在叙述小男孩对曼根姐姐的爱恋时,有一句是：

6(35) I had never spoken to her, except for a few casual words, and yet her name was like a summons to all my foolish blood.

(Joyce, 1991: 16)

这里的 foolish（愚蠢的）是非常个人化的词，没有人愿意称自己是愚蠢的。但是这里叙述者却说小男孩是愚蠢的。可见，叙述者采用的是自己的眼光，而不是小男孩的。因此，这里的视角转换是从经验自我到叙述自我。从这里，我们看到了一个天真无邪的小男孩对曼根姐姐强烈的爱恋之情。叙述者的客观描述不仅拉近了读者与人物之间的距离，而且使读者对小男孩充满同情。在《伊芙琳》中，也可以发现类似的例子：

6(36) She had consented to go away, to leave her home. Was that wise? She tried to weigh each side of the question. In her home anyway she had shelter and food; she had those whom she had known all her life about her. Of course she had to work hard, both in the house and at business. What would they say of her in the Stores when they found out that she had run away with a fellow? Say she was a fool, perhaps; and her place would be filled up by advertisement.

(Joyce, 1991: 21)

显然，一开始是叙述者的视角，然后转向了伊芙琳的视角，从自由间接引语 Was that wise? 可以看出这种视角转换。叙述者带读者进入人物内心，体会人物的内心活动，缩短读者与人物之间的距离，在叙述者和人物、人物和读者之间形成一种张力。这种视角转换体现了话语的双声性——叙述者和伊芙琳的声音，产生一种反讽效果。

以上例子表明视角转换可以拉近读者与人物之间的距离，同样，作者还可以利用视角转换拉开读者与人物之间的距离。例如在《悲痛的往事》中，关于辛尼克太太的死亡报道是通过无所不知的叙述者展示给读者的，先是采用达菲先生的视角，之后突然转到叙述者的视角，读者与人物之间的距离一下子被拉开了：

6(37) Just God, what an end! Evidently she had been unfit to live, without any strength of purpose, an easy prey to habits, one of the wrecks on which civilization has been reared. But that she could have sunk so low! Was it possible he had deceived himself so utterly about her?

(Joyce, 1991: 76)

引文 6(37) 是在达菲先生看到辛尼克太太死亡新闻后,叙述者没有继续带读者进入人物内心,而是突然转到叙述者视角。这种视角突转,读者和人物之间的距离一下子被拉开。突出了他对辛尼克太太自暴自弃的气愤。这里,我们可以看到叙述者反讽的语气,受到伤害的一方悲痛欲绝,在精神瘫痪中丧生,另一方却丝毫感觉不到自己的所作所为有何不妥,使读者对达菲先生的自私和冷漠感到愤慨。

可见,乔伊斯在《都柏林人》中不断变换叙事视角,产生不同的表达效果,展开故事的发展。这种叙述视角上的频繁转换成功地打破了传统小说中叙述过程基本由全知叙事者一人包办的局面,将不同人物的性格特点、立场态度,尤其是他们的精神世界直接、真实地展示在读者面前。同时,对叙事视角的选择,表明叙述者对叙事的介入程度及对人物和事件的主观和客观的态度和评价。

6.3　小结

《都柏林人》的叙事方式灵活多样,乔伊斯使用了不同的叙事视角表达了对事物的不同认识。叙事视角是小说创作的重要组成部分,乔伊斯在《都柏林人》中视角的选择与他的艺术构思有着直接关系。他根据人生阶段和不同写作对象采用不同的叙事视角,可以说他对视角的运用是经过精心选择的。例如在童年期,乔伊斯是用第一人称叙述,采用的是涉世未深的少年主人公的视角。从他们单纯的眼光中,我们看到一个没有任何夸大、贬低和扭曲的、充满邪恶、物欲横流的世界。而在青年期、成年期和社会各生活阶段,乔伊斯用的是第三人称叙述,包括第三人称有限视角和第三人称外视角。部分无所不知的叙事视角可以使作者随时进入主人公的意识中,同时又从客观的角度记录主人公的内心活动。无所不知的叙述视角是一种全知全能的外视角,叙述者仿佛是上帝,可以不受时空限制,不仅能目睹故事中人物的言行,而且能够透视人物的内心。"在第三人称全知型叙述中,视角的选择就是作者价值观的暴露;而在故事内人物的叙事视角中,叙述者的价值观以及作者对这种价值观的判决就在这个选择中表现出来"。(王菊丽,2004: 60)

乔伊斯在《都柏林人》中不仅使用了不同的叙事视角,而且不断巧妙地变化视角和叙述者,使小说呈多元化叙述展开。这样,作者不受单一叙述视角的限制,而且根据故事发展的需要,尤其是刻画人物的需要,在小说中适当地变化视角,希望读者从不同侧面对主人公进行观察。这些不同的侧面展示组合在一起,像是在变换不同的镜头,形成一幅幅生动的人物画面。对于刻画人物性格、烘托主题起了一种立体的表现效果,更好地表现作品的思想内涵,调整读者与故事人物之间的距离,强化读者与文本的互动交流,形成了一种张力。视角转换不仅可以产生生动而有说服力的效果,而且可以使人物性格从多方位、多层次展现在读者面前。

《都柏林人》之所以在创作上取得成功,与作者巧妙地运用视角有着密切关系。"视角指叙述者或人物与叙事文中的事件相对应的位置和状态。或者说,叙述者或人物从什么角度观察故事。视角的处理关涉作品语言的表达、情节的组织、意蕴的揭示及至整个作品的成败"。(王先霈, 1999: 164)视角在作品中的重要性决定了作家在设计作品的创作风格时依靠它来体现自己的意图,在人际功能方面强调的是叙述人与受述人之间的角色关系。总之,作者采用第一人称和第三人称叙事视角及视角转换体现了叙事者与事件或人物之间的不同叙事距离,揭示了作者/叙述者对叙事的介入程度及对人物和事件主观和客观的态度与评价,强调叙述者和受述者之间的角色关系,实现视角的人际功能。

第七章　结论

　　本章为本研究的结论，主要包括研究发现、研究启示和研究局限性及展望三部分内容。研究发现主要从语气、情态、引语和视角在《都柏林人》中所体现的人际意义进行总结；研究启示主要涉及本研究的理论及实践价值；研究局限性及展望主要体现在本研究语料及结论只局限于《都柏林人》这一部短篇小说集，我们可以以此为参考，对其他短篇小说进行人际意义研究。

7.1　研究发现

　　Halliday 提出了系统功能语法中三大元功能：概念功能、人际功能和语篇功能。根据 Halliday 人际意义源于人际功能理论，可以概括如下：我们用语言与他人交往，建立和保持关系，用语言影响他人的行为，用语言表达自己对世界的看法，并试图改变他人的态度和行为。（Thompson，2000：28）这种更强调语言的人际的、变化的和可商议的意义已经引起广大语言学者的关注，对文学作品中人际意义的研究也变得显著。Halliday 把语气、情态和语调作为构成人际意义的主要成分。李战子（2000）注意到 Halliday 所提出的人际意义主要是在小句层面上考察的，她在 Halliday 人际意义的基础上建立了一个较完整的能促进书面语篇中人际意义的研究模式。而目前对《都柏林人》的研究多集中在其文体方面，所以这些都鼓舞着笔者对《都柏林人》进行人际意义研究。与此同时，在对《都柏林人》文本研读的过程中，我们发现不仅可以从语气和情态的角度，而且还可以从引语和视角的角度对此进行人际意义分析，因为作者在小说集中大量使用引语、不断灵活地变换叙事视角，通过调节叙述者、作者和读者之间的叙事距离，体现作者和读者之间不同的人际关系，从而实现语篇的人际意义。因此，受 Halliday 系统功能语言学的人际意义的影响，在李战子建立的人际意义扩展模型的启发下，本文尝试以 Halliday 系统功能语法的人际意义为理论框架，结合话语和视角理论与 Martin 评价理论的介入，对《都柏林人》人际意义实现方式的四个项目（语气、情态、引语和视角）进行功能分析，旨在从语言学方面进行研究，从语类方面进行解读，探讨其在整部小说集中是如何帮助实现人际功能的。主要研究发现如下：

第一，关于语气的人际意义研究。语气中的语气成分与语气选择的分析可以反映《都柏林人》的瘫痪主题，具体体现在宗教瘫痪、政治瘫痪、情态瘫痪和心理／精神瘫痪等方面。具体地说，通过对叙述语言中语气成分的分析，从语言形式方面突出了该小说集的统一主题——瘫痪。对人物对话中语气系统选择的分析，不仅凸显了人物性格特征、人物之间的权势关系，而且进一步突出了小说集的瘫痪主题。分析证明了作者在人物对话中采用的语言学形式是为故事的主题和主人公的性格设计的，不同语气和句式的选择是围绕情节发展和主人公特征制定的。同时，分析也揭示了作者写实艺术的核心，突出了小说的叙事风格。其中作者隐退是一个主要特征，作者只是一味地描述所见所闻，而不加入个人的观点，给读者留下无限的思考余地，让读者自己去揣摩作者的写作意图。

第二，关于情态的人际意义研究。本文主要对《都柏林人》中的一篇小说——《纪念日，在委员会办公室》中的老管家杰克、奥康纳先生、海因斯先生和汉基先生四个主要人物在对话中使用的情态助动词、情态附加语和情态隐喻进行考察。分析发现：老管家杰克是爱尔兰民族英雄帕奈尔的老一辈代表，但是已经被像他儿子那样被非难的社会置换了；奥康纳先生只是为了钱而工作；海因斯先生可谓是帕奈尔忠实的追随者，他是个很有原则的人；汉基先生是背叛帕奈尔的典型代表，他是一个没有原则的人，他伪善自私、唯利是图，他有自私的抱负并且思想狭隘。情态附加语是情态表达中的一个重要成分，有助于阐明人物的个性。情态隐喻能直接揭示人物的个性特征,从情态隐喻的使用发现,他们都是主观的。因此,情态助动词、情态附加语和情态隐喻的选择符合故事情节的发展和主人公的性格特征与态度,有助于对情节发展的理解和断定主人公的性格特征、态度,而且突出了小说的政治瘫痪主题。

　　第三,关于引语,即直接引语、自由直接引语、间接引语和自由间接引语的人际意义研究。发现作者通过采用不同的话语形式用以调节叙述者和作者、读者三者之间不同的叙事距离,表达作者、读者和人物之间不同的人际关系,通过蕴含自己的价值判断,实现语篇的人际功能。具体地讲,作者运用直接引语就是尽量让位于小说人物,由人物直接展示自己的所思所言,从而减少或避免叙述者介入,让人几乎感觉不到叙述者的存在,使叙述者与人物保持较远的距离,其态度也显得十分客观。同时,作者运用直接引语帮助传达小说主题,揭示作者与读者及引语的原发出者之间的关系,通过蕴含作者的价值判断实现语篇的人际功能。自由直接引语这种话语形式反映了作者与读者之间给予信息——接收信息的资源,形式上受作者干预越小或作者对信息所负责任越小,从作者向读者传递的信息同从人物向作者发出的信息就越接近。对它的选择表达了作者试图在读者心中建立起一种信任关系,使读者毫无准备地接触到人物内心,在读者和人物之间建立起另一层直接的人际关系。间接引语通过叙述者这一中介将人物的意识活动转述给读者,表现人物的言语行为,这就隐含了叙述者的介入,但是叙述者的介入不明显。自由间接引语的运用,使读者能直接进入人物的意识中去,使难以直接描述的非理性的内心意识活动充分表现出来。可见,通过自由间接引语表达的人物思想活动,具有独特的人际功能,如有效地表达讽刺效果,增强对人物的同情感,反映话语的多声性,表达作者的评论,增加命题的说服力等。

　　第四,关于视角的人际意义研究。主要从第一人称视角、第三人称视角和视角转换三个方面进行分析讨论。研究发现:作者采用不同的视角可以体现叙事者与事件或人物之间的不同距离,揭示作者/叙述者对叙事的介入程度及对人物和事件主观和客观的态度与评价,强调叙述者和受述者之间的角色关系,实现视角的人际功能。叙事视角是小说创作的重要组成部分,乔伊斯在《都柏林人》中视角的选择与他的艺术构思有着直接关系。视角在作品中的重要性决定了作家在设计作品的创作风格时依靠它来体现自己的意图,它在人际功能方面强调的是叙述人与受述人之间的角色关系。具体地讲,作者运用第一人称叙事视角,使读者感到叙述者在较为客观地叙述,用不掺杂任何个人感情的眼光进行观察、叙述。而在第三人称全知叙述中,视角的选择就是作者价值观的暴露,叙述者的价值观以及作者对这种价值观的判决就在这个选择中表现出来。而视角转换使作者不受单一叙述视角的限制,而且根据故事发展的需要,尤其是刻画人物,调整读者与故事人物之间的距离,强化读者与文本的互动交流,形成一种张力。视角转换不仅可以产生生动而有说服力的效果,还可以使人物性格从多方位、多层次展现在读者面前。视角转换可以产生多声性,形成读者与人物之间的张力,表达作者对人物的评价等等。

7.2　研究启示

本文对《都柏林人》进行的人际意义研究可以说是一个创新性尝试,具有一定的理论价值和实践意义,具体如下:

理论方面,我们尝试以系统功能语言学的人际意义理论为理论基础,结合 Martin 评价理论的介入与文学话语和视角理论,对短篇小说集《都柏林人》中实现人际意义的四个主要项目(语气、情态、引语和视角)进行功能研究。李战子(2004:109)指出:"功能语法关于人际意义的论述越来越受到研究者的关注(MacCarthy & Carter, 1994),然而对人际意义的分析大多局限于语气和情态两个方面(Halliday, 1994)。"因此,这种研究拓宽了人际意义研究范围,不仅进一步丰富功能语言学的人际意义研究,而且我们可以以此为参考,对其他文学作品进行功能文体研究,尤其是对短篇小说进行人际意义研究。

实践方面,首先,我们可以换一个角度重新解读这部经典小说集,显示系统功能语言学对小说集文学意义的阐释。我们以 Halliday 功能语言学的人际意义为出发点,探讨与《都柏林人》创作主题、创作技巧、写实艺术、叙事技巧相关的人际意义实现方式,揭示小说集的瘫痪主题、人物性格特征以及作者、读者与人物之间的人际关系,打破长期以来对《都柏林人》从文学批评方面进行文体研究的单一性,弥补小说集语言学方面研究的不足,做了从系统功能语言学的人际意义角度研究短篇小说的尝试。本研究把短篇小说作为一种体裁,通过深入细致的语言学分析描述其作者和读者之间的关系以及其表现出来的人际意义特征,并通过具体的语言形式加以验证,探讨语言特征所具有的文体价值及其在作品中是如何实现的。这种研究可以使读者换一个角度重新解读这部经典小说集,加深对小说集的深刻理解,领会乔伊斯及其作品的魅力。

其次,本研究有助于语言学和文学课程的教学。本文主要对《都柏林人》中人际意义的最有代表性的四个实现方式的项目(语气、情态、引语和视角)进行功能分析,探讨其在整部小说集中如何帮助实现人际功能,有助于学生从系统功能语言学的角度揭示短篇小说的文体特点,提高对小说主题意义的领悟力和艺术技巧的感知力。这种研究对语言学和文学课程教学有所启示,可以帮助学生根据语法和话语意义的关系,了解人际意义是如何对小说的主题意义表达产生影响的,表达人际意义的语言特征是如何实现其文体价值的,以便更好地理解和欣赏文学语篇。

7.3　研究局限性及展望

本文采用系统功能语言学的人际意义角度,分析詹姆斯·乔伊斯的短篇小说集《都柏林人》,显示系统功能语言学对小说集文学意义的强大阐释力,使读者可以换一个角度重新解读这部经典小说集。但是现有的《都柏林人》人际意义分析方法仍然存在一定的局限性。本文主要探讨了《都柏林人》人际意义的四个实现项目(语气、情态、引语和视角),语料来源于这一部短篇小说集,语料的单一性导致研究结论只局限于《都柏林人》,这是本研究的一个主要局限。

以上的研究局限性明确表明，本文对人际意义的研究主要局限于《都柏林人》这一部短篇小说集，人际意义的体现形式根据不同的小说体裁存在着差异，应该针对不同的内容进行人际意义区分。本文所做的《都柏林人》人际意义研究可以说是一个有意义的创新性尝试，为我们探索其他短篇小说中的人际意义打开了广阔的研究空间。我们还可以以此为参考，探讨不同文学语篇中人际意义的体现方式。

参考文献

[1]Bakhtin, M. M. 1984. Discourse in the novel. In M. Holquist (ed.). The Dialogic Imagination. Trans. By Carly Emerson and Michael Holquist. Austin: University of Texas Press.

[2]Basic, S. 1998. A Book of Many Uncertainties: Joyce's Dubliners. In Rosa M. Bollettieri Bollettieri & H. F. Mosher, eds., Rejoycing: new readings of Dubliners. Lexington: The University Press of Kentucky.

[3]Beck, W. 1969. Joyce's "Dubliners": Substance, Vision, and Art. Durham: Duke University Press.

[4]Bex, T. 1996. Varieties in Writing English. London & New York: Routledge.

[5]Bloor, T. and Bloor, M. 1995. The Functional Analysis of English: A Hallidayan Approach. London: Edward Arnols.

[6]Bolt, S. 2005. A Preface to Joyce. Beijing: Peking University Press.

[7]Brown, G. & George Y. 1983. Discourse Analysis. Cambridge: Cambridge University Press.

[8]Brown, G. & Gilman, A. 1960. The Pronouns of Power and Solidarity. In T. Scbeok(ed.), Style in Language. Cambridge Msss: MIT Press.

[9]Brown, P. & Levinson, S. 1987. Politeness: Some Universals in Language Usage. Cambridge: Cambridge University Press.

[11] Carol, A. C. 1998. Some Notes on Systemic-Functional Linguistics.English Linguistics.

[12] De Beaugrande, R. & W. Dressler.1981. Introduction to Text Linguistics. London: Longman. Oxford: Oxford University Press.

[13] Eggins, S. 1994. An Introduction to Systemic Functional Linguistics. London: Pinter.

[14] Eggins, S. & Slade, D. 1997. Analyzing Casual Conversation. London: Cassell.

[15] Ellman, R. 1982. James Joyce. Oxford: Oxford University Press.

[16] Fasold, R. 2000. The Social Linguistics of Language. Beijing: Foreign Language Teaching and Research Press.

[17] Fowler, R. 1996. Linguistic Criticism. Oxford and New York: Oxford University Press.

[18] Gee, J. P. 1999. An Introduction to Discourse Analysis: Theory and Method. London : Routledge.

[19] Genette, G. 1980. Narrative Discourse: An Essay in Method, Trans. Jane E. Lewin. Ithaca: Cornell university press.

[20] Connor, U. 2001. Contrastive Rhetoric: Cross-Cultural Aspects of Second-Language Writing. Shanghai: Shanghai Foreign Language Education Press.

[21] Cook, G. 1989. Discourse. Oxford: Oxford University Press.

Halliday, M. A. K. 1973. Exploration in the Function of Language. London: Edward Arnold.

[22] Halliday, M. A. K. 1978. Language as as Social Semiotic: The Social Interpretation of Language and Meaning. London: Edward Arnold.

[23] Halliday, M. A. K. 1981. Linguistic function and literary style: an inquiry into the language of William Golding's The Inheritors. In Seymour Chatman (ed.), Literary style: a symposium. New York: Oxford University Press.

[24] Halliday, M.A.K. 1985. An Introduction to Functional Grammar.

London: Edward Arnold.

[25] Halliday, M.A.K & R. Hasan. 1985. Language, Context and Text. Victoria: Deakin University.

[26] Halliday, M.A.K. 1994. An Introduction to Functional Grammar (2nd edition). London: Edward Arnold.

[27] Halliday, M.A.K. 2000. An Introduction to functional grammar. 2nd ed. Beijing: Foreign Language Teaching and Research Press. London: Edward Amold Limited.

[28] Halliday, M.A.K. 2001. Language as Social Semiotic: The Social Interpretation of Language & Meaning. Beijing: Foreign Language Teaching and Research Press.

[29] Hodgart, M. 1978. James Joyce: A Student's Guide. London, Henley and Boston: Routledge & Kegan Paul.

[30] Hoye, L. E.1997. Adverbs and Modality in English. New York: Addison Wesley Longman Inc..

[31] Hu Zhuanglin & Jiang Wangqi[eds.]. 2006. Linguistics: A Course Book (3rd ed.). Beijing: Peking University Press.

[32] Jakobson, R. 1960. Linguistics and Poetics, in Style in Language (edited by T. A. Sebeok). Cambridge: The MIT Press.

[33] Joyce, J. 1966. Letters of James Joyce II, Ed. Richard Ellmann. New York: Viking Press.

[34] Joyce, J. 1990. Dubliners. New York: Bantam Books.

[35] Kennedy, C. 1982. Systemic Grammar and its Use in Literary Analysis. In Ronald Carter (ed.), Language and Literature: An Introductory Reader in Stylistics. London: George Allen and Unwin.

[36] Kress, G. 1993. Language as Ideology. London: Routledge and Kegan Paul.

[37] Lamarqu, P. V., ed. 1997. Concise Encyclopedia of Philosophy of Language. Oxford: Pergamon.

[38] Leech, G. & Short, M. 1981. Style in Fiction: A Linguistic

Introduction to English Fictional Prose. London: Longman.

[39] Lyons, J. 1977. Semantics. Cambridge: Cambridge University Press.

[40] Malinowski, B. 1923. The Problem of Meaning in Primitive Languages. In C. K. Ogden and I. A. Richards, Supplement to The Meaning of Meaning. London: Routledge & Kegan Paul.

[41] Malinowski, B. 1935. Coral Gardens and Their Magic (Vol. II). London: Allen and Unwin.

[42] Martin, J. R.1992. English Text: System and Structure. Philadelphia/Amsterdam: John Benjamins.

[43] Martin, J. R.1998. Lectures on Register and Genre. MA course at Sydney University, Australia.

[44] Martin, J. R. 2000. Beyond Exchange: Appraisal Systems in English. In Thompson, G. & Susan Hunston (eds.), Evaluation in Text. Oxford: Oxford University Press.

[45] Martin, J. R. & Rose, D. 2003. Working with Discourse: Meaning Beyond the Clause. London: Continuum.

[46] Martin, J. R. and White, P.R.R. 2005. The language of evaluation: appraisal in English. New York: Palgrave MacMillan.

[47] McCarthy, M. & Carter, R. A. 1994. Language as Discourse: Perspectives for Language Teaching. London: Longman.

[48] McCormack, W. J. & Stead, A., eds. 1982. James Joyce and Modern Literature. London & Boston & Melbourne & Henley: Routledge & Regan Paul.

[49] Nida, U. A. 1993. Language, Culture, and Translating. Shanghai: Shanghai Foreign Language Education Press.

[50] Norris, M. 2003. Suspicious Readings of Joyce's Dubliners. Philadelphia: University of Pennsylvania Press.

[51] Numan, D. 1993. Discourse Analysis. London: Penguin Group.

[52] Palmer, F. R. 1086. Mood and Modality. Cambridge: Cambridge

University Press.

[53] Palmer, F. R. 2001. Mood and Modality. Cambridge: Cambridge University Press.

[54] Philips & Wood, eds. 1990. The Taming of the Text: Exploration in Language, Literature and Culture. London: Routledge.

[55] Pierce, D. 1992. James Joyce's Ireland. New Haven and London: Yale University Press.

[56] Poutsma, H. 1928. A Grammar of Late Modern English: Part I the sentences. Groningen: P. Noordhoff.

[57] Quirk, R. et al.1972. A Comparative Grammar of English Language. London: Longman.

[58] Reynolds, M. T. eds. 1970. James Joyce: A Collection of Critical Essays. New Jersey: Prentice-Hall, Inc..

[59] Richter, D. H. 1996. Narrative/Theory. New York: Longman Publisher.

[60] Srensen, D. 1977. James Joyce's aesthetic theory: its development and application. Amsterdam: Rodopi.

[61] Stubbs, M. 1983. Discourse Analysis. England: Basil Blackwell Publisher Limited.

[62] Thompson, G. 1996. Introducing Functional Grammar. London: Arnold.

[63] Thompson, G. 2000. Introducing Functional Grammar. Beijing: Foreign Language Teaching and Research Press.

[64] Thompson, G. & Hunston, S. 2000. Evaluation in text. Oxford: Oxford Press.

[65] Torchianan, D. T. 1986. Background for Joyce's Dubliners. Boston & London & Sydney: Allen & Unwin.

[66] Van Dijk, T. A. 1980. Text and Context. London: Longman.

[67] Wales, K. 1992. The Language of James Joyce. London: Macmillan.

[68] Widdowson, H.G.1973. An Applied Linguistic Approach to Discourse Analysis. The University of Edinburgh.

[69] 阿柏拉姆,M.H.1987.《简明外国文学词典》,曾忠禄等译. 长沙:湖南人民出版社.

[70] 白玉.2005. 论《都柏林人》中的现代主义特色. 黑龙江大学学位论文.

[71] 常维贤.1983. 浅谈英语中的自由直接引语.《现代外语》,第 4 期:24-30.

[72] 程琪龙.1994.《系统功能语言导论》. 汕头:汕头大学出版社.

[73] 戴从容.2002. 乔伊斯与形式.《外国文学评论》,第 4 期:5-14.

[74] 戴从容.2002. 用词语实现一切 —— 乔伊斯小说中的词语.《外国语》,第 5 期:67-75.

[75] 戴淑平.2008. 从平淡情节中的精神突转见主题——评詹姆斯·乔伊斯的《死者》.《外国语》,第 10 期:146-147.

[76] 方英.2004. 论哈代小说中自由间接引语的运用及其文体效果.《宁波大学学报(人文科学版)》,第 4 期:67-70.

[77] 冯建明.1997.《都柏林人》的独特结构.《邯郸职业技术学院学报》,第 4 期:60-61.

[78] 冯洁茹.2007. 自由直接引语对英语短篇小说中人际关系的影响.《吉林省教育学院学报》,第 10 期:31-34.

[79] 福斯特,E.M.2002.《小说面面观》,朱长乃译. 北京:中国对外翻译出版社.

[80] 郭春兰.2008. 内心独白刍议.《赤峰学院学报(汉文哲学社会科学版)》,第 6 期:79-81.

[81] 郭军.2004. '历史的噩梦'与'创伤的艺术'——解读乔伊斯的小说艺术.《外国文学评论》,第 3 期:81-90.

[82] 韩礼德.2010.《功能语法导论》,彭宣维,赵秀凤,张征译. 北京:外语教学与研究出版社.

[83] 何自然,陈新仁 . 2004.《当代语用学》. 北京：外语教学与研究出版社 .

[84] 侯维瑞 . 1985.《现代英国小说史》. 上海：上海外语教育出版社 .

[85] 胡曙中 . 2005.《英语语篇语言学研究》. 上海：上海外语教育出版社 .

[86] 胡向华 . 2008. 从乔伊斯的《都柏林人》论抒情式短篇小说的艺术形式特殊 .《天津外国语学院学报》,第 2 期：58-63.

[87] 胡壮麟 . 2000.《功能主义纵横谈》. 北京：外语教学与研究出版社 .

[88] 胡壮麟,朱永生等 . 2009.《系统功能语言学概论》. 北京：北京大学出版社 .

[89] 黄国文 . 1998.《语篇分析概要》. 长沙：湖南教育出版社 .

[90] 黄国文 . 2001.《语篇分析的理论与实践 ——广告语篇研究》. 上海：上海外语教育出版社 .

[91] 黄国文 . 2002.《语篇 · 语言功能 · 语言教学》. 广州：中山大学出版社 .

[92] 黄国文,常晨光,丁建新 . 2006.《功能语言学的理论和应用——第八届全国功能语言学研讨会论文集》. 上海：上海外语教育出版社 .

[93] 黄国文,葛达西 . 2006.《功能语篇分析》. 上海：上海外语教育出版社 .

[94] 黄纪针 . 1999. 论自由直接引语在英美小说中的运用 .《许昌师专学报》,第 4 期：50-51.

[95] 贾梦姗 . 2007.《贪婪》的叙述分析 . 江西师范大学文学院硕士学位论文 .

[96] 金光兰 . 1996.《都柏林人》艺术技巧管窥 .《西北师大学报（社会科学版）》,第 5 期：36-39.

[97] 科客里斯,乔安尼 . 1986.《文学欣赏入门》,王微昌译 . 合肥：安徽文艺出版社 .

[98] 科斯特洛,彼特.1990.《乔伊斯》,何及锋,柳荫译.北京：中国社会科学出版社.

[99] 李国庆.2009.《系统功能语言学的研究与应用》.广州：上暨南大学出版社.

[100] 李开.2009.论乔伊斯首篇小说《姐妹》.《世界文学评论》,第 1 期：75-79.

[101] 李兰生.1999.从《姐妹》和《死者》看都柏林人的艺术特色.《外国文学评论》,第 1 期：18-22.

[102] 李兰生.2002."写小说就是写语言"：《都柏林人》的语言艺术特色.《中南工业大学学报（社会科学版）》,第 4 期：385-387.

[103] 李维屏.1996.论《都柏林人》中的"精神顿悟".《解放军外语学院学报》,第 3 期：69-73.

[104] 李维屏.2000.《乔伊斯的美学思想和小说艺术》.上海：上海外语教育出版社.

[105] 李战子.2000.《语言的人际元功能新探——自传话语的人际意义研究》.北京：军事译文出版社.

[106] 李战子.2004.《话语的人际意义分析》.上海：上海外语教育出版社.

[107] 梁西智.2005.叙事视角与《了不起的盖茨比》.《宿州教育学院学报》,第 5 期：497-499.

[108] 刘巧玲.2005.精神瘫痪——詹姆斯·乔伊斯的《都柏林人》的主题.河北师范大学硕士学位论文.

[109] 刘世生.1998.《西方文体学论纲》.济南:山东教育出版社.

乔伊斯,詹姆斯.1984.《都柏林人》,孙梁译.上海：上海译文出版社.

[110] 曲静.2009.《伊芙琳》的及物性过程分析.《世纪桥》,第 6 期：53-55.

[111] 申丹.2004.视角.《外国文学》,第 3 期：52-61.

[112] 申丹.2007.叙述学与小说文体学研究.北京：北京大学

出版社．

[113] 束定芳，刘正光，徐盛桓．2009.《中国国外语言学研究（1949-2009）》．上海：上海外语教育出版社．

[114] 孙晓青．2003. 论《一个迷途的女人》的叙述视角．《河南大学学报（社会科学版）》，第 1 期：74-76.

[115] 谭君强．2005. 叙事作品中的叙述者干预与意识形态．《江西社会科学》，第 3 期：209-217.

[116] 唐丽萍．2005. 英语学术书评的评价策略——从对话视角的介入分析．《外语学刊》，第 4 期：1-7.

[117] 唐伟清．叙述声音的"介入"．《电影评介》，2008（8）：103-105.

[118] 王菊丽．2004. 叙事视角的文体功能．《外语与外语教学》，第 10 期：58-61.

[119] 王黎云，张文浩．1989. 自由间接引语在小说中的运用．《外语教学与研究》，第 3 期：59-63.

[120] 王先霈．1999.《文学批评原理》．武昌：华中师范大学出版社．

[121] 王雅丽，管淑红．2006. 小说叙事的评价研究——以海明威的短篇小说《在异乡》为例．《外语与外语教学》，第 12 期：9-12.

[122] 王振华．2001. 评价系统及其运作——系统功能语言学的新发展．《外国语》，第 6 期：13-20.

[123] 王振华．2004."物质过程"的评价价值．《外国语》，第 5 期：41-47.

[124] 魏莅娟．2007. 运用视角和话语理论解读乔伊斯的《都柏林人》．兰州大学研究生学位论文．

[125] 温晶．2009. 及物性系统与人物性格的刻画——对乔伊斯《伊芙琳》的文体分析．《内蒙古农业大学学报（社会科学版）》，第 1 期：217-219.

[126] 吴安萍．2008. 评价理论构架下的英语语篇写作．《福建论坛：社科教育版》，第 10 期：191-193.

[127] 武术 . 2009. 《都柏林人》艺术技巧研究 . 《绥化学院学报》, 第 4 期:91-92.

[128] 向平,苏勇 . 2006. 评价理论:在英语学习者口头叙事分析中的应用 . 《淮海工学院学报(社会科学版)》,第 4 期:67-70.

[129] 徐加永 . 2006. 对《都柏林人》的语用文体探究 . 首都师范大学硕士学位论文 .

[130] 薛海燕 . 2004. 都柏林人是如何在乔伊斯笔下瘫痪的——《都柏林人》的功能文体学研究 . 西南交通大学硕士研究生学位论文 .

[131] 薛晓娟 . 2007. 中英文广告人际功能对比分析 . 南京师范大学硕士论文 .

[132] 杨建 . 2005. 乔伊斯研究在西方 . 《外国文学评论》,第 3 期: 145-152.

[133] 杨建 . 2005. 中国乔伊斯研究 20 年 . 《外国文学研究》,第 2 期:152-157.

[134] 杨信彰 . 2003. 语篇中的评价性手段 . 《外语与外语教学》, 第 1 期:11-14.

[135] 殷企平,高奋,董燕萍 . 2001. 《英国小说批评史》. 上海: 上海外语教育出版社 .

[136] 詹树魁 . 1998. 乔伊斯《死者》中的精神感悟和象征寓意 . 《外国文学研究》,第 2 期:89-91.

[137] 詹韵 . 2004. 詹姆斯·乔伊斯《都柏林人》之文体风格研究 . 上海外国语大学硕士学位论文 .

[138] 张德禄 . 1996. 第 23 届国际系统功能语言学大会纪要 . 《国外语言学》,第 4 期:41-43.

[139] 张德禄 . 2006. 《语言的功能与文体》. 北京:高等教育出版社 .

[140] 张德禄,苗兴伟,李学宁 . 2009. 《功能语言学与外语教学》. 外语教学与研究出版社 .

[141] 张敬源,彭漪,何伟 . 2009. 《系统功能语言学的前沿动态——第八届中国系统功能语言学学术活动周报告》. 上海:上海外

语教育出版社.

[142] 张良村.1997.《世界文学历程》.北京:国际文化出版公司.

[143] 张美芳.2002.语言的评价意义与译者的价值取向.《外语与外语教学》,第 7 期:15-27.

[144] 张薇.2002.叙述学视野中的海明威小说的对话艺术.《外国文学研究》,第 5 期:57-61.

[145] 张歆秋.2003.小说《伊芙琳》的功能文体分析.河北师范大学硕士研究生学位论文.

[146] 周小群. 2000.试析《都柏林人》的艺术表现技巧.《南通师范学院学报(哲学社会科学版)》,第 4 期:46-49.

[147] 朱永生,严世清. 2001.《系统功能语言学的多维思考》.上海:上海外语教育出版社.

[148] 朱永生,严世清.2002.《世纪之交论功能》.上海:上海外语教育出版社.

[149] 朱永生,严世清,苗兴伟.2004.《功能语言学导论》.上海:上海外语教育出版社.

致　谢

在这篇博士学位论文完稿之际，心中感慨颇多，我要向所有在我完成学业过程中曾经给予我无私帮助和支持的导师、领导、同事、同学和家人表示衷心的感谢。

首先，我要感谢我的指导老师庄智象教授。能拜庄老师为导师，实乃幸事。与庄老师的交谈令我心生敬仰，他严谨的学术风范、丰富的阅历和高尚的人格给我留下了深刻印象，使我坚定了撰写自己的博士论文的信心和勇气。在此，真心感谢庄老师给予我真诚、热切、有效的指导和建设性建议。可以说，没有庄老师的提携扶持，我绝不可能如期完成我的论文写作。

其次，我要感谢的是上海外国语大学为我提供了这次学习知识和提高能力的深造机会，让我领略到学术科学的艰难博大和无限奥妙；感谢外国语学院的戴炜栋教授、何兆熊教授、李维屏教授、虞建华教授、许余龙教授，他们的谆谆教导，他们渊博的知识、敏锐的观察力，他们对待科研的刻苦钻研、严谨务实、一丝不苟的态度，将会对我今后的学习、工作带来重大的影响。自此，谨向他们表示我由衷的感谢。

应该感谢所在单位邯郸学院外国语学院院长魏晓红教授。在写作过程中，是她给予我莫大的支持和鼓舞，而且在博士论文撰写方面她作了生动的榜样。魏教授在完成博士论文答辩后向我讲述在论文撰写、答辩过程中的经验、教训，使我受益匪浅。非常感谢她给予我的无私帮助和热忱鼓励。感谢我们的书记刘安平教授、副院长司桂凤教授、石云霞教授和柴艳云教授，感谢我的同事为本人提供的支持和帮助，使我有足够的时间从事学习和论文写作。

致 谢

感谢同学袁邦株教授给予我无私的帮助。他在我论文写作完成过程中提供了许多参考资料，并提出了诸多建议，帮助我消除一些疑难问题。

感谢爱人王现杰和在读小学的儿子王玉涵同学，感谢他们在我论文写作过程中给我的期望、鼓励、理解和帮助！感谢姐姐在我撰写论文期间对儿子的照顾！